Jan Morris

SYDNEY

悉尼

帝国的绚烂余晖

[英]简·莫里斯－著
朱琼敏－译

東方出版中心

上海市版权局著作权合同登记：图字09-2013-300号

图书在版编目(CIP)数据

悉尼：帝国的绚烂余晖 / (英) 简・莫里斯著；朱琼敏译．—2版．—上海：东方出版中心，2018.3（2019.1重印）
（与大师同行）
ISBN 978-7-5473-1230-8

Ⅰ.①悉… Ⅱ.①简… ②朱… Ⅲ.①散文集—英国—现代 Ⅳ.①I561.65

中国版本图书馆CIP数据核字（2017）第298378号

责任编辑：张芝佳
封面设计：田　松
插画绘制：黄　峥

悉尼——帝国的绚烂余晖

出版发行：东方出版中心
地　　址：上海市仙霞路345号
邮政编码：200336
电　　话：021-62417400
印　　刷：昆山市亭林印刷有限责任公司
开　　本：890×1240毫米　1/32
印　　张：9.25
字　　数：206千
版　　次：2018年3月第2版　2019年1月第3次印刷
ISBN 978-7-5473-1230-8
定　　价：35.00元

献给　山姆·普罗斯特加德·莫里斯（1988—　）

目录

开篇掠影

夏日已近尾声，某个周日午后，两位头戴白色亚麻布帽的老人——无疑，他们已经相濡以沫走过三四十年——伫立在澳洲悉尼港北岸布莱德雷海角公园的一个角落。这个海角以皇家海军少将威廉·布莱德雷（William Bradley）的名字命名，而他早在1814年因蓄意诈取王室信件而被判死刑。她，一身碎花棉裙；而他，则穿着白色短裤，但并非是在澳洲人尽皆知的超短足球裤（stubbies）。他们倚在栏杆上，头上是一条白铁桅杆，这是澳大利亚皇家海军巡洋舰“悉尼”号遗存的战斗桅楼——“悉尼”号曾在1914年击沉德国海上入侵者巡洋舰“埃姆登”号。而他们的跟前则立着一根多立克柱，从水中垂直伸出，标出一个1海里的测量间距[1]——它曾经是悉尼邮政总局门廊的一部分。越过水面，海港南岸的建筑熠熠闪光，从乌鲁姆鲁一路延伸至沃森湾。这对老夫妇颈项上都挂着望远镜，手里都拿着白纸——也许是

1　译注：这根柱子立于19世纪70年代中期，从这根柱子到丹尼森堡（后文将有所提及）的距离恰好为1海里。

鸟类清单？——正在我们看着他们的当口，这对夫妻突然激动起来，并不约而同举起望远镜，将渴盼的目光投向水面。

时下恰逢澳大利亚方言中的“Sunday arvo”[1]，悉尼港百舸千帆，似乎正在上演一场“轮船大拥堵”。成百上千的快艇或飞掠而过，或逡巡闲荡，或抢风而行，或在日头下你追我逐。这些快艇表面平滑、体型壮观，它们或传统守旧，或先锋实验，或独自上路，或成群结队，甚为扎眼。笨重的渡轮费着九牛二虎之力从这一堆混乱中挤过；水翼船则雄赳赳气昂昂地一扫而过；一艘临时货船轰隆开过，直奔皮尔蒙特湾的各个码头；另有一艘军舰直击大洋。远处游轮上传来响亮的导览册叫卖声，而某处的派对船上则飘来重摇滚的隆隆声。而现在，映入我们眼帘的则是悉尼飞行中队[2]的18英尺帆船，这样的景象正是我们鞠躬尽瘁的英国卫士们翘首企盼的——没有花亭鸟或口哨鸭，却有迅猛异常的赛艇。

常人根本看不出这是快艇。它们的船身是高科技打造的轻盈的船筏，上面是极长的船首斜桅，它们能装载多到让人难以置信的船帆。船员一律身穿亮色潜水衣，脸上抹着黄白两色的锌粉，一个个后靠在吊架上，让人眼花缭乱。它们的船帆上都是赞助商的名称，比如新西兰银行、施乐、保诚集团——就像霹雳一样闯入我们的视域。哦，上帝，那些船都是怎么开的啊？它们看得人心惊肉跳。船头披着层层叠叠的泡沫，大三角帆鼓得满满当当，它们目的明确，行动迅捷，

1 译注：意即周日午后。

2 译注：悉尼飞行中队游艇俱乐部于1891年由马克·福伊（Mark Foy）建立，其目的在于让人们不论贫富都可以享受帆船航行的乐趣。悉尼飞行中队被它的成员及当地人亲昵地简称为“中队”，它是悉尼港岸上澳洲最古老的开放式帆船航行俱乐部。

18英尺帆船

显然正冷酷无情地在那些动作迟缓的船舶中杀出一条路，它们所过之处，那些半吊子游艇们慌不择路，纷纷避让，甚至逼得大渡轮也改变了行驶路线。它们看上去成竹在胸，誓将任何挡道的东西都给撞沉。如此这般，就像是来自其他洋面上的掠夺者，它们疾驰而过，把“悉尼”号的桅杆、来自邮政总局的柱子远远抛在身后，终于扫过了布莱德雷海角，消失在视线之外。

浪漫派喜欢将18英尺帆船看成是由朗姆酒走私贩那快得要命的刀刃变来的，然后在这过去的一个多世纪中通过进化成各种形式自然而然地成为这座城市心爱而熟悉的一面。在它们的后面是米朗琪港，我们能看到一艘小型渡轮跟着它们向港口的更高处驶去：这也是惹人喜爱而熟识的一幕，因为如果它最近没有被便衣警察突袭，那么，它就会载着一整船的赌客，其中很多人都垂垂老矣——那些人每周日都在他们身前飞驰的快艇上下非法的赌注——而其中的有一些，我们无须怀疑，自己都曾是那些游艇上汗流浃背的少壮汉，被太阳晒得焦黑，但敏捷如猫，在这港口的狂风中疾驰。

在这本关于悉尼的书中，我之所以选择以这幅场景开篇，是因为它涵盖了造就这个城市的众多因素，它们使这个城市保持着稳定的风格。这个港口的辉煌夺目，周日下午那处处彰显的快乐主义，18英尺帆船的暴力，渡轮上赌客们的混乱，戴着白色帽子的年迈情侣——这种种的混合——平凡，违法，美好，怀旧，招摇，恐怖和古怪，都沐浴在日光之中，某种程度上，还沉浸在一种脆弱感中——为逝去的几代人，为流走的时光。这些都让我觉得这个场景非常适合作为引子，让我对这个城市进行更深入的探索。

写悉尼的书数不胜数，但是它们多数是指导手册式的，或讲文明史或分析社会，并且几乎无一例外都出自澳大利亚人之手。没有外国人会愿意去做一个全面的研究或者追忆——这也在意料之中，毕竟直到20世纪的最后几年，悉尼才加入大都市之列。能居住在一个世界级的城市一直是悉尼人的不懈追求，而他们花了整整两个世纪的时间才得以如愿。

当然，一直以来，每个人对这座城市都略有所知——如果世人想到澳大利亚，那么通常就会想到悉尼。它的港口非常受人欢迎，其诱人景色与旧金山、里约热内卢、香港、那不勒斯、温哥华和伊斯坦布尔的港口不相上下。作为18世纪罪犯流放地的贫贱出身，让它拥有了一种危险的魅力，同时也招来了很多关于犯罪倾向的讥嘲，而它的口音是对幽默家的礼遇。它的港口大桥自1932年起便成为世界上最知名的建筑，而自1966年起，它的歌剧院也变为最为人熟知的建筑形象之一。邦代海滩是冲浪海滩的典范，国王十字区是世界级的赛车等休闲娱乐活动的象征符号，还有那无边无垠的悉尼郊区，如此广袤，以至于从建设用地上来说，这个城市是北京的两倍，是罗马的六倍，在旅行者的故事中这一直被认为是都市谬误的缩影。悉尼人普遍把自己想象成是晦涩难懂的英国人的次物种——日晒后肤色黝黑，健康，喧闹，慷慨，厌恶妇女，嗜好啤酒，懒惰，能干，种族主义，善于悦人，戴着浴帽、举着旗帜沿着沙滩高视阔步，用生硬的殖民地俚语互相揶揄打趣或者回忆战争，在百战不殆的板球大战中为不幸的英国人喝倒彩。

这幅场景生动有趣，但是本质上来说它却粗野褊狭。悉尼通常被认为是二流的——远离权力中心、艺术或文明礼仪，早期时毫无教养，现在则丝毫都不绅士。整个20世纪，来访作家

（其中多数来自英国）用不同的方式贬低并毁谤这个城市。世纪之交时，激进派的贝特丽丝·韦伯（Beatrice Webb）说悉尼的主要亮点就在于它的恶劣品位：那个城市的人生性好斗，衣着艳俗，它的市长和议员们一个个都是“平庸至极的人”。1923年，劳伦斯（D. H. Lawrence）在这个城市小住两日，就断言它不过是五分钟速成的再版伦敦——“就像人造奶油是黄油的替代品一样”。演员罗伯特·莫利（Robert Morley）在1949年认为这个城市被安错了名字——“为什么他们不称它为伯特（Bert）？”1952年，音乐评论家奈维尔·卡德斯（Neville Cardus）说它就像曼彻斯特，除了港口位于市场街而不是艾威尔河的尽头以外。政治哲学家丹尼斯·布罗根（Denis Brogan）在1958年认为大商店里那些公然展示的老式女士内衣“赤裸裸地”揭示了“对一种无可匹敌的平庸的满心接受”。“对天发誓，这样一个地方！”建筑师克拉夫·威廉–埃利斯（Clough Williams-Ellis）在20世纪50年代失声大叫。“天啊，糟透了！”这是我在20世纪60年代第一次到悉尼时发出的惊叫——也许这世上没有比我更粗鲁的人了。那时候我写道，这里只不过是一个被郊区围绕的港口——它的出身让人反胃，它的脾性粗俗，它的居民邋遢，它的职业女性们说起话来“冷若冰霜，妄自尊大，咄咄逼人，粗俗无礼，就仿佛她们在期待你（真是天理难容）箍紧她们的紧身胸衣”。此后，整整过了五年，最后一封怨气冲天的信件才从澳洲寄到我这儿。

世事流转，社会就像作家那样渐渐成长，不断成熟。今天的悉尼已经被公认为世界大都市之一。它现有的居民尽管仍然以英国人和爱尔兰人为主，但来自亚洲及欧洲其他地方的移民也不断地汇集到这里，这大大增强了人口的多样化。现代化通信和历史变迁使得这个城市不再处于国际事务的边远地带，而是颇具战略意味地处在了20世纪巨变的风口浪尖——环太平洋地区。它原本刺目的旧有地方主义色彩，因为有了自嘲精神的参与而稍显柔和，而悉尼充盈的天资涌向我们所有人，促使我们对这个城市的固有观念发生巨变。1988年庆祝欧洲人殖民澳洲200周年之际，港口附近举行了盛大的庆典，烟花、戏剧和大帆船纷纷亮相——辉煌，喜庆，震撼，而悉尼崭新的图景彻底地将所有的想象都展现为现实。

在1962年对这个城市进行简短拜访之后，我经常去那儿并进行相关写作，而现在我基本上是作为一个大英帝国历史的狂热爱好者再次回访。我写了一系列的书来纪念维多利亚王朝的盛衰，在对英国最后的殖民地香港的研究中为它写下一曲挽歌。我想以一本书结束我的帝国情结，这本书所展现的东西，在帝国退潮后还遗留在历史的海岸，壮观、知名，并且更为光彩夺目。我发现在这些帝国残骸中最为优秀的非悉尼莫属——我并不认为它是大英帝国创造的最好的城市，也不认为它是最美的城市，但是它确实是其中最为夸张，心态最为年轻，又最为阳光的城市。我不会全然收回30年前对它作出的判断，但是就像其他所有人一样我必须对悉尼另眼相看，我那时太愚笨，以至于没有关注这个城市的出身，而现在我想，在所有描写过这座城市的作品中，也许诗人查尔斯·考斯里（Charles Causley）在1951年写就的《HMS“光荣”号在悉尼》就抓住了这个城市的基调。这首诗赞美了船员登岸时在这个城市享受的种种乐趣——酒吧女招待、游园车、剧院和宿醉，也包括入海口的美景：

哦！我不会忘记透明清晨里的你！
你无垠的港湾，你深绿色的大树让人窒息，

摩天大楼，水畔小屋，公园和广播塔，
还有小巧的引航船，“库克船长”号，
冒着蒸汽将我们恭迎……

回到布莱德雷海角，当我们看着18英尺帆船猛然冲出我们的视野，那透明的光与大树的窒息正紧紧围绕着我们，而摩天大楼正越过水面回望我们（尽管非常遗憾，优雅的“库克船长”号早就结束了它最后的航行）。让这幅场景更显真实的是，现在我们发现那两位戴着白色帽子的朋友也有一点小钱花在那些船上。“赌船？”他们说这句话时面无表情，“我们不知道那个词意指为何。”但他们攥着的纸是赛程表，而不是鸟类清单。当“施乐”和“保诚”这两艘船在树后消失时，他们急忙兴高采烈地绕过树林小道跑去，以便更好地追随他们的心头之爱。比赛又持续了数小时，那些船沿着依天气而定的路线在港口来回两次疾驰；这让我非常确定，无论是那天吹来的干燥西风，或是被澳大利亚人称做“刺骨南风”（Southerly Buster）的突如其来的冷风，或是来自塔斯曼海面的潮湿的东北风，无论是这个方向还是那个方向，飞行中队都能百分百地杀出一条水路，就像我们老一辈赛船狂热者说的那样，它们就像邦代电车[1]。

1　译注：邦代（Bondi）是澳大利亚的一处地名，因冲浪海滩而闻名世界。这一短语很可能来自有轨电车（tram），因过去曾有一列快速电车是从达令赫斯特到达邦代，因此就用这种车来形容速度之快。随后电车退出了历史舞台，但是这一短语保留了下来。

悉尼创世纪

岩石突兀、灌木丛生的海岬间，一道宽约一英里的豁口大开——这是悉尼港的入口，也是悉尼的海门所在，而这座城市的历史也尽数渊源于此。处在东经151°112′、南纬33° 52′的这个城市对航海者的恭迎以譬喻的方式来看无疑是仁慈的。港口外，塔斯曼海延伸开去直至南美洲、新西兰、南非和南极洲；港口内，为陆地所包围的港湾为船只提供了全方位的舒适条件——航运上，气候上，感官上，以及生活服务上，令人有宾至如归的亲近感。悉尼港原本是一道蜿蜒曲折的峡谷，几千年前为海水所淹。港口由两大主要湾流及无数小型的海湾组成。港口西面散成两股河道，分别被称做帕拉马塔河和莱恩科夫河，它们并非淡水河而是由海水内灌而成。悉尼港长16英里，面积达21平方英里，最深处可达160英尺。尽管有一座巨大的城市耸立围裹着它的港岸，从本质上讲，这个港口依然是非常原始的澳洲风格。内陆蓝山脚下，长久以来都是白人殖民第一线，这里现在看来似乎仍在呈现多年前的荒野景象，尤其当金灰色的轻雾如漫天黄沙笼罩它足下的郊野之时，或者当一场丛林大火在地平线弥漫摇曳之际；而对于一个来自北方的陌生造访者来说，这个港口的任何一小片地方都足以让他感受到整个港口的隐秘难懂。

悉尼港上空阴晴圆缺，周而复始。而它的岸边，正如众所周知的那样，水流逆向而行，从放水孔一泻而下。[1]悉尼的气候是出了名的温和，而从数据来看更是让人艳羡（冬季最低温12.3℃，夏季最高温22.3℃）——但事实上并非如数据所示那般宜人。人说这里的气候和乌拉圭首都蒙得维的亚最为相似，反复无常到让人六神无主——这一刻热到大汗淋漓，下一刻就冻得浑身哆嗦；此地湿漉漉，彼地则干燥得很；还有突如其来的暴雨倾注而下；而惊恐可怖的狂风瞬间吹得一切都轰隆作响、东倒西歪；或者转眼之间，气温直线骤降。悉尼从不下雪，但是每年平均有140天下雨。冬季非常清爽宜人，而夏季则似乎陷在泥泞乏力中，拖沓着周复一周，漫漫无期。过敏症和哮喘病随处可见。在过去，人们欧式的新陈代谢系统还没有适应这里的气候，就常常抱怨他们的慢性嗜睡症——所谓的“天生疲累”。

绿色——澳大利亚独有的橄榄绿，依然是港口海岸上的主色调。在这片绿色之上，有时候会铺着一层桃色的雾气——据说这种雾气来自桉树。在薄雾之间，影影绰绰地点缀着岩石单调的灰色。对初来乍到的人来说，这里的很多树都带着一种由内而外的诡异银光，树叶都慵懒地低垂着：各种各样的桉树、棕榈树、禾木胶树、澳洲椽木、松树、红树林、看上去全身树皮像是涂鸦的树、结着大颗柔软无花果的树、南太平洋的巨大

1　译注：悉尼位于南半球，在地转偏向力的作用下，水流漩涡呈顺时针旋转，与北半球相反。

松树，等等，同那些柠檬树和栗子树等老面孔别扭地混在一道，或时常躲藏在蕨类、兰花和木麻黄中，或又由那些有着千奇百怪又妙趣横生的名字的植物——加州碎米荠[1]、鹦鹉豆[2]、番樱桃——相伴在侧。此外，在这里，植物学家还能找到各种惊喜：瘦骨嶙峋的尼尔森公园木麻黄（Allacasuarina portuensis）就是在1989年在这里被发现的，而至今为止，这种植物仅有10个样本为世人所知。

港口边，一道道、一片片的常绿植物随处可见。野生植物漫布的峡谷沟壑幸存于拥挤的街道下，一圈圈杂乱无章的矮树丛求生在早出晚归的人们的住所边。海边悬崖上是细风绵柔的岬，还有自郊区中心地带而起的北部大走道（Great North Walk）——这里有着一条长达160英里的灌木林带。如果你去那些沼泽地、水沟、湾地探险，谁都不知道你会遇到什么动物。袋貂是必然的，也许还会见到沙袋鼠，还有成千上万的叽叽喳喳啾啾叫个不停的鸟儿——魔力鸟、布谷鸟、笑翠鸟[3]、琴鸟[4]、白鹭、懒散的鹈鹕、海雕、红耳鹎、黑脸鹃鵙，而一种名为噪鹃的布谷鸟更是聒噪得让人发狂，它可以发出像初生婴儿第一声啼哭那样完全跑调的声音，持续不断地叫上几个钟头。你还可能看到考拉、袋狸甚或鸭嘴兽。知了们，根据品种不同，音色也

1 译注：原文“milkmaids”，中文直译为“挤奶女工”，此树学名加州碎米荠（Cardamine californica）。

2 译注：Parrot Peas，学名为Dillwynia floribunda，常绿灌木。可参考网站：http：//www.lifestyle.com.au/plant-guide/parrot-pea-1217.aspx

3 译注：笑翠鸟是翠鸟科中的一种，分布于澳大利亚东部、塔斯马尼亚岛等地，是澳洲的标志性鸟类之一。

4 译注：琴鸟是澳洲特有的雀形目琴鸟科鸟类，因雄鸟求偶炫耀时尾羽展开的形状犹如一张里拉琴而得名，鸣声也很悦耳。共1属2种4个亚种。

琴鸟

各不相同——“黑太子”唱在这个调子上，所谓的“黄色礼拜一”则哼着另一个调子。[1]小龙虾偷偷趴在河床上。夜来临了，一种类似松鼠的有袋动物蜜袋鼯，在树和树之间“闲庭信步”。甚至悉尼的海鸥都让我觉得别有一番生趣：我时不时地看到它们在草地上，花几分钟目不转睛地盯着自己的两腿间隙，畅快地打着哈欠，然后就像母鸡那样在绿地上满足地坐下。

在这些生物中，有一听名字就让人心惊肉跳的。你得小心虎蛇——它的毒液足以让6 000只老鼠丧命。[2]提防棒络新妇蜘蛛，它织的网强大到可以捕获一只小鸟，但更厉害的角色是悉尼漏斗网蜘蛛——它只见于这个地区，是世界上毒性最大的蛛型纲动物。一种俗称鬼鱼[3]的可怕鱼类生活在悉尼的江河里，它的鳍棘中含有剧毒。但悉尼的种种生物中，最臭名昭著的绝对还是鲨鱼，围绕着它有着种种的传奇、恐惧和黑色幽默。鲨鱼的肚子或者呕吐物中时不时地被发现有人的手骨和脚骨，而许多谋杀案都被指与鲨鱼的吞食有关。一条织网形成的“马其诺防线”，绵延23个沙滩，将这个恶魔阻挡在悉尼之外。但是在悉尼，还是遍地可见多种语言写成的警示牌，警告人们附近也许有鲨鱼出没。

不过，从很大程度上来说，这也友好地让人们意识到悉尼环境的特异性。鲨鱼反胃吐出的人骨其实少之又少。你也绝对不可能被鬼鱼咬到，或者成为漏斗网蜘蛛的猎物而肌肉抽搐，

1 译注：此处“黑太子”（Black Prince）和“黄色礼拜一”（Yellow Monday）都是蝉的不同品名。

2 原注：1934年发现其中毒性最大的品种的毒液足以杀死4万只老鼠。

3 译注：应指学名为南澳蜥头鲉（Glyptauchen panduratus deruptus）的鲉形目鲉科鱼类。

浑身盗汗，泪如雨下，唾液如瀑。悉尼港的寓言只是：这里确实是天堂，对人对船来说均是如此。

据称，澳大利亚土著在港口地区已经居住达两千年之久，但是悉尼的海角——它的入海口在1770年之前却没有受到任何一个文化人的关注。1770年，皇家海军詹姆斯·库克（James Cook）中尉在科学家约瑟夫·班克斯（Joseph Banks）和瑞典植物学家丹尼尔·索兰德（Daniel Solander）的陪同下，驾驶着"奋进"号抵达澳洲海岸，结识了当地的土著，并将这块大陆命名为"新南威尔士"[1]。他在悉尼港以南10英里外的大海湾逗留了一个星期，将其命名为"博特尼湾"（Botany Bay）[2]。在驶船北上时，他经过了悉尼的海角，注意到那似乎是一处安全的锚地，并为之取名"杰克逊港"[3]。但是，毫无疑问，在数个月的航海之后，他正赶着回国，所以没有驶入这个"天堂"。

因此，17年后，当英国政府派遣一支舰队以女王的名义殖民"新南威尔士"时，他们心里只想着博特尼湾，而不是悉尼港。没有一个欧洲人在此期间造访该地，而且库克船长当时早已过世；但是这个神秘边远的角落却被认定适合流放罪犯。

---

1 原注：奇怪的是，也许有人会想——没有历史记录表明他曾经去过南威尔士，而这个海岸同南威尔士非常不同，并且在加拿大哈德逊海湾早有一个"南威尔士"——不过，这个名字看上去是为威尔士爱国者、植物学家托马斯·裴南特（Thomas Pennant）而定的，他是约瑟夫·班克斯的挚友，但它也可能就意指"南部的新威尔士"。

2 原注：这里比较明显，因为在这处海岸上，班克斯和索兰德搜集到了几十种当时还不为学界所知的植物。译注："Botany"有"植物"之义，故又译做"植物湾"，此处采用音译。

3 原注：以当时一位海事法院秘书乔治·杰克逊（George Jackson）命名，不久乔治就改名"杜克特"（Duckett），鄙斥了这份万古长存的厚礼。

那时，英国刚丢了美国的殖民地，而西非的殖民地总体来说环境太恶劣，连穷凶极恶的罪犯都不应该被遣送到那里，所以，英国的重罪犯们需要一个新的“倾销地”。泰晤士河和梅德韦河上的监狱船已然人满为患，但是，还有成千上万的刑事犯、叛徒、懒汉和无用之徒，大英帝国的权贵们[1]恨不得他们立马在眼前消失。博特尼湾有点远，相对来说条件比较好，有一天可能会在战略或商业方面有用武之地；虽然它已经被原住民占领，但是对当时的政治道德规范来说，这并非障碍；第一批775个不走运的“心头患”，包括男性582人，女性193人，平均年龄为27岁，被塞进了6艘运输船中，就这样运抵澳洲与新西兰。[2]

他们中的许多人尽管所犯的罪过大多微不足道，但却都是惯犯。他们需要服刑7年，或14年，甚或无期。但是只要表现良好，他们就可能提前拿到一张假释许可证，在流放地享有一定的自由，并会得到一块土地。他们也许会真的获得政府的谅解，但对绝大部分被运往博特尼湾的人们来说，这种放逐是终其一生的——几乎没有人有能力攒到回英国的船票钱。这些罪犯，身边是几百个水兵和这些水兵的27个妻子和25个孩子，以及各种各样的家畜。[3]同运输船一同出航的还有两艘小型战舰和三艘物

1 译注：此处英文为“Britain Establishment”。“Establishment”原义为“成立”、“制定”等。此处是其引申义，意指重要人物之间联系密切而形成的关系网——这里不仅包括权力中心人物，更包括了权力运作的生态环境即公权力与社会关系之间形成的矩阵。此意由英国记者亨利·费尔里（Henry Fairlie）在1955年9月的伦敦杂志《旁观者》（*The Spectator*）上提出。

2 原注：这些并不完全准确的数据，引自莫莉·吉伦（Mollie Gillen）的《澳大利亚的创立者》（*The Founders of Australia*, Sydney 1989）一书。

3 原注：包括船长的宠物猫。

资船[1]。这支澳大利亚历史上的第一舰队经过了里约热内卢和好望角，航程总长13 950英里——在此之前从未有这么多人一起航行过那么长的距离。

大多数罪犯从来没有听说过库克船长，更不用说阅读关于他的报道（因为他们几乎都只字不识）。这样一场旅行对他们来说简直就是登月之旅。出发点与目的地社会情状间的巨大差异超乎想象。在英格兰，简·奥斯丁（Jane Austen）正笔耕不辍，玛丽勒本板球俱乐部才刚敲定了板球赛规[2]，下院正在考虑发起废除奴隶制运动。而在新南威尔士，知了愤怒地唱着，鹦鹉抱怨地叫着，土著民操着没人听得懂的土著语，猎得无数有袋动物。套着链条蜷缩在嘎吱作响的船上，第一舰队的囚犯彼此之间互不相识。

于是，就在1788年1月21日，第一批欧洲人驶过了悉尼海角。第一舰队总指挥，也是当时的殖民地总督皇家海军亚瑟·菲利普（Arthur Phillip）船长当机立断，认为博特尼湾植被稀少，淡水短缺，不是流放的好地方。于是，他带着三艘船沿岸北上，考察杰克逊港，花了整整两天的时间探明当地水流情况。

当时人们这样描述船长在船上的样子——“他的脸干瘪皱缩，大三角帽下露出他的鹰钩鼻，蹲坐着，下巴窝在两个膝盖间”——我们可以继续想象，当时也许他的船员也是一样的坐态，而舰船在港口内排成一列，等待着历史性的登陆。我想，在海上漂了数月以后，看到任何海岸都会让人欢欣鼓舞，而杰克逊港毫无疑问比博特尼港更受欢迎。不过，悉尼港那时的海滨低矮平凡，覆盖着浓密的绿色，就像当时有人说的，那里的岩石

1　原注：船上装着的包括40部手推车、74.7万枚钉子和250条女式手帕。

2　译注：1788年，玛丽勒本板球俱乐部（Marylebone Cricket Club）制定了第一套规范英格兰各郡之间板球比赛的板球规则。

就如被剥了皮毛的骨头，看来必定孤寂单调至极。那里处处如公园般的景观让英国人眼前一亮——这里的部落居民不时地烧毁灌木丛，清出道路，进行狩猎——不过大部分的灌木仍然浓密难入，令人生畏。一些裸身的黑人，正手持鱼叉站在岩石上或猫着腰在脆弱的树皮独木舟上生火，当这群英国人的舰船经过时，他们面无表情又目不转睛地盯着它们离开。毋庸置疑，当时那里还有许多不知名的鸟儿飞闪而过，也许还能看到小袋鼠蹦跳的身影。除此之外，就只有岩石、水和千篇一律的灌木：对我这样性情的人来说，1788年悉尼港的景象让人绝望[1]。

当然，航海者对此的感觉断非如此。从他后来提交的报告中可知，菲利普认为这是“世界第一良港，这里可以安全容纳上千只船舰”。舰队经过布莱德雷海角，直抵港口西端帕拉马塔河的河口，船员们终于找到了一处淡水——它流入锚地直至灌木丛里的一个缓坡——沃特金·坦奇（Watkin Tench）上校称其为“南面的一处温暖小湾”。他们把这个V形小港取名为悉尼湾。此名取自当时的英国内政大臣托马斯·汤森（Thomas Townshend），首位奇斯尔赫斯特悉尼男爵（Baron Sydney of Chislehurst）[2]。1788年1月26日，他们在这里插上了英国国旗，

1 原注：对20年后来悉尼担任最高法院法官的文人巴伦·菲尔德（Barron Field）来说确实如此。他认为常绿树木会戕害诗兴，并声称他不能“和澳大利亚的绿植结成友谊”。1824年，菲尔德离开澳大利亚，《英国人物传记辞典》用微妙的话语告诉我们：“律师们的溢美之词并不代表公众的全部观点。”

2 原注：这个头衔伴随他直至逝世。《英国人物传记辞典》没有告诉我们为何他将自己称做悉尼，但它告诉我们如果澳大利亚的这个城市没有以他命名，他很可能因为奥利弗·戈登史密斯（Oliver Goldsmith）关于埃德蒙·布尔科（Edmund Burke）的一行诗而名垂千古：“纵然为其学识所扰，但仍声嘶力竭/恳求汤米·汤森（Tommy Townshend）为他投票。”不过成立于1785年的加拿大新斯科舍省悉尼市的人民恐怕不愿苟同。

创建了城市。他们本想将其命名为阿尔比恩（Albion），但由于种种原因，最终它以悉尼之名为人所知。

没有任何一个伟大的城市，甚至包括由母狼喂哺抚养的两兄弟建成的古罗马城，在起源上比悉尼更为不同寻常。悉尼建城的最初几年无疑是艰难孤独的。舰队里的商船速速撤离了这块大陆，其中三艘去中国运茶，五艘空载回了英国，只留下一艘军需船和两艘小型海军舰艇驻守。罪犯被命令建造房屋——军官们的大房子和他们自己的小屋——但是他们之中鲜有手艺人，最初，所有的建筑材料就是烂泥、苇秆、板条和湿漉漉的木头，还有用碎蚌壳制成的石灰。土地贫瘠得很；野生动物让人神经高度紧张。这里的土著，属于一个名为爱奥拉的部落，他们有着不可思议的风俗。第二批舰船装载的犯人于1790年抵达悉尼，卸下了一堆骇人的尸体和垂死的身躯。有一段时间，这里似乎人人都在挨饿——如果犯人偷了3磅土豆，就会被鞭打1 000下，而总督晚宴上的客人必须带着自己的食物来用餐。整个殖民地都沮丧不堪，有一度，甚至连一向乐观积极的菲利普的军官们都想着放弃。这是世界上最贫穷的国家，拉尔夫·克拉克（Ralph Clark）海军中尉写道；大自然在这里疲惫不堪，陆军少校罗伯特·罗斯（Robert Ross）写道；而殖民地的专职牧师理查德·约翰逊（Richard Johnson）教士则报告称那里几乎看不到什么东西，除了石头，几乎吃不到什么东西，除了老鼠。很快就有人自杀了：一个据称殖民地里年纪最长者，犯伪证罪的多萝西·韩兰德（Dorothy Handland）在一棵桉树上上吊死亡。

然而，菲利普有自己的坚守。他相信总有一天，这个让人痛苦不堪的流放地会摆脱它原先的模样，成为在地球另一端的自由的英国国度。在这种信念的支撑下，他努力团结一切力量进行建设，直到1792年启程回国。而到世纪之交时，最坏的时期终于过去。在英国，这个地方依然以博特尼湾而闻名，而似乎这里也将永远只是罪犯流放地，但实际上悉尼市已经扎根立足。这里不再是澳大利亚唯一的流放地——它早在诺福克岛找到了自己的附属流放地，远在1 000英里以外的太平洋上。现在它也不再与世隔绝，因为紧随着这些运输船而来的便是前来造访的商船。第三批舰队从英国运送而来的犯人使澳大利亚的人口增至7 000余人，其中包括500个自由民。一个像模像样的城镇开始出现在港湾旁，建筑原材料多是砖头和当地的红褐色砂岩。在那条最初吸引菲利普的小河上，此时已经筑成了一些小型水库，并被命名为坦克溪，还有一座石桥横跨河流之上。坦克溪是一条大致的分界线，分隔着港湾西面底层聚居地及东面高端居住地——这样的社会划界将存在一个多世纪之久。

港湾西侧被崎岖不平的裸露砂岩包围。沿着它的边际有一条军士－上校街道，在这条街道上方排列着犯人为自己所造的小屋，这些小屋都只有一个房间，采取英国古老的造房方式，用烂泥、木头和茅草混在一起而建，屋外有花园和晾衣绳。那上面也有一些更大的房子，以及一座由几栋平房组成的医院，其中一座平房的预制构件看上去来自英国。不远处是绞刑架、仓库，还有新南威尔士军团的营房。新南威尔士军团已然取代海军成为当地的驻防及警察机关。海角尽头立着一座信号塔：一个简易气象台和一门大炮。每当夜晚降临，就有烽火燃起，为途经的船只指引方向。

港湾东面是所谓的中产阶级居住地，住着大英帝国的权贵们。那时尚无码头，船只在近海处抛锚，一条防护堤伸向坦克溪东侧，指示了悉尼侯门所在。在防护堤后头的山坡上，总督独占了一栋带走廊的两层白房，房子前面是一个延伸至水岸的花园，并且他还养了几只温顺的小袋鼠，整个环境生动别致。看管犯人的警司、驻防部队指挥官、牧师和测量局长按照各自职责居住在那里。再往东一点，过了一道低矮的山脊，一个政府的农场正艰难而执著地经营着，首次尝试在水土迥异的土地上种植欧洲的蔬菜就是在这里。

石桥边是一个警卫室，保护这半边的镇子免受另半边的侵犯。它的近处是政府贮木场，犯人们在这里用锯和熔炉辛勤工作，而再过去则是沿着泥路向南蔓延开去的殖民地。两个风车房占据了滩地后方的高地，那里还有悉尼唯一的教堂塔：被命名为圣菲利普，菲利普的拼写中有两个L，以纪念首任总督。[1]港湾北侧也有一些房子，几条小径通往北去20英里外在霍克斯伯里河岸上建起来的初期农居。向西是澳大利亚最像样的一条道路，有着浓密的树荫，一路延伸至帕拉马塔河边的村落，在这里政府开启了第二块试验田，总督则建造了又一座政府办公地。当时，殖民地已有1 000头牛，6 000只羊和4 000头猪，还有数千英亩的土地孕育着小麦、玉米和大麦。

那时的照片上，悉尼看上去非常优雅而且秩序井然，港湾上的政府造船厂里是正在打造的船只。一排排小屋整洁地排列着，船只到处行驶，医院风格清新，而政府办公地则在花园的衬托下尽显优雅。在这样的场景里，主角通常是彬彬

1 原注：大英帝国经常这样做，比如印度乌塔卡蒙德的圣史蒂芬教堂，并不是为纪念殉道士，而是为纪念印度行政参事会的史蒂芬·拉舍顿先生（Stephen Lushington Esquire）而如此命名的。

有礼的英国人，有时候也会有赶着牛群走下小路衣着得体的牧民。然而，这所有一切基本上都只是艺术修饰而已；在远离悉尼港的那些不尽如人意之处，现场素描就会变为雕刻，这种修饰更是有所加强。实际上，这些建筑摇摇欲坠，它们并非出自专业建筑师之手，白蚁泛滥，湿朽的木材就像海绵一样柔软。政府办公处极其阴湿，还时常弥漫着由基座里散发出来的莫名恶心气味，而那个山脊上的医院，尽管在图片上看似尽善尽美，实则肮脏到让人毛骨悚然，并且人满为患。悉尼是一个监狱，但却是一个开放式监狱；唯一的目的只在于一把原始自然之锁，而犯人们依然被尽量保证有房子住。他们的自建小屋，大致意义上讲，并不比茅舍好多少，却同时也会被用做临时酒馆和妓院；还有许多更软弱无力的流放犯则住在岩石的洞穴里、海岸的石罅里甚而树洞里。紧紧围绕的灌木丛依然像一只阴暗的绿笼子。犯人企图通过丛林逃跑，通常会稀里糊涂又回到原地，而且没有一个欧洲人曾成功越过向西只有30英里外的蓝山。

另外，我们必须在脑海里加入这样一幕，即19世纪时悉尼日常生活中那些着实异乎寻常的特征：一群群衣衫褴褛的男犯人在铿锵声中烧铸铁器，积习难改的女犯人吊高了嗓子喊着脏话粗语；到处都是士兵，戴着高耸的帽子和佩着盛气凌人的步枪刺刀；罪行较轻的犯人坐在仓库里，无处泄欲的水手烂醉在酒馆，而土著民们或一丝不挂或穿着英国人丢弃的破衣服闲晃着。小袋鼠和小鸡到处东走西跳，笼子里的凤头鹦鹉尖声厉叫着，猪和羊在公共墓地的坟墓间闲逛，那些猪有时候也会停下来，巴望着啖食山羊。成百上千破衣烂衫的流浪小孩在大马路上游荡；港湾外的品奇哥特岛上，一个被绞死的爱尔兰人的骷髅残骸被挂在那里荡来晃去，以儆效尤。[1]

囚犯们组成了一群极其粗野又甘心认命的劳工群体。他们中的许多人根本不知道自己置身何处，其中一些还以为中国就在蓝山背后。18世纪90年代，总督约翰·亨特(John Hunter)曾说："在世界上别的地方，再也找不出这样一群邪恶、遭弃又毫无信仰的人被集中在一起。"他们基本上是靠九尾鞭被制服的，平均每年要执行25万次抽打。如果他们屡教不改，那么就会被送上穷途末路——诺福克岛，去遭受更严厉的惩罚。他们的看护人，那些军人，其实丝毫不比罪犯们让人安心多少。那些士兵都是一帮冷血无情的乌合之众，而那些军官认为自己已经可以逍遥法外，丝毫不必记挂自己的职责，两者一拍即合，便成了一伙贪婪可鄙的投机分子，在殖民地贸易里霸占了准垄断的地位。当地的土著早已因酒精、嘲弄、侮辱和鄙夷而受贬斥，还因传染了天花和其他疾病大批死去。那里几乎没有任何机器，也基本没有役畜；几乎所有的工作必须在鞭挞者的挥鞭之下由人工完成。

想象悉尼早期的景象并非难事。也许没有一个城市像悉尼一样从成立之日起就开始被一丝不苟地描画于纸上了——其中包括素描和地图。而画作的创作者通常是训练有素的海陆军军官，当然也有各种各样天生有才的业余画者。不过，环境和氛围却是另一回事，也许我们根本无法深入了解居于此处是何种感受，这里的贵族是监狱长，这里的人民是囚犯，这里的本地人像是从另

1　原注：品奇哥特岛（Pinchgut）的名字，一般认为有两个来由，一个是因为可怜的犯人们被抛弃在那里服刑，终日只有面包和白水果腹，另一个可能性更大，是由于其被海港紧紧围绕。现在它的官方名称已改为丹尼森堡（Fort Denison）。译注："pinch"有"挤压"之义；而"gut"既有"肠胃"之义，又有"海峡"之义。

一个时代穿越而来的生物，这里的可怖的痛斥声常常能压倒鸟叫声、练兵场的口令声和四周所有穿过桉树林的风声。[1]

维多利亚时代，一切都有所转变，随着英国的殖民地在澳大利亚其他地方逐一建起，菲利普的夙愿也已达成。1808年发生了一场小型政变——也就是所谓的朗姆酒叛乱，当时的总督威廉·布莱（William Bligh）以慷慨不羁闻名，在一场军事暴动中被免职。不过叛乱过后，社会秩序旋即恢复正常，悉尼成了南半球一处野心勃勃的资本主义飞地。一个平民组织从军队处接管了这里。海上贸易蒸蒸日上。从西班牙进口的美利奴羊成为殖民地上一种有利可图的商品。一个有点艺术品位的总督拉克伦·麦夸里（Lachlan Macquarie）赋予了这个城市它自己的风格。犯人的运送在1840年就停止了；截至彼时，共有8.3万名犯人登陆，但是也有7万的英国自由民为了帝国的发展，通过政府资助的渠道抵达澳大利亚。很快这两种人的总数就会被出生在澳洲的欧洲人超越。绵延无尽的灌木丛依然围裹着这个城镇——悉尼北部的圣托马斯教区的教民晚祷后回家时，曾经看到，他们的防风灯在空旷的山谷间消失在黑暗中，就如“星辰匿入无限之中”——但是，现在已经开辟出一条道路穿越蓝山，这个城市也多了一个人丁兴旺的腹地。这些异乡人再也不用在诡异的气候下，在动物群中和花丛间摸索前行了；新的一代人已然茁壮成长，他们在这片土地上找到了家的感觉，也熟知了在此

1　原注：我们应该还原至悉尼作为流放地的时刻。对囚犯们生活的完整回顾，最佳参照就是澳大利亚艺术评论家罗伯特·休斯（Robert Hughes）的史诗巨著《致命海岸》（*The Fatal Shore*）。

生存的技巧。

1856年，悉尼成为新南威尔士自治殖民地的首府。它的经济确实是时盛时衰，从规模和财富上来讲，位于它南面的墨尔本是其主要竞争对手，但随着大英帝国走向鼎盛，随着维多利亚女王登基50周年的金色庆典[1]到来，这个曾经的罪犯流放地已经成长为一处称职的帝国前哨，堪比多伦多、新加坡、德班和马德拉斯。可怜的原住民早在这个城市消失殆尽，而英国人将这片土地建造成了自己的模样。19世纪下半叶，悉尼的人口总数每十年增加10万。19世纪80年代末，也就是百年纪念的这十年里，人口增加近40万。政府办公地迁至新建的市政厅以更好地履行职责，这里距离港口南端一英里，富有“市政感”，装饰着精巧的塔楼，还藏有一架很棒的管风琴。在市政厅近旁，有一处正宗的英国圣公会大教堂，拥有三座高塔和许多彩绘玻璃。这里很好地诠释了悉尼的高层维多利亚建筑，兼具功能性及象征性。

作为帝国扩张及自由贸易时期英国人风格的幻影，悉尼的自我意识在19世纪80年代尤为强烈。对那些在城市里拥有住宅的职业人士、公职人员和土地所有人来说，生活优雅闲适到让人窒息。这里盛行着维多利亚时期礼仪的全部阵仗。繁缛的礼节，卖弄的道德，所有社会举止都直接从“家”或者“母国”那里习得。家庭之间，攀比出行的架势和衣着的入时，我们在书上读到女士之间互相频繁串门，读到男士们繁忙的俱乐部生活，政治活动和高涨的体育热情，所有一切都围绕港岸边绿地上那崭新而

1　译注：1887年及1897年，英国举行隆重大典，庆祝女王登基50周年和60周年，并借帝国各属地代表聚集伦敦之机，举行帝国殖民地会议，利用女王声誉，巩固大英帝国的统治和内部团结。

华丽的府邸中的总督进行着。墨尔本人觉得这样的场景荒诞至极，并把悉尼戏称为“睡谷”，但是来自英格兰的游人们却认为这样的生活魅力非凡。

市中心看上去也极具英国风格。19世纪60年代时，查尔斯·迪尔克（Charles Dilke）略带醋意地写道：“这些房子都带着英格兰式的丑陋，是愚蠢至极的建筑作品。”悉尼最重要的公园被称做海德公园[1]，它可爱的植物园看上去明显类似伦敦的裘园，它的大学是牛津－剑桥的片段化复制，它最好的商店依循着伦敦的样式——比如以蓝白色纹章为标志的W.H. Soul药店，又如以自己的如丝般顺滑的服务而自豪的大卫·琼斯服装店[2]。在商业区的正中央，伫立着气势恢宏的邮政总局，带有一座文艺复兴风格的塔楼，装修精致，别具一格。一座看上去固若金汤的海关大楼，俯瞰着悉尼港，大门上方是维多利亚女王的半身像；而它的后面，各式各样的政府大楼拔地而起，奇特的金色砂石，丰富的象征寓意，不一而足。财政部大楼的门廊里，排列着如伦敦白厅里那样的爱奥尼亚式廊柱；崭新的土地部大楼，有一座洋葱形的圆拱顶，摆放着48个壁龛用来放置著名市民的雕像；殖民地秘书处的大楼装饰着代表智慧、公正与怜悯的塑像；立法议会和铸币厂则伫立在麦夸里总督那雄伟的乔治王时代风格的楼群中。它们地处麦夸里大道，街道两旁是漂亮的住宅，有些看上去甚是繁华，屋前则是一片纯正英式的公园绿地。

市郊的别墅也非常英式，它们遍布港口各个海角——带有

1　译注：同名的海德公园（Hyde Park）是伦敦最知名的公园，也是英国最大的皇家公园。

2　原注：就如伦敦的几家著名商店一样，它也是由一个“卡迪”（Cardi）——一个卡迪根郡的威尔士人创立的。

白色花园的房子，古典气息浓郁，另有美丽的装饰门，以及绿意掩映的车道和门房。布政司就安家于此，新南威尔士主教也是。有时候，这里还会有供仆人居住的小屋，一切看上去都像是英格兰的住宅区。在非中心城区，那些舒适的连栋房屋是中产阶级的居所，而家境较好的技术工人则安家在一排排的独幢小楼中。这些小楼看上去通常非常迷人可爱，并有精美的铁门装饰。

大英帝国体系在这里留下的种种印迹显而易见。巨大的仓库遍布海港沿岸。悉尼港周围建起了一处现代化的卸货点，即半环形码头——后来，尽管一切都还没确定，但是这里又被改名为环形码头。大马路上有有轨电车，海港上行驶着蒸汽船，还有直抵帕拉马塔河的火车。这里有先进的医院、水力供应系统，还有坦克溪分散形成的地下河道。一套崭新的排污系统将污水排入远海，而非港口。这里还有《悉尼画报》和悉尼版的《笨拙》[1]。

但当然，就像维多利亚时代的英国，在这些赏心悦目的情景后面，也遍布着一个下层阶级，其中有一部分人粗鲁不堪。贫民窟在市容及公民礼仪方面都是溃烂流脓的地方。尽管有排污系统，但那里的公共卫生状况让人发指。谋杀和贪污在这个阶层屡见不鲜——政治阴谋、毒品滥用、卖淫嫖娼——而大多数的恶习却是合法的。正像当时的人所说，即使是在国王大道上的帝国禁酒酒店，“你只要知道怎样暗中操纵，别人便无从知晓你做了什么”。而如果你能在国王大道上的帝国禁酒酒店犯罪，那么想想你在岩石区的水兵酒馆里会干出些什么来！岩石区是港口上砂石裸露的岩层，囚犯们在那里建起了茅屋。接下来几年，岩石区成为太平洋地区最臭名昭著的水手城镇之一，那里

1　译注：同名杂志是英国每周刊发的一本幽默讽刺杂志。

一些世界上最为粗野之徒在广场和狭窄的小巷里杂居，海喝狂饮，结成野蛮残忍的街头匪帮，靠盗窃与卖淫为生，时不时地还有来自外洋的逃兵水手和不学无术的流氓混混加入其中。

主教和布政司在他们的别墅里享受生活，快活惬意；悉尼的底层贫民艰难营生，贫穷困苦——纵然有阳光、空间和自由。“漂移而过，漂移而过，应和着疲倦的脚的节奏，”诗人亨利·罗森（Henry Lawson）这样描述他们，“在肮脏的弄堂和小巷，在残酷无情的街道。”也许，到最后，这个城市都没有超越自己的最初；有时候，当我们在书中读到市议员们的骄傲和成功，读到盛大的百年纪念大典和维多利亚女王登基50周年庆典时，我们看到的只是可怜而衰老的多萝西·韩兰德的遗体依然在桉树上来回荡着。

没过太久，岩石区在1900年一场黑死病大爆发中被毁于一旦。那时最糟糕的贫民窟消失了，大多数的恶习都被定性为非法，一两代人过去后，悉尼工人阶级的体格也得到了极大提高。新世纪中，随着澳大利亚各个殖民地团结一致，形成了联邦共和国，悉尼变成了工人天堂的缩影——它如地球上其他城市一样民主，拥有强大的贸易团体，并与形成贫困阶层的因由相斗争，还有着强烈的社会平等意识。它的生活水平据说比任何英美城市都高，而根据一位当地作家1907年所写，它的人民新生出“一种对聪明的狂热，一种在财富的疯狂竞赛中几近做作的心智磨砺，以及一种持续不停的对兴奋和快乐的渴望之情和为自身而作改变的期待”。1914年，当这个城市的年轻人启程赶赴第一次世界大战时，他们神采飞扬。在维多利亚时代，他们被描述为“渴求力量与分量”；而现在，英国诗人约翰·梅斯菲尔德（John Masefield）也许会将他们比做“古诗里的英雄”。

人们依然乐意指出，澳大利亚是在加里波利的战场上成为一个国家的，而第一次世界大战过后的悉尼也脱胎换骨——认识到自己是澳洲的一个城市，而不再是英国的一个移植城市，从此，悉尼有了自己的城市性格。尽管它的市民中仍然有98%是英国人出身，但现在他们无论是外貌、口音还是衣着都已经截然不同。让我们最后来看一看20世纪30年代初期的他们，那段时间里，每一个西方资本主义国家都遭受着经济大萧条，悉尼也不例外。城市里的每一处景象都折射出这场经济动荡——棚户区和施粥场，成千上万的失业者寄宿公园、火车站、摇摇晃晃的船屋，母亲们带着孩子在海岸漂流货物中拾荒。共产主义兴盛，有组织的犯罪猖獗。大战后的伤残士兵在城市街道上游走，厚着脸皮沿路乞讨。在这样的不幸中，这个城市的个性达到了某种高潮，而这种性格到现在更强大至一百万倍。

在这整个世纪，经济都或多或少处于停滞状态，但是这个城市的规模已经延伸至郊区，这里已经远离市政厅：在西面，跨过帕拉马塔河，直抵蓝山；南面到达博特尼海湾；北面则与古老的霍克斯伯里河流放地相接。同时，沙滩文化也蓬勃发展——悉尼有着充裕的阳光、沙滩及海浪，这在明亮的近郊海岸住宅区、在救生员们壮观的竞争场面中都能充分感受到。这个城市比19世纪80年代时感觉更有南半球的特色，也更富太平洋风格，仿佛它正在有意改变方向。甚至在建筑方面也不再像50年前那么盲从于英国，而是发展并融入了额外的亚热带风格——屋檐、悬壁、拱廊、游廊和人行道上由铁索拉着用于遮阳的顶棚，这些都成为澳大利亚城市风格的主要特色。

经过几代的阳光照耀和物产丰足之后，人们自身也发生了突变。女性高大强健，男性在某种程度上变得粗俗、呆滞、随和但步态有力——这一度成为他们的标志。这真是纯正澳洲人的全盛时期——宽边软帽下的澳洲小伙，穿着长短裤和及膝袜，在酒吧的老地方，而他的姑娘正在房间尽头和一群女孩闲聊。这是一个爷们儿、俗气又骄傲自大的悉尼，或者就像诗人肯尼斯·斯莱塞（Kenneth Slessor）所写的，“煤气灯，稻草帽，香蕉串，坐在电车上的悉尼城”[1]。“在一切所思所想中，”悉尼漫画家威尔·戴森（Will Dyson）在1929年宣告，“我们展示着如一个乡村老妇一样的精神。”

这里是悉尼，它的地方性，真实可触。但不可否认的是，这个地方还半念想着自己仍然是帝国大都市，并在帝国志得意满的作品中被粉饰为帝国的第二大城市。但它真的不能被如此归类。尽管它依然是新南威尔士州的首府，但也只是自治的澳大利亚六大州府中的一个，而这个国家的联邦首都则落在180公里外的堪培拉。它的统治阶级，总体上还保持着可笑的忠诚与保守，但劳动阶层则大抵对其与英国的联系无感，并常常对共和传统无感，更无感于悲悯天下的共产主义者。

按国际标准来说，悉尼并不那么重要。它维多利亚式的地标和乔治时代风格的遗迹早在琐碎平凡的商业发展中被吞没。在它的郊区，树木被残忍砍倒，大多数地方都变得非常讨人嫌。自从第一次世界大战以来，几乎没有兴建过一座公共大楼，也没有地方让人驻足观赏或者在未来数十年后有保护的价值。骄傲自大，很可能只是自卑的表现，我想公平地说，20世纪30年代是悉尼的低潮期。这个城市在回顾它肮脏的开端时，仍然记

1 原注：选自诗人1950年出版的绘本《悉尼肖像》（*Portrait of Sydney*）。

恨在心；它被病态的帝国忠诚和骚动的独立之心撕扯着。考察它的粗俗褊狭和仇恨之心时，人们怎么也想不到，在另一个50年里，它会在后帝国时代，一跃而成蓬勃发展的奇迹——稍后，本书将一一描述。

两年过后，在大萧条最严重的时期，以一种奇妙狂喜之态，悉尼开通了它的海港大桥，后者成为世界上的建筑奇迹之一，也是当时澳洲大陆上最为引人注目的焦点。在那个时刻，我想悉尼的当代史开始了——或者说悉尼就此定型。经过另一场世界大战，经济繁荣与萧条交替循环之后，悉尼的经济地位也随之确立。大英帝国的式微改变了它对世界的看法，欧亚大陆移民的如潮涌入改变了它的旧俗。随着18英尺帆船风驰电掣般驶过布莱德雷海角，随着摩天大楼在海岸上熠熠闪光，我们来到了20世纪90年代的“周日午后”。

悉尼人总说他们的城市缺乏历史感，就此我不敢苟同。我发现悉尼的“过去”比其他大多数城市都更易追溯，我们对这片新大陆的开拓者如此熟悉——或知道他们的名字，又或对他们仅有泛泛的印象，我们对早期一幕幕场景的想象何其容易。如今许多维多利亚时代的纪念碑依然伫立，象征着维多利亚式的辉煌。大卫·琼斯已被誉为“世界上最美丽的商店”，而皮特街上的W. H. Soul药店提供“灵魂色彩”快速胶片冲印服务；财政部的内院如今是洲际酒店的咖啡馆；土地部大楼的壁龛还在等待另外25位英雄的到来。在乔治街北端附近有个急转弯，是为了避开原来政府造船厂——它的界标早已不见；而当街道转向东面，又回到市政厅旁边时，是为了躲避第一个城市墓园，在这里猪欺负过羊群。悉尼市中心这种出人意料的街道形状部分还是因为菲利普声名狼藉的小宅。坦克溪，偶尔会波澜汹涌，依然在环形码头六号码头边流入悉尼港。那里的涂鸦，从首批船舰到访时就存在了。我常常在夜晚，看到港口附近坐在岩石上的人影，似乎正在孤独冥想，一如许久之前的原住民一样。夜幕降临后，小渔船的锚灯在水面上掠过，很容易就让人期待其中会有艘小舟驶离黑夜，它的船尾会站着一个裸体的黑女人，而船腹正升起袅袅炊烟。

灌木丛依然旺盛生长。我们将对如今的野生世界投以一瞥，以此作为对旧悉尼回顾的收尾。这里不但是城市中的乡村（*rus in urbe*），更是不可毁灭的自然力量。我们站在北方郊区的一座路桥上，俯身下望，看到人行道下方是一处沟谷，布满了杂乱的灌木。黄昏已至，满月徐升，三三两两的人群开始陆陆续续地在桥上聚集起来。车流畅通，夜色迷人，树丛间星星点点的房子看不到人迹。而我们足下，河流在巨大的蕨类植物间波涛起伏。一个前臂文身的年轻人随手向桥下扔了个烟头，它闪烁着微弱的火花，随着水流漂进了树丛。一群小孩比赛奔跑，在人行道上上下下，乐此不疲。我们在等待悉尼果蝠——就是那体型巨大的狐蝠，它们在附近某处成百上千地聚居，据说还会散发一种特有的蝙蝠味，让人惊惧。[1]每个夜晚，它们就会离开丛林里的栖息地，去城市搜寻，它们会飞过整个北部郊区，更会飞越港口。它们路过公寓窗口，身影扑朔迷离，人们经常能感觉到它们，却很少能看得真切。它们是地球上最南面的果蝠之一，是悉尼规模最大的“居住群”，它们逃过了所有历史造成

1　原注：我曾不安地听一位有此类经历的人说过，这样的气味会传递到吃果蝠的人的汗液里。

的劫数，如今，已经收获了许许多多的追随者。我曾经参加过保护协会的一个会议，协会地处这条路前方富有的戈登郊区内，这群人对果蝠的热情甚至让果蝠自己也会大吃一惊——那里有各个年龄层的蝙蝠爱好者，佩戴蝙蝠徽章，身穿有蝙蝠形象装饰的T恤衫，聆听热情洋溢的关于蝙蝠的讲座，认真检视玻璃盒子里的蝙蝠骨架，并以传教士的热情派发关于蝙蝠的传单。

夜幕降临，一小群观众挤到了栏杆边，从蓊蓊郁郁又朦朦胧胧的灌木丛里飞出一只孤单的灰首狐蝠，越过我们的头顶，又朝着港口的方向南飞而去。一两分钟后，又出现了两只，接着又出现了一小群。这看上去像是一个散漫无序的过程，孩子们早已消磨了兴致，又开始在人行道上下奔跑起来。“就这样了吗？”一个女孩儿问她年轻的爱人。“他妈的，”那个文身的小伙叫道。但是，又几分钟过去后，果蝠出现的速度戏剧化地加快了，它们三五成群地出现；接着，又成批出现；然后，一大群一大群地出现；最后，是一队一队地出现，直到漆黑的夜空全是它们的身影。它们川流不息地从灌木丛中倾泻而出，成百上千，成千上万，就像是一次声势浩大、愤怒异常的霸权复辟。

片刻之后，它们延伸至夜空的冗长路线变得有些枯燥。等不到最后一只果蝠飞越桥面，孩子们就看够了，喊着要回家。

悉尼的外观

1. 城市

多数世人对悉尼的印象可能就是大满贯的样子，全力以赴，旗帜飘扬，烟花飞舞。这些无疑是雄伟壮观的。但我发现，在当下所有的旅行线路中还没看到过这样的安排：某个春光明媚的日子，从纽卡斯尔市的海岸直飞而下，一路沿着悉尼北面的海岸线前进，然后朝西急转弯，做个漂亮的本垒打直抵悉尼港口。即使你搭乘的是颤颤巍巍破旧的水上飞机，也依然会感觉壮丽非凡。这样的安排会给你一种凯旋的快感，仿佛空中飘来一段音乐，最好就是《跳华尔兹舞的玛蒂达》[1]。

海角被太平洋的波涛不住冲刷，一个接着一个渐渐退出下方的视野，中港向北躬身退下，然后你的足下便出现红色房顶的郊区，中间不时冒出绿色的树冠，还有数不胜数的泳池波光

1 译注：澳大利亚最著名的民谣，被认为是“澳大利亚第二国歌”。

粼粼，更有凤凰木和蓝花楹偶尔在眼前绽开，美不胜收。在你的机翼下，一些小岛滑翔而过。海港里尽是船只留下的浪痕，货船出海远航，水翼船急匆匆地进进出出，而在海岸的舒适地带，到处是让人心神向往的白色别墅。接着映入眼帘的便是布莱德雷海角，“悉尼”号的战斗桅楼，以及品奇哥特岛这个小小的避难所，然后——再会！再会！悉尼市中心以壮观之景迎接我们：海港大桥古老的桥拱，悉尼歌剧院舒展的贝壳形象，公园里那让人咋舌的大片绿地，以及“领地”[1]高楼大厦的光彩熠熠。待一过市中心，就如同音乐里的渐弱音，蜿蜒曲折的帕拉马塔河边的近郊在昏暗的视野中淡去，再往前，就是灰绿色起伏的山脊，这里是早期定居者的制高点。地球上恐怕再也找不出第二个城市能有这样一种歌剧似的参观方式。

在悉尼外围的内陆，也点缀着一些历史景观。在这里，有时候，除了浓密树木后隐约可见的海港大桥的桥拱外，你完全看不清远处的城市；而在某些时候，你也可以调整自己的视线，再回望一下市中心，它就像被安放在绿色山脊构成的相框内，整座城市如同建于大山之中。在港口北部沿岸，阳光和倒影形成的幻象夸大了悉尼的规模和力量。一个炙热的日子，从遥远的南方，从博特尼湾微咸的沙滩起，地平线上一幢幢摩天大楼在日光下光芒闪烁，如同一片直入云霄的海市蜃楼。悉尼的色彩在热带城市中来说从来不算艳俗，相反，它通常朦胧而柔和。这座城市看上去如此辉煌华丽，拥有自我表现的天赋，仿佛生

1　译注：“领地”（Domain）是一处面积达34公顷的开阔区域。它位于悉尼中心商业区的东部边缘，靠近乌鲁姆鲁。这里是户外音乐会、露天活动及大型集会的热门举办地。

来就是为了展示。

有人曾经借给我五盒1988年200周年国庆[1]的录影带，这场庆典在悉尼所有大型活动中首屈一指。我快进播放录影带，生平第一次目睹这样让人兴奋的连续图像：快艇和交响乐团和旗帜和舞蹈的原住民——飞艇、喷射水柱的消防船、王子驾临、乐队演奏——大片的人群欢呼、屈膝礼、士兵敬礼、滔滔不绝的演讲——现在是港口全景，光芒四射，五彩斑斓，还有空中俯瞰歌剧院之景——我想还有礼炮，当然还有直升机、花朵和歌唱的孩子们。很快，白天在我眼前变成夜晚，大片礼花喷发，直上云霄，烟花瀑布从桥边倾泻而下。

快进的影像正中我的下怀——从审美意义上说，悉尼只消瞬间就能调动起人们高涨的情绪，而不需要对着满满五盒录影带目不转睛地观看——但结尾时，我放慢了播放速度，因为这个城市的上空被最后一片巨大而欢乐的焰火笼罩，并且人们真的在演奏《跳华尔兹舞的玛蒂达》。

悉尼的城市原址在港口南面低矮的群山和裸露的岩层上——这些平缓的隆起物与山坡围绕在菲利普的坦克溪四周。这里的优势是风景如画，而劣势则是规模过小，人们不得不花时间投入精力以努力地让这个地方更为正式并体面。菲利普明显期待悉尼能具备一种鼓舞人心的特征，就如同莱佛士[2]的新加

1　译注：澳大利亚的国庆日（Australia Day）是为了纪念1788年1月26日菲利普船长率领的第一舰队到达悉尼湾，并在这里升起英国国旗。

2　译注：托马斯·斯坦福·莱佛士爵士（Sir Thomas Stamford Raffles，1781 – 1826），英国政治家，1819年登陆并开发新加坡。

坡一样——“以灯光作为城市特征来建设”。他下令城市的主干道要有200英尺宽，他想象着在水岸边建造一个广场，州内重要的大楼都汇聚周围，而州总督府则建在广场上。当时他头脑中的模型应该是他所熟悉的泰晤士河畔的格林尼治或里约的海滩规划。不过，他的设想从来没有实现。当意大利航海家亚历山德罗·马拉斯皮纳（Alessandro Malaspina）带领两艘西班牙的轻巡洋舰在1793年到达悉尼时，他发现这里曾被规划过，但看不出是如何操作的：如今这次规划唯一的遗迹便是市区中心的朗街，作为一个大阅兵场的残余部分，其以一个突兀的角度伸向暗淡的水边广场。

1810年到达悉尼的麦夸里总督，也制订了这个城市的景观规划，他得到囚犯建筑师布里斯托尔的弗朗西斯·格林威（Francis Greenway）的帮助。弗朗西斯因伪造罪被判服刑14年，但6年后即获得释放。和菲利普如出一辙的是，麦夸里总督也想将这片土地上流放地的印记最小化，至少能做到“眼不见为净”。于是，他设想这座城市并不是以水岸为中心，而是以内陆一英里见方的大教堂广场为中心；在这个广场上，所有的市政道路都以英国王室成员或麦夸里家族成员命名，它们以几何状汇聚成一点，这不仅壮观雄伟，而且容易控制暴动。麦夸里的灵感很可能是爱丁堡外加一些英属加尔各答的样子。与此同时，他的门客格林威正想在岩石区打造一座城堡，在海港周围立起纪念柱廊作为悉尼庆典的通道。但是，伟大的设计构思被奢侈浪费的指控扼杀于襁褓之中，再次落了空。不过，在全盘计划失败前，麦夸里和格林威确实建造了几栋好楼——一两座教堂、现代文明感十足的住宅、哥特式的钟塔楼、一座有自己码头的市场及一个治安稳定的地方长官住宅区——这并不在格林威的城堡梦里，但看上去已经非常接近。

自那时起，关于建造悉尼纪念建筑的提案时有出现，它们通常建立在菲利普和格林威计划的某些变体之上，聚焦于建设雄伟壮丽的港畔开发区，其中还包括拓宽通往市区的道路。20世纪30年代，澳大利亚联邦副检察长罗伯特·加兰爵士（Sir Robert Garran）在三思之后觉得也许一场“伦敦大火”[1]是个好主意；这样他们就能在灾后重建时设置“明显的出入口，沿着港口开通一条观光大道，为一些豪华街道提供适当补贴”。20世纪50年代时，一项对东西向主干道威廉大街再开发的方案出炉，计划将它再建成一条优雅的八车道公路，两边有咖啡厅，有成荫绿树，也有购物中心、商场和柱廊，还有一股潺潺溪水从中间流下——“至少相当于巴黎的香榭丽舍大道”，这个计划的设计者如是预测。[2]而距今最近的规划方案则出自悉尼规划委员会（他们像所有规划者一样充满希望，否则就会丧失勇气），他们设想市中心被分成12个区域，每个区域都有一种“独特的个性”——比如电影区、教育区、一个“传统风味的商业区”、唐人区和公共仪式区等。

维多利亚王朝曾一度赋予悉尼一种清晰可辨的风格和功能的一致性，就像它为所有其他大英帝国治下的城市所做的那样。市政厅建筑群看上去威风凛凛；19世纪晚期环形码头的照片中的景象也非常和谐平衡；海关大楼依然坐镇中央，指挥四方；

1　译注：此处原文为“Great Fire”，应指1666年伦敦大火。这是英国伦敦历史上最严重的火灾，火势自9月2日开始蔓延，至9月5日才扑灭。大火烧毁了许多中世纪建筑，而重建工作持续了10年。

2　原注：1991年，威廉大街受人关注只是因为白天的汽车销售店，晚上的性交易。在它的东端有一个巨大的可口可乐标志。

砂石建成的政府办公楼位于后面的山坡上；哥特式州总督府雄伟庄严，屹立在上方花园中。政府私有“领地”已经变成一座华美的公园，平静的绿茵向市区东翼绵延而去，而生动的巴洛克和洛可可风格的砂石建筑为市区街道平添了丰富景致。在19世纪80年代初的几年间，这里的美景因为在穹顶花园宫殿举办的悉尼首个国际博览会而誉冠全球。这处宫殿看上去类似中欧地区的长方形会堂，区别在于它是木制的。但在1882年，数小时的大火燃烧将其化为灰烬。[1]

随着20世纪的到来，这样的平衡销声匿迹。当我在20世纪60年代初首次拜访这座城市时，市中心着实乏味无趣。它的主街道已经过时，民宅老旧，直到1957年它的最高楼也仅150英尺，这使得天际线失去了往日的光彩与浪漫。悉尼港，根本就见不到雄伟的柱廊，相反，却被卡希尔高速公路野蛮地遮挡，而一条高架环路则非常讨厌地挡住了城市中心的风景，并且还把可爱的“领地”一分为二。[2]悉尼歌剧院现在所在的地方原来有一座电车车站，被徒劳地造成堡垒的模样，而市里的制高点是办公大楼顶上的无线电塔，还无望地被装扮成埃菲尔铁塔。

不过今天，这里的事物已远非那么无趣。维多利亚式的平衡一去不返，而从建筑上说，悉尼当然不是这个新世界城市中心里最杰出的一个。过去20年，钢架、玻璃和混凝土不断爆破，旧楼倒，新楼起，让它有了一种挥之不去的兴奋，而高楼的中心地块，只意味着这个城市充沛的精力，别无其他。悉尼塔铮

1　原注：《悉尼先驱晨报》（*Sydney Morning Herald*）当时津津有味地报道说，“在一片泛着红光的无垠火海上，到处是炽热的金属和燃烧着的木头”。宫殿的门在麦夸里街上至今存留。

2　原注：还理直气壮地经过近在咫尺的皇家汽车俱乐部餐厅的窗外。

亮的金色塔尖俯视全城，跃升为南半球最高的建筑。尽管后现代主义的怪诞狂想还没有影响它，但它的造型、层级与角度都呈现出生动的多样性。那个无线电塔终究湮没在了高楼大厦中，但是维多利亚时代的历史遗迹却仍然有途径来凸显自己的存在——如果它们被讲究地保存起来的话。而那些麦夸里时代优雅的幸存儿们，在狂热崛起的建筑群中，不辞辛苦地站立着。

悉尼市中心，环形码头以南的1平方英里左右看上去依然像个大杂院。它的街道被按照某种棋盘式的布局来设置，但也只是有那么点儿意思，游客们惊奇地发现这种布局看上去非常别致——本质上与曼哈顿下城区并无不同，但比世界上其他现代大都市的更为曲折多变。这部分是因为它不规则的地形，如陡坡上的街道、出其不意的台阶和平地上的有趣变化，但也部分是因为它特别的出身。

早期的规划者在设计上都败下阵来，这个城市继续保持着一触即倒的样子。而直到如今，你依然可能在悉尼市内的街角看到旧社会风格——狄更斯或贺加斯[1]风格，当然还有更古老的风格，但无一不继承自英格兰。水边小道上深深的旧阶，不期而遇的广场，不时可见的破败酒吧，落叶残花飘零的后巷，腐烂潮湿的木条从亟待修缮的小屋里散发出的气味——这所有一切都把我的思绪拉回到很久以前的时代与风俗中。

当安东尼·特罗洛普（Anthony Trollope）[2]在1873年来到悉

1 译注：威廉·贺加斯（William Hogarth，1697–1764），英国著名油画家、版画家。

2 译注：安东尼·特罗洛普（1815–1882），英国作家。

尼时，他的想法和我的不谋而合。他为悉尼的传统气息而沉醉，尽管它的历史不到百年，但是它的复杂难懂却足以引人入胜。它不像其他现代城市有笔直的道路和触目可见的风景——完全不是规整的四边形，对这点他非常满意。10年后，同样来自英格兰的理查德·特佩尼(Richard Twopenny)认为它复杂的街道“让人一见如故”，而艺术家劳埃德·瑞斯（Lloyd Rees）1917年第一次进入市中心时，为它的封闭感而高兴——“谁都看不穿悉尼”。

花店、水果店和小吃摊都加重了这种自然原始的感觉，还有人满为患的拱廊，里面满是类似中世纪集市的小店，藏身在街道之间。岩石区已经为招揽游人而粉饰一新，不过仍然还珍藏着一些有历史意味的角落，如妓女们曾匿身过的小巷，还有台阶——过去，在那里也许你会被劫财害命，另外，还有小酒馆——肆无忌惮的老板可能会把你从活板门推下海，骗去做水手。有时，在办公大楼之间会见到海港光芒闪烁，就如人们会时不时看到沃平或莱姆豪斯的水边台阶下的汩汩流动的泰晤士河水。有时，海港大桥的巨大桥梁在联排房屋上方若隐若现，它们投影在一座公园里或作为一条街道热闹景致的完结点：这总是让我感觉像存在着一座宏伟的教堂，在它的庇护下有个远远更为古老的城市繁荣又受难了一千年。

在这一片大体的混乱中，还是有几块地方或区域是独具特色的。首先如麦夸里大道，我们若在19世纪80年代拜访，它是一条上流社会的社区街道，现在这里则容纳着政治家、医生、律师和各种机构。这里有国会、新南威尔士州图书馆、现代化的最高法院和布局不规整的悉尼医院，而整条街望出去都是“领地”——部分是公园，部分是州总督府的外围——依然是一幅光亮与色彩组成的神奇场景，可以径直越过鲜花、树木、草坪和皇家植物园[1]的暖房看到港口水边。

悉尼的这个区域有着真正的首都气质，而公园里的州总督府作为新南威尔士州总督的居处则是与皇宫最为相近的地方，这里确实是遥远的不列颠君主国的代用皇宫。有时候，人们会看花眼，混淆了它和它的邻居——格林威建造的有城垛的建筑群，后者一开始被用做总督的马厩，现在则是悉尼音乐学院的所在。州总督府也有城垛，但是在马厩竣工25年后由爱德华·布罗尔（Edward Blore）所建，他曾设计了沃尔特·斯科特（Walter Scott）位于苏格兰阿博茨福德的仿王室宅邸。大楼于1843年建成时，约翰·胡德（John Hood）将其称为艾凡赫哥特（Ivanhoe Gothic）建筑的欢乐随想之作，因为它“某种程度上是伊丽莎白时代的风格，但又不完全是”。麦夸里大道上的建筑穿过草坪遥望着它，就像曼哈顿的公寓楼遥望着中央公园。总之，这条大道还颇为励志，尤其当你从狭窄的金融区爬上平缓的山坡来到这里。它的灿烂阳光、开阔空间、不凡气息及它的棕榈树、旗帜、花朵和雕像掠影都将欢迎你的到来。

沿着这条路上去便是海德公园，恋人、流浪汉和棋手常常光临这片有着浓郁都市气息的椭圆形绿地。它的西面是华丽的犹太教堂，东面是立着许多壁柱的澳大利亚博物馆，而在树林中则伫立着澳新军团纪念馆，这个纪念馆在我眼里是这个城市

1 原注：约翰·戈登（John Gorton）首相在1970年一次著名的演讲里赞美了墨尔本的植物园，而不是悉尼植物园，但我还是不得不在这里引用他的话——“如果这花园里的一切并不是彻底无可媲美的话——我想它很可能是，但是如果它不是，如果它不是独一无二的，那么毫无疑问，在苏布里奇先生的指导下，它将不日成为最独特的——即便它目前不是。”

最高贵的地方之一。海德公园那些备受尊崇的纪念建筑则在北面，围绕着被认为是城市纪念中心的麦夸里总督故居，它们包括弗朗西斯·格林威两个最好的作品——优雅的圣詹姆斯教堂，这在伦敦或者波士顿也许都不值一提，但是在这里却显得非常都市化；还有马路对面海德公园警察所。1819年，格林威为麦夸里设计了这个警察所作为首个男囚监狱；近30年间，它的首字母缩写“HPB”都被印在囚衣上。作为一个前罪犯，格林威大概不是很乐意设计一些过于阴暗的东西（尽管那里有一处执行鞭刑的三角地），他建造的这座大楼从此以后成为这个城市的装饰品。带着斜屋顶的矩形大厦，圆顶塔上有一个精致古老的钟，它站在大门背后的大院子里，总让我想起一些年久而古色古香的公共建筑，比如一个学院管辖区里的考场或学监办公室。[1]

海德公园另一座重要建筑就是位于西北角[2]的圣玛丽天主教堂。这个教堂宏大无比。在高度上，它不如它的模仿对象林肯教堂，但它很可能是大英帝国海外属地中最大的基督教堂，我甚至怀疑它在1882年落成时，要比大英帝国领土上任何拔地而起的建筑都高大——让人看得瞠目结舌，尤其当人想到它建成之时这个城市的规模之小。它是中规中矩的哥特式教堂，你甚至可以从一本教堂画册中找到。它有着尖顶拱门，昏暗的耳堂，一个地窖和三座塔楼[3]；两尊英雄人物的塑像守卫着南门，他们

1　原注：有一天我在它附近漫步并思索它柔和的比例（远比我见过的其他警察所要更温和），当时它正在被改造成一个博物馆，当我隐约看到在它的历史中期存留在一堵墙上的几行字时，颇为震撼，上面写着“精神失常办公室主人，在顶层”。

2　译注：此处作者记忆有误，实际应为东北角。

3　原注：这三座塔楼的尖顶设计原本打算借鉴悉尼最知名的维多利亚时代雕刻中的塔尖形象。

既不是圣人也非殉道士，而是近代的大主教。

市政厅周围地带，是19世纪80年代的骄傲，尚有一些可以矜夸的地方。圣安德鲁英国圣公会大教堂实际上比它的罗马对手[1]要逊色得多，到如今都让人疑惑为何它如此低调。起先它的正门朝西而开，但在19世纪后期，其周围的新街道与大楼进行了改建并转移到教堂前方，因此如今入口设在了原来主祭坛的位置，让整幢建筑有了点谦逊的气息。而市政厅本身，永远昂首挺立，可视做建筑风格的指向标。据说在各个时期共有11位建筑师曾经手这座大楼的设计，这造成了它颇具张力的混搭风格，顶部冠有一座五层拱形并带有立柱、窗户、门廊、柱顶过梁、扶壁、穹顶，形似缸瓮又飘扬着旗帜的钟楼。

比圣安德鲁英国圣公会大教堂更好的建筑还数维多利亚女王大楼。1898初建时它是一个集市，接着被改造成图书馆、葡萄酒卖场和各种各样不同的政府办公处，如今它被马来西亚人承包下来，成为地球上最为豪华的商场之一。它的魅力不只在于外观看上去非常悦人——有着银河似的穹顶和屋顶凉亭；而且它复杂的屋内长廊，让我想起一个快乐工作着的皮拉内西[2]。那里还有一只象征荣耀的挂钟，一个小时接着一个小时，随着大声的报时声，用机械移动的方式展示着一系列英国国王和女王们的静态图像，最后以查理一世的斩首告终。[3]

不远处就是这座城市最新的建筑布景——达令港。达令港

1　译注：此处指上文的圣玛丽天主教堂。

2　译注：乔凡尼·巴蒂斯塔·皮拉内西（Giovanni Battista Piranesi，1720－1778），意大利雕刻家和建筑师，他以蚀刻和雕刻现代罗马以及古代遗迹而成名。

3　原注："值得等待。"一个带着爱尔兰口音的路人曾对我说。

曾被早期定居者称做小舟湾。它位于悉尼港的西面，直到几年前还是这个城市最重要的码头地区之一。现在的它有种不拘小节的大气辉煌，变身为旅游及会展中心。它的周围是让人眼花缭乱的旧码头，到处是看似温室的白色玻璃幕墙楼宇，湾区上有世界上现存最早的电桥——皮尔蒙特桥，还有一条混凝土高速公路高架桥跨越其间。那里有游乐园、水族馆、中式花园、巨大的会议中心、令人目不暇接的商店和两座博物馆：这些建筑都绕水而建，背后则是一些单调乏味的旧工业大楼。这里给人一种欢乐的幻想，它由一列单轨列车与市中心相连，这部列车扫水而过，一圈圈地绕着那些钉子一样的白房子，神似一条肥胖的红色与奶油色相间的大虫在蠕动。日光和煦的周六，达令港就是一个活动的“大汽锅”，就在这样的一天，我在那里邂逅了一群高跷舞者，他们画了彩绘，插着羽毛，在一种诡异的安静气氛中在高速公路桥底下昂首阔步；他们高高在上，举步平移，足以让人觉得怪异，再加上游乐场机械的高速旋转，海面上船只来来往往，天空中玩具气球摇摇晃晃地上升，逍遥自在的人群东逛西走，都让达令港的那个午后平添了意想不到的力量感。

悉尼真正的仪式中心以马丁广场为代表。它位于商业区中心地带，离港岸有三个街区。这里本来是一条穿越市区的古老街道，后来经过时断时续的改造才变作广场；改造期间，拓宽了道路，清理了交通，种上了树木，现在这个广场自城市最初的主干道乔治大道而起，至“领地”旁的麦夸里大道而止。这里是悉尼市区的脉搏，尤其在每个工作日的午餐饭点，同时也是这个城市的风格情感指向标。那里有阵亡纪念碑，由低头伫立的军人雕像守护着。一座用来纪念悉尼艺术家威廉·多贝尔

马丁广场阵亡纪念碑

（William Dobell）的雕塑采用了现代主义的意象，却是一次不幸的尝试，它如一座由铝制的风筝堆砌成的塔，被戏称为“银色肉串”。那里还有一座下沉式圆形小运动场，里面带有舞台，西端还有一个夺目无比的巨大喷泉。

邮政总局依然傲视群雄，尽管120年过去了，这里仍被视做悉尼的中心样板建筑。它英勇地对视着周围的摩天大楼群，而它自身的意大利式柱廊则为街道注入了庄严肃穆感。它拥有的一系列信箱（Letter-Box，官方名称为Aperture，当然它理应首字母大写）在周围铜制背景下显得尤为壮观。[1]这里还有铜栏杆、旗帜、女王像及玻璃球灯，而面朝皮特街（Pitt Street）的那边还有一些造型欢乐的雕塑，传达了大众对邮政服务的忠心不渝。这些东西在刚揭开面纱时，被认为不甚体面；而我在它们身上能看到的最不入眼的，也只是右手边嵌板雕塑上一个邮递员向一位脸上绽放着美丽笑容的家庭主妇递送晨邮时露出的那有点挑逗的假笑。

马丁广场两边都是大银行和保险公司，有四条繁忙的马路从中穿过，不幸降低了这个广场的效用。但当它秩序井然时，也让人赏心悦目。花摊和书报亭赋予它色彩。库里巴小屋供应沙嗲和亚洲菜肴。树荫下的半圆形大椅子上总是能看到人们坐在那里，无所事事，享受生活。有时，街头艺人开始演奏音乐，里面有吉他手和爱尔兰口琴手。当音乐会在这里的运动场举行时，通常都是中午，成百上千的年轻人随着音乐快乐摇摆，在喷泉畔打开他

1　原注：信箱的光泽新旧程度各不相同，当我问一位清洁工为什么“海外、特邮和州际邮件”比“郊区、乡村、首都直辖区域悉尼市”要暗淡许多时，他说：“啊，嗯，郊区和乡村是换过的。”

们的三明治，在滑板上做出千奇百怪的疯狂举动（罚款200澳元），在半价票亭排起长队购买廉价戏票，或者在联邦商业银行门前大跳迪斯科。在一个周五的午餐时间，我看到一位瘫痪的老妇正用绑在头上的铅笔作画，旁边围着一群观赏者。

马丁广场是悉尼的特拉法加广场；而悉尼港，广场的起始处，就是它的皮卡迪利大街。它的四周是人行道，而悉尼歌剧院腾空而起、轮廓怪异的大顶棚在其中占了重要位置。悉尼歌剧院有着九个飞腾的白色屋顶，各种不同的平面和多样的材质混合在一道，是我所尝试描画的所有建筑中最有难度的一个，并且也不是人人都能欣赏它。英国记者贝弗利·尼克尔斯（Beverly Nichols）觉得它像是从大海中爬出来图谋不轨的怪物。而作家布兰奇·德阿尔普吉特（Blanche d'Alpuget）把它想象成“身患白化病的热带植物，由于生长的罐子太小，以至于根系都交错在了一起”。我个人以为，从港湾迎面看过来，歌剧院毫无美感，它有着牙齿一样的大窗户，顶上的大罩子塑造了大体的轮廓，看上去真是贪婪无度。一个布里斯班的才子觉得它像悉尼女杰琼·萨瑟兰（Joan Sutherland）[1]在《拉美莫尔的露琪亚》中表演疯癫场景的模样。

这座建筑，包孕之多，难以想象。当我走在它宽浅的台阶上时，那些腾飞而起的屋顶就在我的头上，我深刻地感受到自己就像建筑师描画下的梦幻城市里一个微小人形——这些人形和风景无关，只是因它所置身的发展势头而备受激励。但是悉尼歌剧院也给人一种置身于柔软膏体中的感觉，这让我从建筑师情节的

1 译注：澳大利亚女高音歌唱家，以其花腔闻名国际，被誉为美声女王。

局外感中恢复过来，转而觉得自己是冰激凌里的一只小虫。

这里看上去非常肃穆理智，它的功能远远超过传统意义上的歌剧院。[1]悉尼市民几乎把它当成了一个俱乐部，大厅、咖啡馆和餐厅也随处可见，还有小型扶壁让小男孩们滑滑梯。一个下雨的周日午后，我在其中一个音乐厅聆听了悉尼青年交响乐团的演奏，觉得这个地方给人宾至如归的舒适感。乐手们用心地演奏着，人们四处走动，或倚靠在栏杆上，或喝茶，或向别人在大提琴席中指出自己女儿的位置，或坐在地上读报纸。隔着窗户，我看到在雨中微斜的伞，听到匆匆路过的女人们欢乐地笑着，浑身湿透的日本游客轮流给彼此拍照，海鸥们疾飞而过，快艇着急着回家，渡船则冒雨工作；而在这舒适的室内，交响乐团正在演奏勃拉姆斯，伴随着茶杯清脆作响，人群互相亲切地攀谈，一个被落下的小男生急急忙忙冲下大厅的楼梯，两步并作一步，在音乐声中大叫着“爸爸，爸爸！”

悉尼港也有全悉尼最丑的几座建筑物，为这座城市的闪闪发光加入了某种低劣暗淡。而人字形的仓库遗迹又让它显得那么特别。这些仓库遗迹仿佛是从挪威的卑尔根市搬过来的，现在则变做港口西面的餐厅。岩石区上有了一片绿意，气象台伫立其上，海运大厦高大雄伟，后头则是鳞次栉比的摩天大楼。出于全局景观考虑，海港大桥巨大的身型跨过了狭窄的西向海港航道。这座大桥绝非世界上最可爱的桥梁，但是至今为止它

1 原注：也有歌剧从业者评价它太不像歌剧院，因为它真正的主要功能在于音乐厅，而它的歌剧设施不如外观远为低调的墨尔本艺术中心，这很是让人痛心。这也是为什么会有人嘲讽说澳大利亚有世界上最好的歌剧院——外观最好的在这个城市，而内部最妙的则在另一个城市。

都充当了“世界老友”[1]的角色。它阐释了耳熟能详的忠诚度，它的日常工作可圈可点，因此从任何一种意义上说，它都是对以下将要提及的、令人费解的艺术场景的有力补充。

没有什么东西能和这幅尤其轰动的场面相提并论了。随着渡船经过，海面泛起白色泡沫。咖啡厅和酒吧沐浴着阳光，情状喜人。也许正有一艘游轮在港口停泊，它庞大的身躯就在我们的眼前，上面飘扬着彩旗，涂抹着新油漆。轿车不停地从桥上隆隆开过，而当一列火车经过时，就会令人感觉地面在震颤着。观光船开着四处绕圈，它们的高音喇叭回声四起；而码头上的街头卖艺处通常会飘来齐特琴的清响，小提琴的弦动之声，还有鼓点声。我一直都觉得这是一个理想化了的澳大利亚——如此年轻，如此活力，如此希望满满。悉尼歌剧院是全新开始的号角，而头顶的大桥、混乱的港岸的、不得片刻安息的水上交通、闪闪发光又处处肮脏的观感，又一次让我深刻体会到悉尼能让时光缩短的奇特感受。

2. 郊区

卫星图上，悉尼看上去更像只是一种地质特征，而不是一座城市，在那一片暗灰和红色之中，在大海与高山之间，市区几不可见。人们口中的中央商务区自19世纪以来就没再扩张过。它和伯明翰、英格兰或者达拉斯的市区一般大。不过，悉尼大区，

1 译注：此处应意指悉尼海港大桥是世界上历史最为悠久的海港大桥之一。

也就是卫星云图上的那块，却和伦敦的面积不相上下。目前悉尼人口共350万，面积为670平方英里，是世界上所有城市中形状最不规则的。无论驾车走哪条路，要出悉尼都需要开上几个小时。更有人说，在悉尼的偏远地区，有些人一辈子都没能看一眼海港大桥。这是一座杰出的郊区之城——也许是唯一一座郊区之城；有些关于这座城市的书里整本都在写它的郊区，如地名词典和郊区指南、郊区建筑研究、郊区社会分析、郊区政府、郊区风格、郊区忠诚度和郊区的强烈自豪感。

这个城市的中枢本来应该是在帕拉马塔附近，离环形码头大概15英里远的内陆。这并不难理解，因为帕拉马塔是最早的聚居地，而18世纪末的一段时间，这里比悉尼本身都要更大更繁华。几代人后，不少这样的城镇和村庄被纳入了都市，但悉尼不自然的区划，主要是因为这个城市本身不可阻挡的对外扩张趋势。登陆悉尼的移民大多不愿意向内陆发展，而更喜欢生活在城镇边缘，并且早在1900年时，郊区的人口就已经超过城市。也就是从那时开始，他们扩张得越发厉害，更有很多人开始定居在灌木丛林中——正是在20世纪50年代时，悉尼最后一批黑天鹅似乎预测了事情的发展趋势，就集体飞离了它们在德维郊区泻湖的老家。郊区居民自然而然地迁徙入城。1836年，查尔斯·达尔文（Charles Darwin）将整座城市比做伦敦的一个郊区；[1]一个世纪以后，D.H. 劳伦斯说它“正在崩溃，杂乱不堪，全盘混乱”。[2]

1 原注：他一开始觉得这简直太棒了，但当这种现象越来越严重时，他说：“我的热爱之情减了几分。”

2 原注：引自《袋鼠》（*Kangaroo*，1923），另外，一位匿名的写信者在悉尼的《公告》（*Bulletin*）上评论这本书：“上帝帮帮忙，把澳大利亚从半文盲国家的廉价写作者手里解救出来吧……澳大利亚作家里也有不少垃圾，本地的垃圾理应获得优先权。”

老式城内郊区通常都是欧式的联排住宅，空间狭小。它们就这样快意地排列在街道两边，连带着小小的前院、游廊和装修多样的附加建筑，还有被称为“悉尼花边”的各种各样精致的铁饰——据说在岩石区上面的阿盖尔广场上一排就能看到20种不同花样。而外围的郊区则更加是绝对的澳大利亚式。那里大多数都是平房，通常都是用悉尼当地名为菲帛罗的一种人造黏胶纤维建成，屋顶是红陶的，而房子的规模则总是谨遵澳大利亚最狂热又最让人艳羡的信条，也就是一个家庭必须拥有自己的房子，房子四周要有花园（后来，又必须有车库，而现在如果能有一处放船的地方就更好了）。一英里又一英里过去，悉尼的郊区遵守着这个教义，虽然不免有不同程度的糊弄之处。将这些房子串联在一起的主干道看上去可能是地球上最乏味的城市道路，简直是英格兰乡村的单调和美式展示方式的粗俗两者的结合体。这些道路本身通常又窄又绕，都改造自以前的汽车路。它两旁的建筑让人心情沉重——虽然还没有可怕到让人震惊，但当你从红绿灯漫步到停车标志，晃过一个又一个毫无生气的商场，它们的单调乏味足以让你感到仿佛它们没完没了。就个人而言，我会千方百计地避开这些可怕的干道：但郊区自身则又是另一回事。

建筑师罗宾·博伊德（Robin Boyd）在他1960年出版的《澳大利亚的丑陋》一书中对更近期的建筑做了一次著名的抨击，用了好些恶意谩骂的词汇——破坏性的……矫情的……像腐烂一样偷偷摸摸地爬行着……徒劳安慰式的保守主义。不可否认，悉尼的许多郊区都不可爱，它们的规划千篇一律，它们的道路（正如劳伦斯所想）就像孩子的绘画——“小小的正方形小屋，点、点、点……”我可以想见精于社交的建筑师和规划者必会对这些嗤之以鼻。不过，对拥有各种国籍的几十万人来说，它们依然代表着真正的人类自我实现——参照物是他们中的许多人及其祖先居住的逼仄小屋。另外，当你在那些绵延无尽的高速路边和他们聊天时，就会发现他们总是有趣得让人出乎意料。

有些地方的历史让人着迷。帕拉马塔尤其如此，它和悉尼市中心一样阐释了这个城市的发展。它的规划最初形成于1790年，由第一舰队里的一位海军军官威廉·道斯（William Daws）中尉制订。他设计了一种棋盘式街道布局，共包括五条主要街道，还有一条主高速路，从州总督府直通帕拉马塔河，另一条高速路则终止在建有市政厅的广场上。它们周围将对称分布教堂和城市的各个机构。规划的大部分内容都是关于城市扩张，这在重写手稿上依然清晰可见。

州总督府不改雄伟本色，伫立在它的公园里，门房仍然在，还有那棵树——1847年，菲茨罗伊总督夫人（Lady FitzRoy）正是在这里从马车上坠落而亡的。乔治大道直通河岸。圣约翰大教堂和它的双子塔站在小沙砾组成的基石上，充满地中海风情。兵营在这个区域内显得优雅有致。市政厅依然主持着它的大广场，其中包括建于1888年的百年纪念钟塔和1988年的200周年纪念喷泉——有三个毛骨悚然的人形塑像看上去就像要淹死在瀑布里，而这个喷泉是在马德尔（R.G. Muddle）担任市政文书时建造的。这一切也许出乎道斯先生意料之外，但帕拉马塔的布局明显就是对他的纪念。

其他一些有意思的郊区无不富裕。不是所有富裕的郊区都是有意思的，但无论如何，悉尼的富裕郊区通常都很有意思。围绕着海港，沿着海岸边无尽延伸的是风格多样的房子，葱郁繁盛的绿色铺天盖地，它们的花园里悬着三角梅或赤素馨花，繁茂的大树荫蔽着院落。有时候，这些房子坚守在悬崖边上，或者安身在深深的灌木丛中，又或者建在山边陡峭的下坡处，汽车和船都在它们的屋顶上停泊。有时候，房子还带有树屋、露台或通往海滨的外部升降机（当地称为“inclinator”）。它们有游泳池、雨篷、喷雾灌溉的草坪，还有属于自己的风景如画的台阶或者古董店里买来的古瓮。它们的车库有两台车，而至少在经济景气时，它们的人行道上，一篓篓的空香槟酒瓶习以为常地等待着接收它们的清洁工。

有一些房子的荒芜情况和人工雕琢程度也让我如看好莱坞大片般瞠目。还有很多则看上去绿化实在好到遭人嫉妒。我从来没有在任何一个城市像在悉尼一样让我有冲动看到一幢房子就想买。日光洒在富豪们的旧郊区——沃克吕兹、派帕角或克里夫顿花园——置身的海岬上。对它们自夸为世界上最好的地方，我丝毫不惊讶。几乎从悉尼建城伊始，这些地方就备受富人青睐，纷纷来此建造住房，许多旧时别墅或别致的小屋仍然在它们的花园中怡然自得，一如很久以前某位官员或者羊毛代理商居住时一样；因此，即使在精品店和高楼耸立的那些光彩夺目之地，这种延续的特权感也无处不在。

大多数的郊区是零零星星地发展起来的，但是也有一些是社会学上的规划。首当其冲的就是乌鲁姆鲁山，其位于市中心以东不远处，现在则通常被称为帕兹角。19世纪20年代时，拉尔夫·达令（Ralph Darling）将这个美丽的海角划归为高官聚居区，适当地远离了犯人区和粗俗的获释罪犯。大块的土地被给予如名誉部长或测绘局长这样的人物，而严格的规划限制也应运而生——所有的建筑必须面朝悉尼市中心，又如每座房子的价格都必须高于1 000英镑。乌鲁姆鲁山发展得非常讲究，其中有哥特式别墅，树荫浓密的花园里种着进口大树和灌木，这些别墅还有庄重的名称——克莱根德、布鲁姆广场、泰尔福特山居。基本没有什么房子留至今日，乌鲁姆鲁被全盘城市化了，但是有些名称还是被一些原址上建起的公寓楼（在悉尼，被称为“家庭单元”）继承了下来。帕兹角得以幸存，就像当年达令希望的那样，绝对华美惊艳。

在20世纪即将到来的时候，也就是花园郊区理念的全盛时期，一些规划中的地块被建造起来。而其中最为壮观的是一处非常高档的开发区，称做亚壁古道，它竣工于1911年，选址在风景平平的伯伍德。它曾经是，现在也还是非常像美国罗得岛纽波特中的一小片，如今这里是电影制作人的聚居区。有30座左右的别墅坐落于大花园中，由尖桩篱栅围绕着，被高大的红胶木荫蔽着。在一座所有业主共享的小公园里，人们曾一起玩过槌球戏，现在则依然用做网球场，我觉得那绿茵旁边丑丑的亭子会是边聊天边喝柠檬水的好地方。另一个社会规划的极端则是南面的达西维勒。这是第一个由政府规划的郊区，作为试验品建于1912年。这绝对是项野心勃勃的工程，建筑师们在规划时将其看做一个形状对称的大包裹，椭圆形和正方形的住宅区间点缀着许多公园。但是1924年的一项调查证明州住建部涉嫌疏于职守、监管无能及亵渎公务等罪项，这个郊区因此大失风采，现在人们所能看到的只有它繁华零落、失魂落魄的景象，那里垂满了电报线，偶尔有些棕榈树点缀着，中间青黄不接的草坪给人空荡寥落之感。

接着，1924年，刚刚设计完毕澳大利亚首都堪培拉的美国建筑师沃尔特·伯利·格里芬（Walter Burley Griffin）就携他同为建筑师的夫人玛丽昂（Marion，应该是美印混血）抵达悉尼。惊骇于悉尼郊区建筑水平之一般，他开始着手用弗兰克·劳埃德·赖特（Frank Lloyd Wright）[1]的风格来设计一块地方——将自然与建筑结合得天衣无缝，使住地拥有艺术或哲学的氛围。没有一棵树被枉砍，没有一寸灌木被无故毁掉。那里没有围墙，没有界限，当然也没有红陶屋顶。格里芬在中港北面的卡萨克拉格购买了750英亩的土地，所有道路以被当地人称做爱丁堡城堡的大岩石为中心。房屋在灌木丛和巨砾间若隐若现，各不相同，却都有同一种和自然惺惺相惜的姿态。它们都是由当地的砂石或一种粗糙的预制水泥建造而成。那里还有一些商店和一个高尔夫球俱乐部。岩沟里还有一个小剧场，格里芬在这里请人上演生态戏剧。许多房子至今仍然屹立，卡萨克拉格那些杂乱无章的街道依然保留了它们最初与城堡相关的名字——布尔维克街、力道特街、帕拉皮特街、朗姆帕特街、博斯腾街和巴斯提恩街等。[2]“我们想让卡萨克拉格永远成为灌木的一部分，”格里芬夫妇宣称。他们最终得偿所愿，因为留存下来的房子有一半都被野生绿植占领。[3]

---

1 译注：弗兰克·劳埃德·赖特（1869－1959）是20世纪上半叶最有影响力的建筑师之一。在超过70年的建筑师生涯（从1887至1959年）中，他不仅设计了一系列具有个人风格的高质量作品，还影响了整个美国建筑的发展进程。

2 译注：这些街道名的意思分别为壁垒（the Bulwark）、多面堡（the Redoubt）、矮护墙（the Parapet）、防御土墙（the Rampart）、暗道（the Postern）及棱堡（the Bastion）。

3 原注：格里芬在悉尼的其他地方，除了建了一些纪念风格的高科技焚化炉以外，还建有六座房子。

不过，悉尼郊区中的极致之作还属哈伯菲尔德。它幸存于帕拉马塔河南面，其中一部分已经遭到了破坏，但它是悉尼市中最具悉尼特色的地方之一。20世纪初，开发商理查德·斯坦顿（Richard Stanton）和他的建筑师斯宾塞－斯坦菲尔德（J. Spencer-Stanfield）开始着手打造完美的城市生活环境。从这里到市中心的交通工具有火车和渡轮，而澳洲人的所欲所求之物在这里一应俱全——所有种种都是无愧于心的澳洲式，同时也无愧于心地有利可图。人们纷纷断定，它会成为一个“无贫民窟、无窄巷、无酒吧”的“三无”郊区，这里的每一幢房子都会有一个卫生间，而每一个户主都能说：“这是我自己的家——这是我一辈子生活的地方。”在200英亩的土地上，共有1 500座左右的房子拔地而起。他们都出自斯宾塞－斯坦菲尔德之手，大部分至今还依然存在。

平房是当时悉尼建筑的基本形式。哈伯菲尔德到处都是平房，有些有阁楼甚至还有角楼，但是其中大部分房子都只有一层楼，简简单单。它们的建筑方式在澳大利亚被称为联邦风格[1]。混合了英国、欧洲大陆和美国的影响，从中世纪到维多利亚时代，这种风格显而易见地弥漫在澳大利亚文化中。在这里可以看到美国大牧场格调的影响、英国工艺美术的浓重气息和新艺术派的优雅装饰。它的特色让人难以抗拒，其中混杂着安妮女王风格、都铎式样、半乡村风味，有时候带着点古怪，通常带有屋檐、漂亮的烟囱、修饰性的屋脊，还有许多木制品。彩绘玻璃窗和

1　原注：之所以有这个名字，是因为哈伯菲尔德建成的1901年恰是六个澳大利亚殖民地结成联邦之时。它才是真正的澳大利亚风格，尽管《悉尼市中心遗产名录》里涵盖的风格总共84种，其中还包括移民怀旧风格和战后原始中世纪风格。

联邦风格建筑

联邦风格相得益彰，有贴砖的地面、封檐板，还有几乎必不可少的游廊。这样的风格非常容易模仿或沿用，但总体来说，它非常人性化又夺目，实用且有趣，而且它还是实现澳洲梦的有力工具——拥有一处自己的房子，周围都是花园，住在一个受人尊敬、健康而全然澳洲风味的小区里。这样的一个小区是哈伯菲尔德的精华展现，不过哈伯菲尔德还有个别称是联邦郊区。它低调平静地延伸开去，路两旁是各种不同的树木，从帕拉马塔路到铁湾；后者是帕拉马塔河的一处入口，它当中有一座热带岛屿，上面满是景色秀丽的树林。

斯坦顿的时代过去后，一堆低劣的建筑渐渐进驻，轻率的修造行为时有发生，但是有一部分或至少哈伯菲尔德受到了保护，成了一处城市保护区，至今依然是一个惹人喜爱的地方。尽管从它的制高点，你也许可以看到远处的摩天大厦，但它的街道静谧宜人，花园蓊蓊郁郁，人们坐在门廊读报；天空中，直到现在，人们还能听到鸽子的咕咕声、昆虫的嗡嗡声，还有篱笆那边邻居们的闲谈声。哈伯菲尔德的每一幢房子都迥然相异。如果一幢房子有了六角形的玻璃暖房，那么另一幢则有一个圆锥形的角楼。这里有浮雕木制品修饰的走廊，也有地砖精心拼砌而成的花园小径。这里有精美的屋脊、山形墙和宽阔的屋檐，更有彩色玻璃窗，上面有笑翠鸟、特洛皮（watarahs）、金合欢或新艺术派的抽象画。斯坦顿履行了诺言——那里没有后巷，没有贫民窟，直到如今那里都找不到一处酒吧。

但这只是悉尼普通郊区的一种写照。哈伯菲尔德的大部分已经被意大利移民占领了，但是它的心声并没有丝毫移易。有天我在四处散心时，看到一幢普通住宅的门边上贴着一张粗糙的纸条。在我看来，尽管它的书写风格与斯宾塞－斯坦菲尔德的标准相去甚远，但它要传达的信息却是再纯粹不过的联邦风格：

“严格地说”，居民、车辆，只能在此处的前方通过，谢谢。——户主

在郊区会有很多惊喜——幸存的角落、不寻常的事物、闯入眼帘的怪异。

我总是会有一些惊奇的发现，比如帕拉马塔河岸公园里那依然伫立的前州总督府。这栋房子是英式教区长式的住宅，很讨人喜欢，中等规模，质朴平和。它似乎也很惊异于自己还在这里，还坚守在郊区荒原上，由国民信托组织[1]的女士们精心照料着。她们是那么循循善诱、苦口婆心，跟在我后面，让我不得不像老鼠一样飞窜着草草参观了一通它的房间。和这座大楼一样不协调的还有附近两处建筑，它们站立在不可言喻的现代平凡景象中，孤立无援，但都声称是澳大利亚最古老的建筑，并且是每一部澳洲人尊重的本土电影中牧羊场的原型。它们是伊丽莎白农场和实验农场，都坐落在普通的中产阶级街道上，为一群平房所包围，但是它们有用柱子支撑的宽阔屋檐、铺着石板的地面、用于监管房产的游廊，涂了石灰的附加建筑被用做饲料房或杀猪场；还有设计独特的黑暗地窖，关于它总是有一些耸人听闻的传说（澳洲的传说总是喜欢有点恐怖感），因为

1 译注：国民信托组织为英国保护名胜古迹的私人组织。

罪犯奴仆曾监禁在此。

有一些旧别墅倒是非常惹人喜爱。沃克吕兹宅邸位于与其同名的湾流上方，一开始只是个小屋，后来一步步扩建为一个乡村宅邸，现在的它让我感觉非常像西印度农场屋舍，它有大大的窗户和凉快的房间、瓦楞铁皮屋顶的游廊，还有藤条遮阴，而高大的深色树木则四处都是。宅邸的另一边则是河流北岸的海军部大楼，在建筑方式上可能是乔治时代风格或是维多利亚风格，但是在气质上却带着意大利湖区建筑的味道。它的台阶直通停泊处，那里应该停留着恋人们的小艇。当皇家海军处于志得意满、略有品位的全盛期时，断断续续有20位海军指挥官曾在这里安家，而如今幸运的澳大利亚总督将它作为访问悉尼时的下榻之处。

有一些陈旧的石头房子位于北部郊区，看似森林小屋，模糊阴暗，树木环绕，蘑菇生长，仿佛里面还会有木堆用来生火。尽管笑翠鸟也许正在欢笑，但可怕的高速路离这里只有几百码远。这里到处能看到一些维多利亚时代百万富翁生活的快乐荒诞、铺张狂妄，四周是篱笆尖刺还有高塔。有些房屋很可能已经被改造成了医院、学校或者私人疗养院，但依然改不了暴发户的本性。悉尼英格兰教会文法学校的主楼或因其处在海港北岸而被简称为“海岸”，这里是富翁伯纳德·奥拓·霍特曼（Bernard Otto Holtermann）的故居。尽管已经变做教育机构，还是可以见出几分它的出身。一面被安装在塔上的彩绘玻璃（现已移置图书馆的墙上）上，一位虬髯巨贾站在硕大的霍特曼金堆（Holtermann Gold Nugget）边。这个金堆大约有5英尺高，与他齐肩——他正是用这堆金子造了这幢房子。

每次看到那座穿越草木丛生的沟壑直达诺斯布里奇郊区的

桥梁，我的心中都会惊喜异常。在那里，我正沿着一条不起眼的标准乡村高速路前行，这条路看上去建于20世纪30年代的样子，我转了个弯，沿着陡峭的山坡而下，来到了一座巨大的城堡型仿哥特式桥梁前，这里有高塔、桥拱、冠状桥顶、箭头型桥隙，就好像被某位异想天开的19世纪幼君在萨克森－科堡甩过了河——而实际上，它是由北悉尼电车和开发公司在1889年建成的，旨在提振房地产业的萎靡士气。我总是会被沃森湾上方的圣彼得小教堂吸引，这座教堂由埃德蒙·巴拉克特（Edmund Blacket）在1864年建造，是外来者行舟过了悉尼海角后能看到的第一栋建筑。它的钟楼和平凡的入口，让人恍然犹如到了绿茵悠悠的英国乡村教堂，但区别在于它长久地伫立在一个大风飞扬、日光浸润、海水侵入的高原上，遥望着原始的海角。每次当我在霍克斯伯里河上发现阿库纳湾里那魅力十足的码头时，我都会像个孩子般兴奋：在潺潺静流上的灌木丛深处，库灵盖蔡斯国家公园的林地间突然冒出一群游艇和汽艇，有梅赛德斯也有宝马，有时尚餐厅和船坞，还有如丛林般密集的天线和雷达桅，神气活现，器宇轩昂。

在郊区寻宝的过程中，最让我开心的事发生在薰衣草湾。它位于海港大桥西面的北岸。许久以前，兵营船在这里停泊，有一些带走了造房切石匠和石灰烧制匠，还有一些人在等待着把悉尼流放犯中顽固不化者带到诺福克岛上去过更为艰苦的流放生活。现在的它依然身负罪名。东岸是盛极一时的月神公园娱乐中心颓废的大厦，现在那里作为入口的悉尼标志物大笑脸已不见踪影，只留下了让人茫然的萧条。西岸水畔伫立着一家优雅精致的餐厅。那里有两个轮渡码头和一座帆船学校，近海处泊着许许多多的快艇，几栋公寓大楼坐落于水边。

薰衣草湾边拔地而起的是悉尼北部的办公楼，它们都是性能强大的金融和商业中心，但是处于它们下方的则是外表反差甚大的一处住宅区。在一座树荫浓密的小公园里，沿着山坡散落着三四处老房子。这里是艺术家和演员们的青睐之地，这些房子处于玩世不恭、慵懒倦怠的状态。它们或由砂石建成，或由隔板建成，其中有一座还有一个可爱的小塔。山顶上，有一家印度餐馆，配上这样的环境，看上去非常合拍，因为这些房子有山形墙，有漂白了的栏杆，还有阳台，这都让人想到印度城市西姆拉。鳞次栉比地集聚在一起，同处于浓郁的树荫之下，还镶嵌着蕨类植物和蓝花楹，无论从陆地上看还是从天空中看，它们都几乎不见踪迹。那里应该有一袭白袍的佣人在游廊里正沏上一壶好茶，还应该住着戴宽檐帽的太太们。

最后，我们必须回归海港自身，这里是所有郊区朝向之地，无论它们有多偏远多内陆，这是一种本能的力量：剧作家大卫·威廉森（David Williamson）曾说，在悉尼，没有人会在意生活的意义——港岸线就是一切。这个港口是这个城市开始存在的依据，并且依然是它视觉饱享之地。在对悉尼的描述中，最广为人知的是特罗洛普的一句话，他认为一个人搬到悉尼是值得的，因为“只要他能看得见”，他便能看到悉尼。这就是悉尼标准，其余万物都以此衡量。[1]

港口四周尽是感官的愉悦——让人欢喜的小湾，绿意浓浓盛情邀约的水边公园，精致美观的房屋，疾驶而过的船帆，叮

1　原注：从各个方面来说，这也是澳大利亚的标准：比如我知道当工程师在测量水库时，会用到一个被称做“悉尼港”（Sydarb）的单位。

当作响的快艇装置，船绳的拍击，蝉欢乐的叫声。有时候，它让我想到博斯普鲁斯海峡——尤其在基里比利，那里公寓大楼肩并肩地站在水岸边，路过的渡轮乘客向岸上的居民挥手。有时候，它水边闪闪发光的商业区，让人错觉置身曼哈顿。西德尼·诺兰（Sydney Nolan）曾经为它作画，画面中，它是一片荒芜的沙漠上的一个湖泊，19世纪水彩画家在画中加入了“母国”的诱惑，唯一与此不符的便是奇怪的袋鼠，又或是时不时出现的一群群土著。

在我眼里，这个港口仍然更像是一个历史事件而非风景。它像是一次永远不散的盛会，时不时传来惊叹之声。在这片土地上，有些事一直都在发生，即便在清晨时分——总有一艘船跑过，一架直升机飞过，远处是未知的灯光摇曳，暗淡的白色风帆闲荡。一天清晨，我从阳台望出去，看到了一副巨大的充气墨镜架在歌剧院的一翼上，仿若架在它的鼻梁上一样：它是由一群生态活动家放置的。这群人里面包括了三位第一批登顶珠峰的澳洲人，倡议保护正在损耗的臭氧层，我可以看到这群冒险者中，有人爬到了高高的屋顶以逃避警察的追逐。次日，我再次看出去时，就看到一个男人坐在海港大桥制高点的构台上，神情愤怒，威胁着要跳桥：警察们和白衣医师在那里试图劝慰他放弃轻身、回到平地，他的头顶盘旋着一架警用直升机，水面上则是警用轮船，大桥上挤满了警车和救护车，而大桥的两边，成百上千的群众抬头望着那个高高的拱形，有点期待那个男子纵身一跃。

最后他并没有跳，警察迅速收起了悉尼歌剧院的大墨镜，但是不管如何，在悉尼港，你总是能看到不一样的一天，不一样的剧目正在上演。这里绝对不是日日无忧无虑，阳光灿烂。

一阵突如其来的狂风席卷而来时，所有的东西都飞舞在空中，疾行，追赶，摧毁，白点斑斑，这个天堂的整个节奏仿佛都被狂热地加快了。当悉尼雷暴天怒气冲冲地来临时，一瞬间，一切都变成了古铜色或赭石色，云朵低垂，似乎摩天大楼就要陷入厄运，整个港口看上去都在凝神屏气，等待着闪电和暴雨的降临。

我曾经在这样一个让人惊骇的大雨滂沱之日坐在一艘摇摇晃晃的汽艇上横渡整个海港。当天的那场暴雨被描述为悉尼有史以来最严重的自然灾害，从雨水流溢的窗口看出去，这个地方被诡异地扭曲了，就像是一场超现实主义的电影一样。现在大桥正向我们扑来，写字楼都歪斜弯曲着，让我感觉眼前呈现的是另一个更为恐怖的城市。

悉尼的风格

几年前，我在中央车站附近的公共溜冰场遇见过一个悉尼小男孩，他展示出来的个性让我至今难忘。他大约5岁，长得很结实，一头金发，干净利落。他其实还不会溜冰，但已经能够穿着冰刀鞋在冰场里蹒跚，边走边收集别人靴子上掉下来的冰屑，然后把它扔向那些溜冰熟手。他会一蹦一跳地突然出现在冰场上，瞄准目标，摇摇晃晃地走过去，对准“猎物”穷追猛打，直到四处水花飞溅。“冰弹”一扔完，他便飞快地跑出冰场，赶紧又去“装弹”。

我不得不佩服他——他几乎没有摔倒过，也不曾失手，身手非常敏捷。我问他叫什么名字，他面无表情地用手指在冰场扶栏上比划出“乔治”两个字。我可以想见30年后，他会在公司会议上为一宗不得不接受的并购案破口大骂，或者冷酷无情地算计对手，逼人歇手，或者做一件我到现在才想起来的事——指挥着他18英尺高的帆船冲出港口。

他让我不禁想到少年犯。曾经一度很流行将悉尼的一切都看做是犯罪源头，而我自己也时不时陷入这样的凭空谬误中——

只是一张无爱的脸太容易让人联想到18世纪伦敦街上拦路抢劫犯的面目狰狞、凶神恶煞，而一个在溜冰场上吃穿不愁的小孩也让人想到两个世纪前悉尼大街上可怜的流离失所的小东西们。乔治基本不可能与那些流放犯有任何联系：他的祖辈若不是麦克莱斯菲尔德人，也可能是爱琴海边任劳任怨的渔民。但是，依然有理由想象，作为原初流放犯定居地的历史存在有可能一直都在影响着这座城市的风格，甚至是乔治本人。

从多个角度来看，乔治的行事风格实则恰是悉尼的风格。他是一个快乐的男孩，但谈不上温和；悉尼是一个友好而慷慨的城市，但隐隐带着一丝恶意。能恰如其分地形容这个地方的一个词便是“高个罂粟综合征”（tall-poppy syndrome）——如果你看上去木秀于林，太过成功，这个城市就会将你砍去一截。这和把冰渣往你身上扔是一回事。

将囚犯流放澳洲的政策并非全无可取之处。当然，这种方式是邪恶的，因它首要目的是让大英帝国尽可能地驱逐一些它最不想要的人，但它对那些被英国鄙弃的劳苦大众来说也意味着另一条出路、另一种开始。一旦刑期结束，他们也就“解放”了。他们会成为新南威尔士州的自由公民，还很可能分得土地，这给了成千上万的人一个成功良机，而这也恰是他们在家乡求之不得的机遇。他们中许多人在后半生都成为受人尊重的普通殖民者，其中还有一小部分人富甲一方。这个制度实施的最后几年，最坏的时期已经过去，罪犯们大多将这种流放视做一种移民的辅助方式。查尔斯·达尔文在1836年认为这种运输“成功地在某种程度上或在前所未有的程度上”将百无一用的流浪汉打造成了活跃的公民。而当这一制度寿终正寝之时，流放犯的下一代已经向世界证明自己是遵纪守法的良民。“一个美好而有趣的种族”，海军外科医生彼得·卡宁汉（Peter Cunningham）1828年在《在新南威尔士的两年》一书中这样定性他们。这个种族已经以他们的城市为傲，并总是不安地急于撇清自己与罪犯之间的联系。“我会怕去英国，”一个女孩告诉彼得，“因为那里有很多贼。”

无论如何，悉尼长大了，就像一个糟糕的家庭里的孩子一样，习惯了可怕的现实，也习惯了恐怖的景象。流放地悉尼最初由性情冷漠的皇家海军军官管理运行——前来冒犯的舰队会遭受比罪犯们更为严厉的惩处——残忍之道已经成为这个城市的标签。早年，囚犯是大街上常见的风景。他们拖着沉重的铁镣，哐当作响，击碎石头，浇筑公路，挖掘沙地，有时候还不得不忍辱负重，穿上从外国战犯身上剥下来的破烂衣服；更有些时候则披上犯人服和其他任何可能到手的破衣烂衫。他们身背枷锁，像极了拉车的牲畜；他们身受禁锢，沦为家仆或私家农场的苦力。1788至1840年间，巨大的开荒工程——岩石区上的阿盖尔采石场、半环形码头、穿越蓝山的公路——都由这个州的奴隶在无情鞭笞中一一完成。

在这个小城里，没有人合眼避世。在悉尼最初数十年的历史中，监狱、营房和劳教所都是它最重要的建筑——用一名游客的话来说，所有最好的建筑物都“与罪犯脱不了干系”。圣菲利普教堂看上去更像一所监狱，而不是上帝之家，甚至格林威那优雅的圣詹姆斯教堂的尖塔上都遍布着箭头，以防包铜失窃。如果你前往教堂参加礼拜，可以看到从教堂里走出来的人群中有神色阴郁的罪犯——“人类外皮下最痛苦的存在物，”某个周日坦奇上校在做礼拜前这样思忖，“在疲累中损耗着生命。”理所当然的，艺术家们的画作中，总看得见在风景中有犯人正戴

圣菲利普教堂

着脚镣在劳作，或者推着马车，而马车上倚靠着身着薄纱、戴着太阳帽的军官女眷。

制度化的虐待，必然让这座年幼的城市蒙上某种恐怖气氛。挥鞭而下的啸声，被鞭笞的男人的哭喊声对每一个人来说都非常熟悉——你不经意间流露的表情或尾随一艘经过的轮船驶离港口的眼神，都可能成为罪证，足以让你惨遭鞭刑。时日在畜力磨面机嘎吱作响声中渐渐流逝。女人们被示众，或者在浸水椅[1]中垂着被剃光的头。悉尼史上第一次召集的庭审于1788年2月11日举行，判处了它的第一个犯人150下鞭刑（他侮辱了监守），而第二个犯人则被遣送至品奇哥特岛上，孤独地度过一周时间，备受煎熬。40年后，两个士兵犯了罪，被判在手腕和脚踝上戴上重达15磅的镣铐，它们用铁链连着固定于颈项上的铆钉铁项圈。海港东段的山羊岛上有一块岩石，一名叫做查尔斯·安德森（Charles Anderson）的犯人曾被判用铁链绑在岩石上长达整整两年时间。这个当初因打碎了商店窗玻璃而流放至此的18岁少年犯，在悉尼的这段时间里，因为一些小小的冒犯就受了1 500多下鞭打；现在他被杜绝一切与人交流的机会，晚上只能在一道岩缝中睡觉，头顶上锁着木制的盖子，维生的食物都是用杆子末端挑着给他的，仿佛他就是一头疯狂的野兽。[2]

1 译注：这是一种旧时刑具。在美国和英国，浸水椅通常用来惩罚女巫、妓女、犯小罪者及泼妇。把被判刑的女子绑在椅子上，吊在活动杠杆上，然后把椅子沉入附近的河或湖中，到了一定时间才拉起来。浸水的次数则视罪行严重程度或犯过次数而定。

2 原注：尽管根据当地传说和指导手册，查尔斯遭受这个噩梦般的刑罚直到刑满释放，但事实上，他所受的苦难即使对悉尼这样一个刑罚地来说都不致如此。几个礼拜过后，查尔斯从岩石上被放下来，接着遣送到诺福克岛，在那里他作为一个牧牛人和信号员度过了几年平和的生活，在日日泪流成河中渐渐老死。

这里的管理者和自由居民也难免深受这一切的影响。有教养的家庭觉得自己像是恶毒的奴隶监工。牧师们头一天刚施予罪犯们圣餐，第二天就会在路上目睹被铁链捆在一道的他们。孩子们长大后，对劳动阶级产生了一种鄙视与厌恶的情绪——因为早期的劳动者都是罪犯，他们有时候还非常厌恶罪犯口中那些骇人的词汇。绅士们已经习惯雇佣铁链捆绑下的人们为自己打理宅邸，奉上晚餐。就如达尔文观察所得一样，让人恶心的是，也许他们在您热情丰盛的晚宴前夕刚遭受过鞭刑；乔治·艾伦（George Ellen），一位滴酒不沾的虔诚信徒，格里比郊区托斯德公园的主人，就因为木匠旷工一日便毫不犹豫地下令对其鞭责36下，而一个小男孩更因喝酒被鞭笞了25下。

一船一船的人们前去"参观"可怜的安德森，而当达令赫斯特在1841年又开设了一座新监狱、罪犯们拖着脚步列队经过城镇走向新处所时，从一大堆旁观市民中传出嘲弄的嘘声。根据当地牧师大卫·麦肯齐（David Mackenzie）记载，直到1846年，周日只要站在悉尼警局门外，每隔两三分钟，就能听到从地方法官席上传来粗野的宣判声——"上足枷四个钟头——劳教20天——鞭打50下"。另一位牧师伯恩（J. C. Byrne），差不多在当时到达悉尼，当他听闻分配给他的仆人时不时就受到鞭刑，总共已达2 275下时，惊诧不已。

当然，并不是所有人都麻木不仁。如果说孩子们有时候学会了鄙视身边的罪犯的话，那么他们有时候也会学会同情，甚至站在罪犯的一边来反抗父母。我曾读到一个农场主的苏格兰妻子玛格丽特·怀特曼（Margaret Wightman），哭喊着说她自己"简直要歇斯底里"，因为她的耳畔彻夜都是锁链的声音，罪犯劳工们正扰乱着他们的清梦。而作家路易斯·贝克（Louis Becke）的童年就是在帕拉马塔河口凤头鹦鹉岛上的监狱边度过的。他始终记得一个雾气朦胧的日子里，警示罪犯出逃的洪亮钟声响起，伴随着“有人奋力游向自由时拼命拍打水面的声音”。

尽管这一处罚制度早已成为历史，它还是留给悉尼一种独特之处，那就是上流社会所谓文雅之士与最声名狼藉之辈的居住地仅一步之遥。许多年来，以总督府为中心的“领地”大量滋生着无用之徒，而优雅别致的达令角则毗邻于恶棍居住地——瑞西卡特湾的芦苇丛。这种“唇齿相依”的亲密，在岩石区最为显著。至19世纪中叶，悉尼的中产阶级就已经在这个小小的半岛的高处建起了舒适的联排房屋，小村庄绿色宜人，让游客们恍然觉得自己正在参观的是阿盖尔广场。不过，翻过山脊，岩石区的另一部分就仅剩最不可描述的肮脏，一路蔓延至港岸边。19世纪50年代的每个夜晚，在阿盖尔广场，孩子们会在入睡前默诵祷告文，女士们刺绣，绅士们则坐着他们的马车从办公室下班回家。数百码开外的酒吧和餐馆正在一片混乱中开门做生意——酒气冲天，脏话连篇，暗中还进行非法交易。山羊、妓女和拦路贼在岩石区阴暗的小巷里闲晃，捕鲸人和海豹猎手挤爆了小酒馆，老鼠被打得四处乱窜，瘾君子抽着鸦片、吞云吐雾，暴力团伙四处兴风作浪，喝得烂醉的水手成了绑架对象，那里还有人声鼎沸的唐人街和贫困潦倒的毛利人聚居区；而沿着陡峭的小道而下，时不时可以看到开膛的阴沟，就如1858年地理报告中所写的那样——“由液状脏污形成的新冲击层保持着一种持续的湿润状态”。

随着残酷的贫富差距而来的是财富的暴力转移。“突然”这个词似乎一直都是描写悉尼特色时的关键词，尤其是“突然”

而生的财富。几乎从城市诞生之时开始，爆发性的资本主义就如火山岩浆般喷涌而出。第一批定居者尽管表面上看来是最为专制的政府官员，但这些新南威尔士保卫队官员不日就掌控了经济命脉。他们垄断了朗姆酒等商品，每人开了至少一家零售店；他们的老主顾其实是自己手下的士兵，如果这些顾客胆敢抱怨价格高得太离谱（利润率百分之百），他们就会以鞭刑相要挟。不消花上多长时间，这些身兼二职的聪明人就完成了从兴许是全英军最落后的军团到富裕的陆上贵族的华丽转型。他们花政府的钱来到悉尼，拿着政府的薪水，领取政府分配的土地，由政府分配罪犯作为仆人，还把产品卖给政府的粮食部，并迅速晋升为贵族。

其他类似的投机分子也正在发着横财。船长们的货舱里塞满了英国货，每一次航行都能让钱翻一番。据说19世纪20年代时，悉尼是最受欢迎也最暴利的赃物卖场，比如，乔治大道上的珠宝商就走私伦敦的珠宝在此出售。刑满释放的罪犯也成了暴发户。前一年，他们还是奴隶，第二年就成了不可小觑的大腕。我们听说一个刑满释放的犯人，在19世纪20年代，拄着金手杖，坐在由制服笔挺的马倌驾驭、四匹马驹拉着的马车上；还有一个获释犯，年老无力，只字不识，“在一架完美定制的双轮双座马车上滔滔不绝，旁边坐着一个漂亮姑娘”。有时候，他们会举办花费惊人的派对：1831年，一场由获释的伪造罪犯人约翰·塔维尔（John Tawell）举办的盛宴上，其中一个客人花了不少时间计算出同行13位客人每个人至少拥有43.7万英镑财产——相当于现在的3 000万澳元。巨额财富的来源都有迹可循：一座大厦以“煎锅大楼”之名而广为人知，因为它的主人因出售铁器而致富；还有一座“杜松子楼”，它的产权拥有者受惠于杜松子酒；当海关征税员吉博斯（J. G. N. Gibbes）筹得资金在基里比利建造别墅时，无疑整个悉尼都把手指放在了鼻子上使劲嗅着资金的来源，如今这个别墅是澳大利亚总督的悉尼行宫。也许，当人们听到下面这则消息时也并不会大惊小怪：布莱德雷海角的那个布莱德雷，天资聪颖又受过良好教育，因其杰出的海军生涯而令人印象深刻，最后却在伦敦因诈骗被判死刑，这罪行已经足够流放澳洲。[1]

多年后，当我们回顾往昔，不禁为悉尼能如此迅速地从一个艰难的流放殖民地转变为一处富人天堂而惊讶不已。舒适的房子无处不在——不是庞大的英式大楼，而是悦目的新古典式别墅，与这里依稀可辨的地中海风情相得益彰。它们现在都沿港岸而立，又或伫立在内陆的农田里，有着各式名字——寇松府或图斯库鲁姆，它们有梯台式花园和南洋杉组成的林荫大道，有囚犯们曾经为之挥汗如雨建造而成的美轮美奂的附属建筑物，有进口银器、雅致的雪松木家具，甚至还有世代留传或是凭空想象的祖先肖像。19世纪40年代前，当人们溯港而上时，就会看到这些可爱的建筑物几乎装点着每个海湾和南岸的每个海角。它们看上去都市气息十足，但其实大多只影射着原始而野蛮的投机主义。这个城市的早期贸易原始粗犷、百无禁忌。第一笔生意始于捕鲸与狩猎海豹，之后贸易的欣欣向荣则主要依赖羊毛和黄金。这些都是意外之财，没有任何创造性可言，但这似乎也让悉尼人明白，也许他们能够摆脱旧有的制造业或种植业来致富——他们的财路也可以是陷阱、捕捉、放牧、交换或挖掘，

1 原注：不过，当时因为他是海军上尉，所以被允许移居法国，直到1833年过世。

甚至几年后，还可以靠想象来赚钱。

那么，20世纪的最后十年里，在悉尼还保存多少这样的特色——旧有的粗糙、唐突、历经痛苦、热衷机遇、肆无忌惮和兴致高昂？也许人们只能粗略作答，但我必须说明，当代悉尼风格中最悦人的便是它的轻松惬意。几乎每个外国人都会如此认为（尽管几乎所有悉尼人走到哪儿都会说这个城市早已今不如昔……）。在我心里，它还是在继续展示它"开放而强壮的男子汉气概"——19世纪40年代亚历山大·哈里斯（Alexander Harris）这样总结普通的刑满释放者具备的特性。悉尼人十有八九文质彬彬，无论你是在街上、店里还是车上遇见他们，他们总是很礼貌，非常坦率。尤其对来自欧洲的年轻人来说，这里能让他们即刻体味到一种美好的希望和自由感。友善的、受过良好教育的、思想开放的人们组成的超越民族和种族的团体，就像世界上每个城市都有的共济会那样，是这里的鲜明特色。同志情谊也随处可见，比如在酒吧和俱乐部里结成的友谊和对聚会的共同嗜好。最近，一场祖孙三代团圆活动正在这个城市的某家产科医院里举行，这里还经常为19世纪定居者的后代，或希腊某个小岛上来的移民或二战时驱逐舰的幸存者举办聚会：1914至1918年澳新军团的士兵每年一聚已成传统，警察们对老兵抛双币赌博的行为睁一只眼闭一只眼，这一小队老兵也就趁此机会在众人起哄声中在海德公园赌上一两把。

在悉尼，你可以感到浓浓善意。各种各样的慈善和便民机构在这里遍地开花，另外还有蝙蝠保护协会、海豹护卫队、环境抗议运动和土著保护联盟等。悉尼人对陌生人的热情好客比美国人堕入世俗之前的程度更甚，在大多数事情上，这个城市很直言不讳也很镇定自若。我总是羡慕那些看上去完美无瑕的淑女模样的顾客在色情书专售店、脱衣舞秀现场和国王十字区的肮脏中能那么泰然自若地选购物品。让我受惊不小又久久难忘的是，当我在马丁广场逗留时，看到一个年轻女子似乎难以从她的长椅上起身，我很同情她并将她扶起，她礼貌地对我表达了感激之情，用深信不疑的口吻说："不管怎样，这都是个好座位。"我激赏一个男子在给编辑的信中所采用的口吻："我一直在读基玎（Gittin）的专栏，有时候我都不知道为什么这样做。我想2月份的那篇也许是目前为止他写得最烂的废话。"

"因为你在，所以墨尔本人来了。"这是悉尼的一封派对邀请函上的话，这个派对要求所有人穿上20世纪30年代的服饰，这句玩笑话例证了这个城市的自大与毫无顾忌的自爱。大多数悉尼人都为自己的城市大感骄傲，为身为这个城市的居民而甚为自豪。这种快乐的自信是会传染的，它甚至能让游客产生一种因身在此处而得的自豪感——当我从阳台望向海港对岸时，一种确定无疑的归属感油然而生；当我看到夜空中海港大桥上那两面在泛光灯照射下飘舞风中的旗帜时，我敢发誓再没有谁比我更为此感动了。

而从最坏的方面来看，悉尼的风格会让人恶心到发憷。相较于它的大多数同侪，这个城市对生活的残忍更为淡漠无感。你能想象哥本哈根或温哥华的人们，如果在20世纪90年代国王十字区的某咖啡厅享用早餐时，会眼睁睁地看着街对面一个男人用棒球棍将一条吠犬活活打死吗？法国《进步报》会像《悉尼先驱晨报》那样在城市名流的版面上报道一个因从泰国走私海洛因而被判刑的橄榄球运动员吗？除了悉尼，还会有哪里的剧院，当一个女高音正要结束一曲咏叹调时，观众会看到乐池里的指挥做出拉马桶抽水链条的动作？我的笔记本里记录了悉尼在短短一天内发生的种种事件：

* 一个皮卡的电视广告里，两个笨蛋用撬棍打成一团，互相撞头，踢打下体，直到其中一个人将一个磨砂机举向他的对手，才算平息。

* 一个62岁高龄的老妇被控谋杀亲夫，并把尸体浑身缠上绷带，掩藏在康乐室下方的砖制地下室里。

* 新南威尔士的一个前总理投诉当地酒吧里的一名顾客，因为那人在他住宅周围的大街上呕吐、小便、性交还吸毒。我有一个温文尔雅的熟人对这个控诉不以为然，不理解为何他要如此大惊小怪。

* 一个新近被谋杀的同性恋百万富翁的母亲卧轨而亡。

* 一天下午，我走在纽镇郊区，听到一个女孩站在马路对面喊她的男友，让他别忘了蛋黄酱："我为了你他妈的这个饭桶忙东忙西，你他妈的甚至连租金都不付！"

* 一个私家侦探对媒体抱怨说警察一直在他的网球场下面搜寻一具尸体。"这绝对把我惹火了，"他说，"他们甚至认为我家后院还埋着些可怜人。"

那里也有让这种残忍灭迹的东西。不幸的丹麦建筑师杰恩·乌特松（Joern Utzon）因为建造悉尼歌剧院而饱受争议长达数月，在绝望中回国后，他认为这场灾祸不仅恶意而且无力，并将其戏称为"玛丽丝梦游错境"[1]。他绝不是唯一一个被粗暴对待的外国名人，有种种迹象表明，1956年，当指挥家尤金·古

1 译注：原文为"Malice in Blunderland"，这里借用模仿了《爱丽丝梦游仙境》（*Alice in Wonderland*）。"玛丽丝"为Malice的音译，其义为"阴谋"、"恶意"。

森斯（Eugene Goossens）因为皮箱里的色情文学书而在机场被捕时，他成了幸灾乐祸之辈卖弄的谈资。而在看到伦敦报业最有名的毒舌妇在悉尼接受电视采访的对话时，我笑了。记者问她为何这么不满意她专栏里的人物，她答道："我诉说真相，这是为什么我那么有名，而不像你，现在还是个小小的电视记者。"但是那个小小的电视记者的眼里却流露出一种厌恶的目光，如此强烈，如此犀利，如此明显，又如此富有历史意味，这场对话里谁胜谁负，不得而知。

悉尼是臭名昭著的种族主义者，这一点与生俱来。罗伯特·休斯在《致命海岸》中就说，这种盲从是由罪犯对土著的鄙视开始的，"因为他们如此绝望，以至于迫切需要相信这个世界上还有比他们更为低贱的阶层"，再后来，则是因为加入了英联邦。它是如此的种族主义，对外族又充满惧怕，以至于这个城市对待外国人的官方态度也带上了根深蒂固的恐惧色彩。两次世界大战更加深了这种对外国人的疑虑，他们深受"白澳"（White Australia）国家政策的激励，几代人都坚定不移地护卫着这一"真理"。澳洲人对"黄祸"（Yellow Peril）[1]的幻想非常真切——"我们不想斗争，"一份完美继承了英国旧有危机感的悉尼版强烈抗议书中如是说，"但是老天作证，如果必须这样，我们会用大火把'黄祸'烧成灰烬。"

这样的情绪远远没有殆尽，反而有一种自我繁衍的趋势：20世纪70年代，黎巴嫩移民的孩子在学校饱受欺凌，而现在穆斯林装束的女子还是会在大庭广众之下受到恶意羞辱。移民会将他们的怨恨投射到后来的移民身上——有时候也会投射到前一

1 译注："黄祸"是殖民主义时期美国和欧洲殖民主义国家煽动对亚洲民族尤其是对中国的偏见的用语。

代移民身上，因为有一天一个希腊移民确信地告诉我“英国人都是傲慢的杂种、白痴”。1989年，一份提案提出建造一座新的工业卫星城，并起了个令人费解的名字叫“多功能城”，它选址于悉尼郊区，将大大增强悉尼的工业科技力量；不过，一得知卫星城的最大出资方是日本人并会有3万个左右的黄种人来此工作时，立马支持者寥寥。我还常对一些所谓悉尼绅士对待土著人的态度大为吃惊。他们称土著为“土渣”，就像美国黑人被称为“黑鬼”一样，当一场对话中提及土著时，悉尼人的腔调中就多了一种让人惶惶不安的顽固，眼神里就流露出一道无意识的嫌恶之光。

如此这般，一而再再而三地，我们发现探寻今天悉尼人的态度就等同于挖掘这个城市的历史情绪。

土地为悉尼风格注入了一种早熟而又持久的热情。在土著的眼里，要么土地守卫着每个人，要么每个人保护着土地，两者必居其一；而白人们则认为土地是个人财富积累永不衰竭的唯一正途；英国政府则狡猾地认为既然土著人都不好好利用土地，那么就不该有土地所有权，所有的土地都收归王室支配，并决定将这些广阔疆域分配给配得上拥有土地的白人。由于土地往往长满了灌木，完全是原始未开垦的模样，分得的面积也就颇为可观。但是对获释囚犯来说，能拿到的土地也不过几英亩，而一般的自由民则只能获取比罪犯多一点点的土地：各种各样的移民很快就有成千上万英亩的土地在手，假设这些地方都盖房屋的话，那么就称得上是令人震撼的宏大之景了。

我在悉尼认识一个人，他的家族在19世纪初拿到一块土地——接着又获得一处乡下的房产，现在那里建着联排房屋。在悉尼还有很多这样的家族，利用政府给他们的土地（尽管现在仍然持有土地的人为数不多)，过上小康生活。这种土地意识，也即认为土地是财富的终极形式，在这座城市的居民心中根深蒂固。土地所有权办公室总是人头攒动，里面有理直气壮的索赔人，也有据理力争的争辩者，一如其他地方的银行或护照办公室一样。如果悉尼曾经有过宪法的话，那么其中很可能为产权的购买设定不可剥夺的权利，同时也会规定产权的售卖权，因为最开始授予的土地很快就被它们的主人大卸八块，逐块卖了出去：甚至包括克莱根德——测绘局长在乌鲁姆鲁山上可爱的住处在13年后也被分成86个有利可图的部分售卖一空。

人人都想拥有自己的房子的梦想是这块土地本能的一部分。对房产价格的着迷也包含其中，甚至上升为了一种全民痴迷。有时候我甚至认为房产价格统治着悉尼的生活，它永远是不灭的谈资和媒体报道的对象，而房产中介的夸张手法又令人无处回避：地球上最佳选址，精选城市露台，可能是世界上最具说服力的水岸别居——永永远远。悉尼的房产中介有一种历史悠久又时而让人恼火的传统。1838年，当沃克吕兹宅邸在市场上销售时，它被描述为“美丽壮观、无可媲美的水岸别居，完美尽现海角之地、曲折港湾及其置身的无限浪漫海港入口”。一个世纪以后，D. H. 劳伦斯看到了一些房屋广告，其中四处出售，两处出租：没什么能引诱他住进这样打广告的房子里，尤其这些房子可能还被冠以“阿卡地”(Arcady) 或“拉基提－库”(Racketty-coo) 的名字，他借用《袋鼠》中的人物理查德·索默斯 (Richard Somers) 之口说。[1]

1 原注：尽管如此，最后索默斯租了托里斯汀 (Torestin)。劳伦斯自己在悉尼以南30英里处的什努租的房子名为怀俄伍克 (Wyewurk)。

随着房价的忽起忽落、所有者的倏忽变化和对前景乐观或悲观的展望，房子的命运时不时就成为市井八卦的一部分。最近比较热闹的话题则是位于达令角的斯威福茨，据称它是这座城市最值钱的房产。它原本是为19世纪一个啤酒制造商建造的，拥有苏格兰式的宏大格局，本想用做大主教居住的罗马天主教堂，但在1986年被一个神秘隐士——一位赛马培训师购得。他为之支付了900万澳元，并毫不犹豫地拒绝了3 800万的出价，不过，当一个84岁的退休工程师威胁将取消该男子所欠巨债的抵押品赎回权时，他就上了新闻。媒体是多热爱这样的消息啊！一座价值不菲的花园洋房、一个和跑马场有关的神秘人物、一个风烛残年的老人的控诉（“毁了我的暮年”）、天主教堂、封锁的大门、大量的抵押物、巨大的潜在利益——满足了悉尼对房地产事务的所有期待。

而海上天堂的传说似乎更广为人知。这座宅邸位于派帕角，奢华但不怎么好看，广告上是这样写的——“世界最佳深水住房，俯瞰海港全景、冠军赛网球场，等等，无可匹敌”。这里因曾住着一位知名娱乐女主持而闻名。这个主持人结了很多次婚，而结婚对象也总是名人。[1]她购买这所房子时价格不菲，而她的售价也同样让人咋舌。新买家是投机者，只在里面住了三个月，便以损失300万的价格卖了出去，将损失平摊下来，他在这里平均每天大概花费2 000澳元。悉尼的所有人都在期待接下来会发生什么，但是第二天早上，他们就在报纸上读到海上天堂被它的新主人于一夜之间夷为平地——他打算在这个地方建起一些

1 原注：当她被问到最后一任丈夫，一个新西兰人，为何离开的时候，她笑着说他顺着海港的放水孔下去了，被冲回了家。

更赚钱的大楼。狂热的人们立马就乘船、坐直升机、驾驶摩托艇蜂拥至派帕角，试图在这一片废墟中搜寻一些物品，以留纪念。

没人来得及抗议对海上天堂的破坏行径，但为了保护其他的房产，人们还是采取了一系列无望的抗议行动。有一段时间，建筑工会反对房地产开发商为了谋利肆意摧毁老建筑，其他被投机者摧残的城市没有几座像悉尼这样难以和解，这是有理可循的。菲利普想让如今的市区永远变做王室领土，不可侵犯。但他对悉尼本性的判断并不精确，而两个世纪的市场经济让这个城市少有喘息的空间。对曼哈顿的旧式讥讽——“当它完工时，它会成为一座美丽的城市”，用在此处也无比恰当，而我认为这世界上少有其他城市像这里那样看似永远不完整。

20世纪30年代，当海港大桥的引道建成时，一整个居民区都被毁灭。直到现在，这座城市地貌上的转变速度还是让人难以望其项背，它在进步或利润的旗号下瞬息万变。有时候，一夜之间大楼便消失了；有时候，大楼又被废弃了数十年，百无一用。在我们这个时代，悉尼港自身，作为这个城市的历史美学中心总是处在一种半击发状态。人们花了十几年的时间在它的东岸造起了歌剧院；人们又花了很多年在它西岸恢复、重建和开发岩石区；连续的几代人合力建造着全新的海运大厦；人们重新设计了公园；人们增建了人行道。“重振码头”，悉尼歌剧院附近被永久弃用的大楼上挂着这样一幅标语。我在写作本书时，他们正在建造一条海港隧道，打算拆掉东边码头高大丑陋的建筑，并正要把海事局大楼改造成现代艺术博物馆。我也时不时听说他们计划把高架铁路和卡希尔高速公路统统拆掉重建。[1]

1 原注：如果这个能在1988年完成，我想就是对200周年庆典的最佳献礼了。

1990年，一项新的“遗产名录”计划提出市区内四分之一以上的建筑都应该被保护起来，而不是被摧毁：每个城市街区都要有一处保护建筑，它们在将来很可能会有商业前途，如此一来，这些建筑就摆脱了永远都被想方设法、不择手段地变作废墟的命运。一些人看到这样的转变激动不已是由于他们关心这个城市的环境，而其他许多人只是因为看到了经济利益。在我眼里，悉尼人并不会对小钱很感兴趣。早在19世纪50年代，“来得快，去得快”就已经是悉尼的经济格言，而现在外国人士经常会对悉尼出租车司机的淡泊而惊讶不已——他们根本不在意小费，并且经常把车费降低凑整。政治经济学家安德鲁·威尔斯（Andrew Wells）最近称“悉尼风格已将所有形式的个人积累提升至一种道德需求”；[1]另一方面，据说要想挤入悉尼顶级富豪团也相对比较容易，因为没什么人会想到从中作梗。就我观察，悉尼人主要是对别人的财富感兴趣，而不是财富所带来的权力，也不是品行，而这种兴趣点也只是在于财富所带来的光芒与乐趣。悉尼的那些大富豪们，无论在娱乐专栏上被多么无礼对待，却是真正的公民之星；而巨额融资、收购竞争、破产案、贪赃枉法的内讧斗争，像是一幕幕音乐剧场面，供人们饶有兴致地观看着。

变为巨富是可以想见的全民抱负。如果你想融入这个大时代，在众多的召唤中，总有那样一个瞬间，你觉得你必须抛开悉尼，前往欧洲或者美国。但是，你其实不必背井离乡，就能极其富有。一些旧时富裕起来的家庭在确信富足的优越感中变

1　原注：参见吉姆·大卫森（Jim Davidson）编写的《悉尼—墨尔本之书》（*Sydney-Melbourne Book*, Sydney 1986）。

得从容而悠闲，丝毫不必显山露水。有些人把钱投放在公众视域外，也就是说，投到了加利福尼亚的房产上、汉普郡的乡村别墅上或是巴黎的公寓上。但关于悉尼闪光中的有些东西不得不提——知足常乐和无有嫉妒，这些都让它成为展现奢侈的完美场所。而城市富裕一族的生活方式看上去和这座城市非常相契。19世纪惹眼的马车展示了（就如19世纪50年代的一个观察者所述）“毫不精致的奢侈”；它们真正的继任者当然是今天在港口喧闹的汽艇，它们是展现无忧无虑的财富的完美代言——招摇过市、震耳欲聋、目中无人、毫无所用又充满乐趣。

一夜暴富并不是漫漫跋涉的结果，而多是因为走了大运，这是不变的真理。获得巨大成功的刑满释放者所罗门·怀斯曼（Solomon Wiseman）曾被问及他是否为自己未受教育感到遗憾。“教育有什么用？”他反驳道，“赚钱才是人生的主课程。”1850年，蓝山另一边的巴瑟斯特发现了金矿，让这个城市激动不已：从牧师到劳工都如潮涌般加入淘金队伍，许多公司的员工都跑个精光，有一件优秀的摄影作品记录了黄金被运送至财政部时的景象——装着黄金的马车，嘚嘚作响，上面坐着戴高帽的车夫，蓄胡的护卫队手持来复枪靠在膝盖上，骑兵们绕场慢跑，围观平民让出一条路来，整个场面都充满了一种一夜暴富的激动之情。[1]

19世纪的最后四分之一，重点是关于金钱的理论，这与悉尼简直绝配。基于幻想的财富是悉尼的特色，而在19世纪

1　爱德华·哈格雷夫斯（Edward Hargraves），金矿的发现者，在计划他们的第一次挖掘时，对同伴说：“我将成为准男爵，你会被封为骑士，而我的老马会被喂得饱饱的，装到玻璃箱子里，运到大英博物馆展出。”事实是，他说的都没发生。

七八十年代，所有与货币主义相关的事物遍布这座城市的每个角落。当时称为“雅皮士”的风格刚在纽约兴起，很快就在悉尼诞生了它的山寨版，很久以后后者脱离了旧有模式，并流行起本地的“雅皮士”风格。没有比悉尼的雅皮士更雅皮士的了。再没人会那么漫不经心地把自己的宝马车停在停车场任何一个四轮车子旁边，再没有人的裤子比他们的更宽松，再没有人会比他们更潇洒地炫耀自己的背带裤，也再没有人会像他们一样在公众场所对着移动电话那么流利地报出一个多位数的款项。

在港口北边的布鲁角上有个地方叫霍普伍德联排别墅，我曾经很喜欢在这里看雅皮士们表演。这是一排低调的20世纪20年代的房屋，修饰着非常雅致的屋顶轮廓线，还到处散落着木瓦，但这很时髦。那里有世博会澳大利亚设计馆、一爿精品店、一家广告公司、朱塞佩意大利餐厅和一个叫影象银行（Image Bank）的地方。那里还有路边咖啡座，年轻的经理人会在雅皮士一族的特定日子里，也就是周日早上一同聚会、共进早餐。其中有一位经常映入我的眼帘。他年纪稍长，正在谢发，要玩壁球的话又显得太胖，但是他总是以合适的形象出现在周日早上，身着印着鲸鱼图案的T恤和蓝色短裤，光着脚板；而他的同伴则一头金发，扎着马尾辫，穿着卡其色便裤和凉鞋。他温文尔雅地啜饮着他的卡布奇诺，吃着他的羊角面包；他故作谦虚状，念出报纸上他认识的人的信息；如果移动电话响起，他就会边慢慢地踱步到他的保时捷旁，边对着电话大声讲话；他的笑声是多么响亮，回荡在整条布鲁角大街上！他的女友面不带笑却也优雅从容，看着他转回来，穿过马路，回到咖啡座时仍然谈笑风生，边走动边灵巧地弹着他手中的记事纸——功成名就，力争上进，世故老道，光脚赤足，无一遗漏，尽入眼帘。

我估计，他是一个赌徒，也许还是用别人的钱在赌博，不过悉尼永远都垂青于赌博之辈。悉尼人几乎在任何东西上都敢下赌注，就像我们之前看到的，非法的场外赌博甚至在最平凡的还戴着亚麻帽的老年人中都很风靡。在澳洲的大城市中，除了联邦首都堪培拉以外，悉尼是唯一一个没有赌场的，但是这并不令人意外，因为在新南威尔士人均拥有的扑克机（别处有称水果机）比内华达以外的任何地方都要多。1976年，掉到这些机器里的钱，绝大多数来自悉尼，几乎等同于新南威尔士五分之一的可支配收入；因此也许现在观察一夜暴富的最佳方式并不是去地域辽阔的郊区游览，寻找那些炫富的房子，而是去一个英式橄榄球联盟俱乐部，那里悉尼的工人阶层连续数小时站在扑克机——那些老式的吃角子老虎机前，期待着能有银币突然哗啦落下的激动一刻，那就会是笔巨额收入：够不上这个国家的一座房子，也许，也不是华丽的马车和侍从或者是汽艇，但至少是一笔凭空生出的财富。

不过，无论对赌博者来说，还是对其他所有人来说，“高个罂粟综合征”都非常适用。许多曾在20世纪80年代一度是悉尼英雄的创业家，到了那个十年末期的艰难时世里却栽了跟头，不幸破产或者接受犯罪调查：媒体在那时候大肆报道，并把他们集体称为“贪婪有限公司”。

从传统意义上讲，悉尼为自己是个无阶级社会而沾沾自喜。当然，那里并没有像英格兰那么明显的阶级区分标记，也没有像美国那样在贫富之间有那么大的骇人对比。贫民窟几乎找不到，生活水平相对较高，要求某种国家补助的家庭最多一打而已。房子基本上都是从一户人家转手到另一户没什么瓜葛的人家。在双湾有一座“莫特的小屋”，它目前的主人一丝不苟地把这座房子的历史记录了下来。[1]它的主人和居住者里包括一个食品商、一个制伞商、一个知名实业家、一个开拓型的女医师和一个获释的伪造罪犯约翰·塔维尔——我们在几页之前介绍过他的盛宴。平等主义一直都是悉尼吹嘘的资本：据说一战时澳新军团的士兵生平都没有被直接指挥过，指挥的方式“坦诚，口气总是‘你也许要’或者‘你介意吗’”。[2]

但无论如何，阶级在悉尼的风格中还是有很大的发言权，就像它在大英帝国任何其他殖民地一样。这片殖民地几乎没有发现其自身早已发展出自己的阶级区分。那里有行政人员和军官——达官显贵。那里有精英也有尊贵之人，还有英国出身的自由民——殖民地上流人士。那里有纯正的美利奴羊，有把自己看成是悉尼老百姓的牧羊人。那里有“货币小伙”和“货币姑娘”，他们是在澳洲当地出生的白人，而他们的昵称显示货币制度在殖民地才是好的。那里有刑满释放犯，还有他们的分支——更为谦和的劳工移民。那里有拿了假释许可证的罪犯，或多或少都还是个假释犯。那里有罪犯，包括绅士阶层的重罪犯，被称做“特殊人”，还有喜欢被叫做“流放犯”、“政府人”或者“帝国建设者”的那些人。而生活在悉尼社会最底层的还是那里的土著人，那些黑女人。“女士们、绅士们和其他人”是当时的

1 原注：参见吉尔·巴克兰德（Jill Buckland）的《莫特的小屋》（*Mort's Cottage*，Sydney 1988）。
2 原注：参见C. E. W. 比恩（C. E. W. Bean）的《1914－1918年战时澳大利亚官方史》（*Official History of Austrailia in the War of 1914－1918*）。

小广告上不变的公式。

这所有的一切实则都是在仿效英格兰，在这里，英格兰的社会价值观常常被默默套用——你可以想象和第一舰队750名罪犯同来的27个自由女性居民的等级感是多么强烈了，也可以想象她们当初必须雇用罪犯当奶妈时有多么不情愿。那些绅士罪犯被请入一顶特殊的帐篷中，在那里，剥去教衣的牧师、被罢黜的官员、不光彩的律师和遭曝光的银行家都得到了区别对待。其中就有海军军官约翰·纳奇布尔（John Knatchbull），他是古老的肯特家族[1]的一员。由于举止行为不符合军官身份遭免职后，这个精神变态狂在1825年因为偷窃被遣送澳洲，但他并没为此吸取教训。在航行途中，他打死了一个男人。他试图毒死送他去诺福克岛的全体船员。他用斧子劈死了一个女人。但他在被送往博特尼湾的旅途中还是被安排了一个佣人（被他殴打致死）。直到他被处极刑——于1844年在悉尼被执行绞刑时，他还被贵族特权的光环包围着——吉普斯总督夫人（Lady Gipps）应该已经呼吁过对他执行缓刑，并且他在受刑时还穿着她赠给他的漂亮新西装——只因他出身高贵。

接着就是亨利·布朗·海耶斯（Henry Browne Hayes），一个英吉利与爱尔兰的混血乡绅，因为绑架了他的女继承人而在1801年被遣送至澳洲，服刑14年。在服刑期间，作为最难降伏的反叛者一员，他确实历经千难万苦，在悉尼沿岸以北100英里处的纽卡斯尔市煤矿服劳役，也在诺福克岛上待过一段时间；

1　原注：蒙巴顿勋爵（Lord Mountbatten）后与这个家族联姻。

他曾满腹牢骚地抱怨说圣帕特里克（St Patrick）[1]对他的祈祷不屑一顾，仿佛“我脚上正绑着镣铐在街头匪帮里做着可怜的窃贼”。不过，多数时候，他被允许过着绅士的生活，由他从爱尔兰带过来的贴身男仆伺候着。他在港口南岸买了一块地，让其他罪犯在其上建造了一座舒适的石头房子，并用专门进口自爱尔兰的泥炭填满了绕房一周的沟渠，谨防蛇类出没。在摄政王干预下，海耶斯在1812年被赦免刑罚。他的生活并没有因为这段流放的经历而有丝毫恶化，相反，从此以后，他在科克郡的惬意家宅[2]里过上了幸福生活。

身处法外却同样身份高贵的是准男爵弗雷德里克·波廷杰（Sir Frederick Pottinger），他是伯克郡波廷杰家族的一员，父亲是香港的首任总督；而他的表亲埃尔德雷德（Eldred）——“赫拉特的波廷杰”（Pottinger of Herat），是印度边界战争的知名英雄。弗雷德里克先生看上去是个“扶不起的阿斗”。二三十岁时，身陷财务危机的他在1860年从冷溪近卫团辞职，成为新南威尔士州骑警，负责围捕罪犯或当地人口里的“山贼”。尽管由于准男爵爵位的无意曝光，他不日即被提升为副检查员，但他的本职工作却是出了名的一团糟。有一次，由于抓捕一个颇得民心的罪犯惨遭失败，人们还把他编入了悉尼的民谣——这让他“流芳百世”：

1　译注：圣帕特里克是爱尔兰主保圣人，于385年左右出生于苏格兰。幼年时曾被俘至爱尔兰，为人牧羊。获自由后修道，成为神职人员，后被立为爱尔兰区主教，竭力宣传福音，奠定爱尔兰天主教会的信仰基础。461年逝世。其庆日在3月17日，即圣帕特里克节。

2　原注：弗农山庄（Vernon Mount），后被用做芒斯特摩托车和汽车俱乐部的总部。

弗里德雷克·波廷杰先生闭了眼，开了火，
一如既往失了手。
那贼却把威风抖，哈哈大笑太快活，
跳上马背扬长走！

尽管波廷杰几乎没有成功射杀任何山贼，但这个不幸的公子哥却准确无误地射杀了自己——一次登马车时，他的左轮手枪走了火。无论曾经功过是非，他还是一个贵族，悉尼对此表示认可。他的临终床铺设在维多利亚俱乐部他自己的房间中，他的葬礼则迎来了新南威尔士总理的光临。

殖民地上的雅士们有些则困惑于英式社交风格。幸亏这片遭人嫌恶的殖民地上的早期自由民中有不少人在故乡曾经是地主或男爵们的亲信又或从小在大家族的宅子里长大。1853年，威廉·查尔斯·温特华斯（William Charles Wentworth），殖民地上最有权势的政治家之一，提议建立一个正式的新南威尔士州贵族阶级，设定自己的高贵等级（持异见者用“博特尼湾男爵”取笑他）；第二年，在“年轻的公务人员”间形成了一个志愿炮兵团，据说那里可以花钱清理枪支；而土地所有者尤其快速地摆上了不可一世的架子。1838年，在离悉尼港4英里的库克河边一座新的教堂开放，庆祝自助餐与故国英格兰一样分三部分进行——首先是马车车夫，其次是当地农民，最后是建起了这座教堂的劳工。

势利的风气在这里扎根发芽，从一种普通的谄媚，到拜访贵族时要盛装打扮一番。名片和得体的自我介绍被大肆鼓励。澳大利亚银行（由牧场主集资而建）是绅士们的银行，新南威尔士银行（被犯罪团伙染指）则是百姓的银行。周日在公园散步并不可取，因为女仆们和她们的男友也在那儿活动。1838年，一个市民被逐出总督府举行的女王生日舞会，理由是他在军队服役时只是一个军士长：尽管他争辩说他的夫人是中尉的女儿，但也无济于事。1843年，悉尼的第一位市长大人为他新成立的市议会举办了一个流行的化装舞会，但是这个城市的很多上流人物拒绝参加——正如一位当代讽刺作家笔下所写，他们

都是纯种的美利奴羊，训练有素，
要和你的粗毛绵羊保持远距。

势利的行为言语，不一而足，这表现在突然发迹的酒吧里那愚蠢的服装上，还表现在无论四周是否有王室成员都戴着流行的金属冕状头饰的大人物们的大肆炫耀上。或许我们可以确定的是，这不完全出于一种对优质教育的渴盼，虽然这种渴盼让那些上佳的悉尼私立学校总是有着成千上万个人等待入学；而任何认为这个城市已经超越旧习的人都应该读一读1990年由顶尖的律师事务所颁布的对女性律师的着装要求，长达10页。这个指令晦涩得很，长袖衬衫“传达最可靠的形象”，她们必须穿西装，最好是海军蓝、黑色，或者是深灰色（她们站着时必须扣上外套的扣子，坐下时则解开扣子），还要穿抗静电的长衬裙，并要比她们的裙子短5厘米。

悉尼模式的另一个愚蠢之处在于对曼哈顿的逐样复制。它把所有的餐厅分成上流与非上流——有些餐厅的餐桌赏心悦目，常有名人光临；而有些（总体被戏称为“西伯利亚”）则对任何有点身份地位感的人来说都决然无法接受。在外行眼中，一张桌子乍看上去和另一张桌子没什么两样。有一个调皮的记者为

那些悉尼最潮的餐厅写了一篇餐桌图解的文章，清楚地将它们界定为“西伯利亚”，杀了这些餐馆不少自得之气。

相较于我所熟悉的其他城市而言，在悉尼，一个人的住所方位对他的社交活动显得尤为重要。一个被释放的囚犯，不论他多么有钱，要想在港岸建造自己的房子总需要一些时日，而那些绵延的郊区房屋大致也有着明显的阶级细分。[1]这些地方据说原本没有那么同质化，大多数社区的居民年龄层次各不相同，职业出身也互有差异，但现在社会学家称，从某种程度上来说，它比任何别的地方都“专业”——年长者与年少者各有社区，富人与穷人居处不同，移民与土著异地而处。这个城市的社会地图，如果用不同的色块标出它的特征，那么在北面和东面的郊区，代表富人的蓝色最为密集，而代表社会学家口中的“比较贫穷”的红色则分布在南面和西面。不过，即使在蓝色色块中，还是有区别存在——北岸郊区是高收入群体聚集区，而东岸的郊区则是高端资产所有者的天地。

自然还有些郊区城镇仍然保持混合的居住形态：一天，在新镇一排引人注目的小别墅对面，我注意到一处涂鸦，写着“垃圾一样的烂人住在这里”。随着市场的活力改变着它们的境况，还有一些城镇则处在一种剧烈的社会变迁中：1986年社会学家彼得·斯皮里特（Peter Spearitt）写道：“当悉尼上流群体侵入工人阶级的郊区时，他们残忍无度。”[2]其他有些地方则又逐代维

1　原注：因此，旧悉尼被用来戏称飞机上的头等舱和观光舱——“沃克吕兹”和“乌鲁姆鲁”。

2　原注：参见吉姆·大卫森的《悉尼—墨尔本之书》。

护着他们或多或少算是清白的社会名誉。位于博特尼湾畔的拉贝鲁兹从来没有摆脱它多重的社会意义上的劣势（土著居住地、监狱、毒品的诱惑，还有不甚漂亮的环境）。如果你说你住在双湾、圣艾夫斯或格兰维尔，每一个悉尼市民都已经在潜意识中对你将成为怎样的人下了断定。[1]“这里不是宝宝专区”，当我的一个朋友想在悉尼北部买点瓶装食品时，一个店员不容置疑地说。

在一片常绿植物掩映下，有一处让人欣喜的所在，那就是亨特斯山，它是所有郊区城镇中最独立也最风雅的所在之一。它所处的位置并非华丽的港口，而是在海港大桥的西侧。雷恩科夫河和帕拉马塔河汇合于此，在两条河之间的一小块土地上，这个城镇被细心地掩藏着。从富裕程度上来说，它在所有郊区城镇中仅位列第28名，它也是悉尼最小的行政区，但几乎没有一个居民从这里搬离——它的特色在于安稳和乡土风情。这里有一个市民集会所、一家茶馆，还有一个邮局，局长戴眼镜，穿着蓝色短裤。这里树木成林，游廊蜿蜒，猫群信步，有公园长椅、绿意掩映的小巷幽径，还有保龄球俱乐部，当然不可避免的，还有“CRUSH”——亨特斯山受困居民组织[2]。在亨特斯山，你会看到热心的小伙子在花园门口帮助老妇人，也会看到美丽干练的年轻妈妈开着沃尔沃汽车来接兴高采烈背着书包装扮整齐的孩子。

亨特斯山至今没什么变化。但是，不远处海港对面另一个

1 原注：双湾非常炫目耀眼；圣艾夫斯极度保守；格兰维尔是这样的——问：在格兰维尔能干什么？答：到帕拉马塔路上去看野猫漫步。

2 译注：原文全称为“Concerned Residents Under Siege in Hunters Hill”，是亨特斯山当地的居民行动小组，旨在维护当地居民正当权益。

半岛上的巴尔曼却发生了天翻地覆的变化。巴尔曼最初是第一个上班族定居的郊区城镇，由市中心可以搭船抵达，在维多利亚时代中期，这是一处颇受青睐的中产阶级居住地。不过在19世纪50年代，一座船厂开业，建了一个干船坞和许多规模巨大的修船场，由此这里也就变成了无产阶级的领地。成百上千的工人棚屋搭建起来，数十家酒吧应运而生。1920年，巴尔曼议会模棱两可地宣称巴尔曼的“工业需求大大超越了它的居住需求”——这说明它已经变得肮脏、呛人、过度拥挤、征税价值低。到1953年，地方议会的所有议员都因为腐败而下台，而一个强大的黑社会组织在这里滋生。

如今干船坞已是往事成烟，巴尔曼黑手党被遣散，这个郊区小镇经历了再一次转型。这里的山路依然堆满了脏东西，时不时可以看到酒吧，而有些地方破旧不堪，但是许久之前，绅士化的风气却开始兴盛起来。工人的小屋围着栅栏，种着九重葛，漂亮雅致。酒吧里的常客都是年轻的会计们。作者们写着小说，而在引向水岸的陡峭的小道尽头，滑道边几艘帅气的汽艇昂然挺立。镇中心很赶时髦，那里有日式料理、房地产公司、美食店、各种各样的医疗诊所，还有一处漂浮中心（Float-Tank Centre）。有天早上，我去地方法院尝试着想看看有没有凶案发生，但是在这个曾经臭名昭著的罪犯聚集地，再也见不到受害人，找不到被告，警察们没什么证据可以提供，而我是这个法院里唯一的旁观者。

洋面上的邦代[1]是另一处贴上了标签的郊区城镇。它有着闻名世界的沙子和海浪，周围则是一大片红顶小平房和高度恰

1　原注：它的名字（Bondi）发音应该是“Bon-dye”，据说是一句精简的土著语，意思是“海浪之音打碎在海滩上”。

到好处的公寓大楼。长久以来它就带上了浓重的犹太色彩，现在则是新西兰人的最爱，尤其是那些毛利人。它著名的海滩踱步是那么无聊而又寒碜——对大多数外国人来说，是悉尼最不尽如人意的地方之一——但是整体上来说，它仍然是一个坦率友好的地方，这里最基层的澳大利亚人躲过了来自绅士化、世界大同主义和道德变迁的汹涌来袭：中产阶级、中等收入、中庸路线，它有着不同的面庞和语言，毫无疑问，这里就是澳大利亚。

但另一方面，悉尼大学附近的齐本德尔则绝对无法归类。这是四条繁忙的城市街道围成的长方形地块，尽管它的主街道被称做桃金娘街，并与玫瑰街相交，还相邻于松树街，但它还是没有一丝城市的感觉。这里最初是工业城镇，因此这里的建筑只能算差强人意，但是这里的氛围却是知名的大度而和谐。齐本德尔居住密度大，自我定位非常明晰，尽管在那片社会地图上显示的是一块代表贫困的红色，但其实这里住着各式各样的居民。我曾在一个夜里去了那里，在全澳洲最杰出的作家家中享用晚餐。和我共同列席的宾客都住在附近，包括一位活跃于政坛的律师、一位作家和两位艺术家，吃食都是来自街角黎巴嫩餐厅里的外卖。晚餐过后，主人带我沿路随意参观这个最近因谋杀案而名噪一时的地方——它完美地处在路旁小径和那些热闹的大马路之间。

西部德瑞特山的名字，最近被媒体用来指涉作为工人阶级的悉尼——在社会地图上一片赤红，这里住着最不幸的纳税人，这里的投票人等待着被联合，而这里也是战争中无谓牺牲者的来源地。从这里去往蓝山的路上，一派心旷神怡，但对这个地方，我总有一种无法理解的不安定感——有些东西一团糟，有些东西不可持久，小屋参差不齐，四处散落，而垃圾也比一般的城市多。我认为这些都是因为新来的悉尼人通常都住在西部郊区，并希望在这里发迹致富，能有一天住到“蓝色区域”。一些这样的西部郊区由于最近的亚洲移民潮彻底变质了——尤其是卡巴玛塔，它现在看上去与悉尼其他地方毫无关联。它的中心地带是一处略带现代色彩的普通商业中心，但是走在这里感觉完全像是走在某个稳定繁荣的东亚国家的省级城市。很难找到一张脸——无论是小孩儿还是老人，不是东方的。一群学童路过，尽是越南人。每家商店都能看得到越南主妇的影子。这里到处弥漫着亚洲菜肴的香味，萦绕着亚洲音乐。这里的人群都很年轻，干净整齐，一丝不苟，仿佛是专门经由挑选成为模范城镇的居民的。偶尔也可以看到垂垂老矣的澳洲白种人，他们困惑不已地踌躇其间，感觉像是漫步于异国土地上。

总体来说，这里仍然是一个社交型的平等城市。公园里有一座彭斯[1]的塑像，尽管也许他会嘲笑悉尼社会的谄媚，还很可能对悉尼的种族主义大感震惊，不过我敢肯定他会赞同这一点，那就是这里的男人总体来说“无论何时都要保持尊严”[2]。“现在，姑娘们，你要记住它们并不都是给你们的”，盛大而时髦的晚宴上，一个侍应生这样说。然后，他在我和一个比我更成熟也更健壮的女士中间摆下了一盒巧克力作为

1 译注：罗伯特·彭斯（Robert Burns，1759－1796），苏格兰农民诗人，在英国文学史上占有重要地位，他复兴并丰富了苏格兰民歌。

2 译注：《无论何时都要保持尊严》(A Man’s A Man For A’ That)是罗伯特·彭斯1795年发表的著名诗歌。诗中认为无论如何都要保持做人的尊严，不贪图钱财，不畏惧权贵，不能丢失洞察真理的睿智，这才是做人的优良品格。

点心。不久之后，毫无疑问，那些卡巴玛塔的亚裔们就能学会悉尼腔的英语。就风格而言，这种著名的方言为悉尼这座城市的建成提供了重要的凝聚力。对外国人来说，它有力的口音完美地表述了这个地方，并且让这个地方看上去比任何其他城市都更像澳大利亚。但说到底，这里也是澳洲方言的诞生地——它最先由悉尼大学的阿福贝克·劳德（Afferbeck Lauder）整编确定。[1]悉尼的英语很有力、尖锐而又生动活泼——并不像加利福尼亚的街头寒暄或美国黑人那么有创意，但却一直处在变化发展之中。

它起源于18世纪伦敦郊区窃贼的俚语，起初是英国黑社会的半秘密暗语。第一舰队上的罪犯们在此基础上创造了许多说法，并流传开来。当然，在航行过程中，也毫无疑问地加入了很多英吉利－爱尔兰语和英格兰的地方方言。它被坦奇称为“闪电”或“孩子”的语言。它是“迷人的黑话”，那么难懂，以至于在法庭上还得请翻译，在坦奇看来，只要将它从罪犯间清除就必会“开启革新之路”。想得美！犯人们以不可侵犯的架势守卫着这代表着他们出生地、技巧及兄弟情义的语言财产。他们将它的活力与力量悉数交给他们自由的后代——也许还交出了它的行会特质——1990年，一个不法医生和一个无良律师商量如何顶风作案，被人录了下来，但他们说的却是一种半文盲的黑社会行话。早些年，悉尼方言里的有些词语，指涉模糊但朗朗上口，很像伦敦最东面的俚语：去理发就是去

1 原注：参见《让我们跟踪老澳》（*Let's Stalk Strine*, Sydney 1965）。这本书的前言里将澳洲方言描述为“总而言之，暗藏敌意又有温暖的韧性”。教授的至交是阿拉斯泰尔·莫里森（Alastair Morrison）。

悉尼港，而吉米·格兰特们（Jimmy Grants）则指移民。[1]

悉尼英语从来没有摆脱它的伦敦郊区鼻音，虽然几代人过后，元音的应用更为广泛，而它的发音也有所变异。[2]这语言也许并不如悉尼人想象的那么诙谐机智。它的很多词语对轻巧的缩略语情有独钟，比如罐装啤酒是“锡”（a tinny），泳衣是“温馨”（a cozzy），掉头（a U-turn）是“U-ie”，“sickies”指病假（sick leave），政治家（politician）被缩略为“pollie”，而口红（lipstick）则是“lippie”，西面郊区的人被叫做“西面的人”（a westy），而“绿人”（a Greenie）则指自然环境保护主义者，一辆皮卡就是“ute”——功用（utility）的缩写，达令赫斯特被叫做达罗（Darlo），帕丁顿被称做帕多（Paddo），还有早餐（brekkie）、自行车（bikey）和船（boaty）这些词，其中的孩子气不言而喻。普通人对话的语汇并没有那么惊人，其中最主要的特点是对“伙计”（mate）一词不可抵挡的钟爱。幽默作家尼诺·古洛塔（Nino Culotta），别名约翰·欧格雷迪（John O'Grady），曾在他1957年出版的《他们是一伙怪人》一书中，真切地记录了两个工人相见寒暄的情景：

---

1 原注：当然它也包含了很多普通的英国俗语。19世纪80年代，英国舰队指挥官尚未成年的儿子在悉尼听到一个马车夫在拎起一只袋子时说“向上一朵雏菊”（Ups a daisy，意为“起来没事啦”——译者注），他就问哥哥这是什么意思。“他认为我很无知，并用讽刺的语调说，这是一句非常和善的话，并且在这种场合下，你总是会说这句话。”摘自大卫·蒙塔古·道格拉斯·司各特爵士（Sir David Montagu Douglas Scott）于1985年写作但不曾面世的回忆录。

2 原注：语义学家认为它近些年必然因新西兰人的蜂拥出现而深受影响，所以悉尼人现在会漏掉“L”的发音，比如在说牛奶时，他们会说“miuwk”而不是“milk”，并且会用一种特别的方式将元音变扁平，所以“six fat fish”（六条肥鱼）就成了“sux fet fush”。我个人很难发现这种置换。

"怎么样伙计，还好吗？"

"是的，伙计。你怎样，好吗？"

"还好，伙计。"[1]

雅号和俗语就要好很多。悉尼对它们总是偏爱有加。很久以前，移民里的女孩子的名字通常会跟上一个她们搭乘的船只的名称，比如玛蒂达·阿伽门农（Mtilda Agamemnon），或者苏珊·雷德·罗浮（Susan Red Rover），而多年以来，悉尼的警察的雅号是"以色列人"，因为他们中的大多数人都是从英国坐船完成了"出埃及记"（*Exodus*）[2]。罪犯、隐居者和一般的原住民总是被冠以各种各样的绰号，从古老的如"捕鲸者乔"、"突然的所罗门"、"伯爵与摇滚蜥蜴"到今天的"恐怖汤姆"、"土佬亨利"或"迪斯科乔治"。我喜欢自动饮水机被叫做"bubbler"，懒惰被叫做"bludger"，鸡被叫做"chook"，街头无赖（正式说法应该是恶棍）被叫做"hoon"，小农场主被叫做"Cocky"——为"Cockatoo"（凤头鹦鹉）的缩写——因此"Cockies' Joy"（凤头鹦鹉的快乐）便是金黄糖浆。[3]我对那些用"身份"（identity）来指"名人"的做法也饶有兴趣——电视"身份"、各种各样的竞赛"身份"。"秘密烈酒商店"（a sly-grog shop）这一店名在我看来漂亮地描述了非法卖酒的前提。"橄榄球争夺中的九个修女"恰如其分地概括了歌剧院，"衣架"则是海港大桥的完美别

1　译注：原文为"'Ow yer goin' mate orright?" / "Yeah mate. 'Ow yer goin' orright?" / "Orright mate."

2　译注："Exodus"也有"大批离去"的意思。

3　原注：除了农民外，土著人会为这些说法很兴奋，而我也会兴奋不已。

称，而悉尼塔真的神似一个“活塞”。“几乎拟声地观看”是指色眯眯地看，“银尾”（silvertails）是形容有钱有势的好词，“伎俩”（rorting）简直和篡改账目天生一体，“检举揭发”（dobbing somone in）比打小报告更有意味，“博美犬”（Pom）确实适合描述英国人的各种特色，“Dinky-di”[1]则是澳大利亚人特质的精准缩影，而我想不出比“事实上”（*de facto*）更合适的词来称呼你女儿的同居男友了——这个词从罪犯们到达时就已经产生。悉尼市民时不时地会用一种奇特又贴切的用法来让人大吃一惊。“贴近了，看上一眼吧。”一个女店员说，邀请你在店里随便转转。“她是农村来的。”一个刚从郊区游览归来的学生的朋友说。“它现在滴答跳着，跟鸡奸似的。”一个刚做完心脏手术的病人这样说。“悉尼像水一样汩汩往下流。”一个商人抱怨着利息率。“橄榄球粗鲁了些。”一个运动员否认在球场上有暴力行径。有时候这样的短语变革即使只是一时兴起，也会得到默许，至少新媒体上还是可以见到——天气预报员预报着漂亮（beaut）、极好（bonzer）或好得不得了（bottler）的天气，而《悉尼先驱晨报》则报道城市交通中自行车（bikies）带来的问题。

这种语言带着一种深植的幽默，这幽默和城市同样古老而长久。有时候它会在尖锐的谩骂中出现——一个政客也许被说成衣冠禽兽，或被称做样板女婿，或被指具有“一个茶壶的全部威胁”。有时候，它只是委婉的讽刺。在为悉尼设计官方旅游口号时，有人提议“悉尼——阳光、罪恶和污水”；而悉尼的一所学校的孩子们自己翻译了校训，把“我听，我看，我学习”，

1　译注：（澳大利亚、新西兰口语）标准的、典型的；真正的、纯粹的；诚实的；当然的。

改变成了拉丁风的“音频，视频，迪斯科”(Audio, Video, Disco)。[1]

政治科学家唐纳德·霍恩（Donald Horne）称澳大利亚是个幸运的国度。除了这个城市周期性的经济萧条以外，恐怕大多数的悉尼人都会对此表示赞同。他们深深地知道，生活在这片慷慨而温和的海港边是何等有幸。“别担心，没问题”是悉尼习惯性的平静的保证。而更为幸运的是这种对好运气的认知并没有让他们为此自鸣得意、不思进取，甚至直到现在他们还是会天真而迫切地忙着给人以快乐的印象，以便展示城市最为光鲜的一面，证明它是真正“世界级”的。

在悉尼，观察行人的最佳地点无疑就是环形码头。这里如同一个万花筒，尽显悉尼风格。尽管受到游客增多的影响，这里还是融合了大多数人和多数阶层的风格。这里我们或许可以看到Dinky-di风格十足的澳洲人，穿着短裤和长袜，有时候还戴着阔边帽，带着点虚张声势的感觉，如同穿着短裙和挂着毛皮袋的苏格兰人在爱丁堡的大街上游行；这里我们也许可以看到悉尼所有的白领——总体来说是一个健康漂亮的群体，走路轻快，笑口常开。有些工人挺着壮观的啤酒肚，一屁股坐下，啃着水果，而女士们穿得跟参加王室花园聚会一样，实际上不过只是为了去购物而已。小阿飞一样的人物成群结队，时不时地晃悠而过，黄发飘飘，夹克上的纽扣银光闪闪，还有T恤上

1 原注：尽管老实说，我怀疑在我写作本书时我所遇到的悉尼真正的现代短语是在一个女孩向驶离的战舰挥别时所举的牌子上：爱你布鲁斯（LUV YA BRUCIE）。

的口号，让人摸不着头脑。一个戴着阔边帽、穿着短裤的邮差大步慢跑而过，背上是一大帆布包的信件。沿着码头到处都是独钓的渔夫，一律穿厚夹克戴棒球帽，从塑料桶里取出大块的鱼肉放上鱼钩作为诱饵。在牡蛎酒吧的角落边，商人们正悠闲自得地大口喝着葡萄酒、啤酒，嚼着大虾，享受着阳光。

这里是街头艺人们谋生的宝地。一个日本人用齐特琴演奏着《丹尼男孩》，旁边有一位戴着黄色草帽的舞者缓慢地摇摆着；一位神情严肃的年轻女子用单簧管吹奏着巴赫；一位黑人喜剧演员在4号码头附近表演引发人群笑声连连；还有一位福音传道者在那里坚持宣称没有上帝人便无法存活（“一派胡言”。一个穿着暗色西装的男人一边马不停蹄匆匆走过，一边大声而干脆地驳斥）；在某个地方，有人正用风笛吹着尾奏；当我们向歌剧院望去时，一个黑发女孩儿，10到11岁的样子，正在用小提琴认真演奏着《跳华尔兹舞的玛蒂达》，她的弟弟正在旁边候着，帮她翻乐谱（我们也许会注意到，乐谱是用澳大利亚国旗包裹的），他像一幅文艺复兴时期名作前景中的小天使一样，仰头凝望着姐姐的面庞。

我们的周围，人们都在四处闲逛，或者读着晨报享受一份晚早餐，或者正在研究他们的导览地图，或者煎蛋卷配白酒交换着文件，或者带着两栖登陆装备和潜艇换气装置向曼利渡口走去。不过在高峰到来时，上班的人从渡船的闸机间一波一波地通过，但这里的人们就像在这个城市的其他枢纽一样，并不为此感到焦躁。如果他们错过了一班船，他们也总能坐上下一班。每隔几分钟，就会有一辆火车来到。再来杯咖啡？何乐不为？办公室可以再等等嘛。纵观悉尼的历史，这个城市都被贴上了“非常随性”的标签，这种“随性”至今延续。它是这个幸运国度里的大都市——这个国度幸运到可以带着它逃离大英帝国。

悉 尼 人

1. 多数族群

悉尼人有时候会被俗称为“悉尼这边人”（Sydneysiders）。没人能准确说出这个称呼语出何处。有些理论家认为它最初是用来指涉住在墨累河北面或者说靠悉尼这边的人，以区分于河流南面或者说靠墨尔本那边的居住者；但也有人认为这只不过是对流放犯的一种称呼——他们被运送到博特尼湾那边的世界，后来当美国军人回美国那边时，又被送到悉尼这边。不管语出何处，这个称呼都适合他们。这个词坚定、直白并且餍足，总体上，将这里人的特色表现得淋漓尽致。“悉尼这边人”整体来说比大多数的城市居民更有辨识度。无论从风格、历史还是地形上来看，他们的所在都是一个强势城镇，而两个世纪的定居也造就了一群性情与之相称的市民。

从最初只有来自不列颠列岛上的居民，到如今拥有了希腊人、意大利人、南斯拉夫人、越南人、马尔他人、泰国人、土耳其人、黎巴嫩人、俄罗斯人、匈牙利人、叙利亚人和你所能想到的任何一个种族的子孙——类悉尼人（*homo Sydneyaticus*），无论男女，代代相传，最终形成了自己独一无二的类型。有时候我觉得他们恰是旅行者声称在19世纪北美洲出现的新人类的天然继承者；也许还是诗人伯纳德·奥多德（Bernard O'Dowd）希望能在澳洲大陆上进化成功的神族。[1] 这个城市的气候、饮食、新鲜的空气、空间和生活的总体舒适度很快就让来自各国的异族人群都在这里变异成同一个令人瞩目的集体——希腊来的岛民变得强壮有力，那些父母在兰开夏郡的寂寂无名的女子都蜕变成了受人追捧的千金，而一个颀长的意大利人似乎不消片刻就转变成了一个彻底嗜好啤酒的澳洲人。如果我在悉尼待久了，总有一天我的身上也会生长出一种明显的“悉尼这边”的特色。

目前为止，这是一个自我繁衍的族类。移民仍在不断进入，但自1981年开始，悉尼的绝大部分居民都在澳大利亚出生，并且父母都是澳大利亚人。未曾经历任何种族动乱或气候突变，如今这些年轻的本地“悉尼这边人”可以说很可能已经定型。然而，这样的变化不单是生理上的，也是脾性上的。悉尼的起源影响着这个城市的风格，而我想它们实则也深深地影响了这个城市的心智。最先来到悉尼的人勇气可嘉，无论你是以自由之身还是被捆缚在罪犯船只上抵达。忍受漫漫囚禁需要耐心或技巧，而公然反抗则需要志气。管理这个囚犯社区需要人格力量，别无他选；而行使监狱长的职权也至少需要一张厚脸皮。竞争、

1　原注：时间这个水手从空间捕捞的最后一点海货/你是那漂浮的马尾藻吗，那里西方/在万籁俱寂中重建了她注定的巢房？ /或又是即将到达的太阳神族的部落？

轻蔑和排斥这些混合在一起的复杂感情主宰着他们与土著的早期联系。只有一双对重大机遇敏锐无比的眼睛才能懂得如何利用悉尼早期的种种不利，而无政府与纪律规范之间的细微差别对其从监狱发展成一个自由社会实有必要。所有这些特征在广大的“悉尼这边人”中仍显而易见，通过集体无意识地薪火相传。

D. H. 劳伦斯说悉尼没有统治者。他的意思是这里没有世袭精英，不过当然这里一直都有着一群达官显贵组成的统治阶级。从一开始，他们就构成了一种军事寡头政治——新南威尔士的头九个总督都是海军等军人出身——随后演变为一个由军官和非军职市民组成的精英阶层。他们显然是当代悉尼上流社会的祖先，在回顾历史时，总被冠以这个或那个之父的称号，那些老式大众历史学家尤其如此。这里有六个例子：

* 无可匹敌的“悉尼之父”亚瑟·菲利普（1738 – 1814），他对最初的社群拥有绝对的管理权，他是从千万里之外过来的最接近上级政府的人士，而他的职权在当时被认为“比大英帝国授予任何其他总督的权限都要小”。一旦发起脾气来，他可以变得非常武断专制；当他的一个仆人被土著暗杀后，他决定兴师问罪，誓将斩首十个土著人并将首级带回，以泄心中私仇。[1] 但总体而言，他的专制还是有所节制的。他个子矮小，脸庞瘦小，带着敏感而忧郁的神色，经历过两次婚姻，却无一子嗣，他的父亲是个德语老师。在漫长的海军生涯中，几次从英军退役期间，

1　原注：后来他起了善心，决定枪杀两个，然后送四个去诺福克岛；但是派去抓人的水兵只捕获一个土著人，而那人还是他们的老朋友，因此这次事件中根本无人受惩。

他曾两次加入葡萄牙海军。这样的经历也许给予了他相较于其同代人更为宽阔的视野（还有曾将犯人运输到巴西的经历）。最初，他认为悉尼有很大的潜力成为“大不列颠所做的最有价值的一次兼并”。坚定不移地秉持着这样的信念，在四年辛勤工作后，他就不得不拖着疲累的病体回到伦敦。当他于1814年在巴斯告别人世时，悉尼正在阳关大道上阔步前进，但他却死得像一个伤透了心的人——摇着轮椅从楼上破窗而下，也许这是场自杀。[1]“一个好人”，尼尔森勋爵（Lord Nelson）言简意赅地评价了悉尼之父，而200年后，整个悉尼对此评价均无非议。

* 拉克伦·麦夸里（1761 – 1824），第一位士兵出身的总督，来自英国赫布里底群岛（Hebrides），生性矜夸自负：在悉尼大区共有23条大街被命名为拉克伦或者麦夸里，以他的姓名命名的还有九条马路、七条大道、五个广场、两条林荫道、一条车道、一条环路、一处街巷、一个马戏团、一个大学和一个购物中心。他曾经参加美国的独立战争，并在印度待过许多年，看上去虽然不可一世但还算和善可亲，观念相对自由开放，相信殖民地的未来掌握在刑满释放者的手中。他邀请他们去总督府任职，保护并帮助伪造罪犯人建筑师弗朗西斯·格林威和勒索犯诗人迈克尔·马西·罗宾逊（Michael Massey Robinson），后者成为他的非官方桂冠诗人[2]。麦夸里对土著人偶尔会动恻隐之心，

1 原注：当然他没有被埋葬在巴斯的教区教堂（他住在靠近圆形广场的班尼特大街），而是葬在了城外小镇巴斯安普顿，现在这里是一年一度澳洲日的朝圣地。

2 原注：也是他的歌颂者——“他闪闪发光的心，在怜悯的乞求下怦然而动，/分享着，当他将利益让位于获准的价值：/抹去痛苦那扑闪着的眼睛中落下的大颗泪珠，/打开了奔向自由的幸福之路……”

并用他的建筑规划来美化整个殖民地。当然，他还与许多人交恶——包括自由民和军官，那些人认为他对罪犯太过手软，对黑人感情过于丰富，这对他们的财富来说是种威胁，而他原在伦敦的上级则认为他没有尽忠职守并且奢侈无度。最后，麦夸里因在公共设施上的无据挥霍，遭到了一个皇家行政长官的控诉，最后只能揣着一颗失望与痛苦之心启程回国。不过在现代悉尼，人们对他的纪念极尽恭维：肖像画上的他看上去是个彻彻底底的苏格兰人，躺在马尔岛上，正上方是夸张的题字“澳洲之父”。

* 第一个野心勃勃又毫无魅力可言的悉尼巨富是约翰·麦克阿瑟（John Macarthur，1766 – 1834）——“澳洲羊毛工业之父”，他的父亲是普利茅斯的一个布商。1790年，他以新南威尔士保卫队出纳员的身份来到悉尼，并靠做兼职发了横财。他后来成为土地所有者、大获成功的巨贾和养羊业的先驱者。他建造了我们在两个章节前提到的伊丽莎白农场，这是以比他远为迷人的太太伊丽莎白·维尔（Elizabeth Veale）命名的。他把自己视做皇家绅士——麦克阿瑟家族认为他们自己是亚瑟王的后裔，不过，他一辈子的行为举止都像极了一个粗俗不堪的暴发户。他时不时就跟人争吵，还和当地的指挥官大打出手，组织策划对总督布莱的公然反抗，密谋搞垮麦夸里，并辱骂异己为卑鄙小人、吸血鬼还有鸡身蛇尾怪（Cockatrices）[1]。而他自己则获封了一个绰号——“搅拌器”。这个恶人到最后发了疯，离开了他可怜的妻子，不过还是实现了他最后的野心——管理卡姆登

1　译注：传说中瞪一眼即可置人于死地的怪物。

公园大楼，本来他是想将这楼宇留给子孙的——这是对典型的悉尼生活独特的悉尼式反讽。

* 本杰明·博伊德（Benjamin Boyd，1800 – 1851）也许称得上是“悉尼收购之父”，1842年他飘然而至，驾着他装备漂亮的快艇“流浪者”号穿越海岬，另有四艘略为逊色的船舰载着他的物资和财产。他在伦敦开了家银行以推动澳洲金融业的发展，并气焰嚣张地猛然扑向新南威尔士的经济，购买了成千上万顷良田，发展捕鲸业与进出口贸易，还把南太平洋的岛民引入澳洲成为契约劳工。一连几年，他被封为悉尼的英雄，一如20世纪80年代时叱咤风云的“企业狙击手”[1]。但好景不长，他整个高调炫耀的工程不久便开始分崩离析。自然而然地，他最后只能做假账，但他的公司深陷巨额债款不能自拔，银行也在不久后就关门大吉，而他契约劳工计划的性质之恶劣仅次于奴隶制。结果是他只能重新驾驶“流浪者”号启程，这次目的地是加州油田，从此之后他再没有光临悉尼。后来他开始追逐新的梦想——建立一个巴布亚人王国，但却在所罗门群岛失踪匿迹，很可能成了食人族口中的美味。[2]

* 罗伯特·坎贝尔（Robert Campbell，1769 – 1846）身上有明显的苏格兰人特色，甚为精明好斗又高效，是“澳洲商业之父”。坎贝尔于1798年抵达悉尼。他在加尔各答有家族生意，而他的财富主要来自悉尼和英属印度之间日益兴盛的贸

1 译注：意为公司蓄意收购者（通过大量购买股票以达到控制某一公司的个人或机构）。

2 原注：“流浪者”号没有带上他就继续前行，最后在悉尼北部的麦夸里港口失事，从此后就被所谓的救援队所垂涎。

易。他的轮船对东方海域了如指掌，而他位于悉尼港西部的仓库和漂亮宅子在早期悉尼是地标性建筑——坎贝尔的港岸至今留存。坎贝尔饲养阿拉伯马，进口婆罗门牛并饲养孔雀，在布莱总督和军团发生矛盾时，他坚定地选择支持布莱。而总体说来，他除了非常有钱以外，还无疑是个可资利用的市民——那种在今天能从新南威尔士大学获得荣誉称号又能在剧院参加庆祝典礼的人。

* 托马斯·莫特（Thomas Mort，1816 – 1878）在从英国驶出的轮船上庆祝了自己的21周岁生日。“的确，”他写道，“夕阳披上它最壮美的服饰为我的成年礼平添了优美。我希望它是未来成功的一次光明预兆。”他写“成功”时用了首字母大写的Success，而这成功最后如约而至。莫特通过为英国引入冷藏船服务成为“澳洲肉业之父”，在巴尔曼建了干船坞，并始创了各式各样的轮船修理公司、工程项目、拍卖行和房产公司，还为自己在达令角建了一座宅邸。他在工人的福利上有非常开明的见解，并被公认为是“悉尼这边人”中的模范人物——如今在悉尼城区还能见到纪念他的塑像。可是我仍然对他在访问一座位于兰德维克郊区的贫困儿童庇护所之后所提交的报告感到困惑不已。他认为这个庇护所可以建成一处得天独厚的丝绸生产中心。他告诉同事这个庇护所有三大优势：可以种桑树的土地，可以用来养蚕的大房间，还有“免费的儿童劳动力”——这个慈善家强调了这三样重要的东西。

至今为止，悉尼还是没有出现如劳伦斯口中的那样的统治者。在新南威尔士放弃帝国荣誉系统前，那里有获赐非世袭英国头衔的人，也有澳洲勋章的拥有者——他们的名字最后都跟上了字母如AC、AO或者AM[1]。当然，悉尼还有一群比普通人更富有也更有教养的人物。但是除了第一代移民以外，这里的人们没有明显的口音或者体格差异，“悉尼这边人”在沙滩上脱掉衣服后，看上去比社会分析报告里写的更好；欧洲穷人们弯曲的双肩和摇晃的双腿早已消失无踪，而一群肤色古铜且身型健壮的冲浪者对在场的显贵视同无物。至少从体格上来说，这个城市确实是平等的。

但是，正如其他地方一样，这里也有精英阶层，而我常常会在其中看到早期悉尼社会造成的影响。首先让我瞠目的是这种影响竟如此直接，一点都不遥远。这里的政治显贵阶层是那么容易接触，一如总督们刚开始在港口上建起第一座宅邸之时。新南威尔士州的四分之三人口定居在它的首府悉尼，这让这个地方看上去很像一个城邦国家，如果首脑不是邻居，那也总是在视野范围内。每个人都认识总理，知道他住在哪里、他的出身、关于他的一两件轶事或流言蜚语，并且每个人都会毫无顾忌地议论起来。此外，那里大概还住着好些前总理，让这种权力的存在感更为真切，想想在那儿你碰到的女人中很可能就有那么一两个是他们的前妻。

那些腰缠万贯的巨富，也和悉尼早期时一样无处可藏。人们聊起他们时，津津乐道，仿若故知。他们不像伦敦或纽约的富人般总是遥远传说中的人物。他们就像是一些普通城市中的银行经理或者英国集镇里的乡绅，所以每个当地人都能告知路

1　译注：此处均为爵级勋位的简称。AC（Companion of the Order of Australia）意为澳大利亚“同伴”；AO（Officer of the Order of Australia）意为“官佐”；AM（Member of the Order of Australia）意为“员佐”。

人哪一栋宅邸是X家，而Y家的船也似乎众所皆知。有一天，我正在和悉尼某位颇有影响力的编辑共进午餐，他的老板，澳洲最富有的人之一，给了他一张私人便条，告知他已被解雇，当天下午正式生效——还有什么比这样做更为迅速的呢？在城区的百货商店，我曾偶遇海上天堂的旧主人，正在为一个化妆品专柜做慈善活动，她的身边围满了一脸崇拜的中年妇人。她以宴会上才有的优雅举止对她们表示欢迎，而她们的回应在我看来像是遇见了故人。“这是我们的苏珊。”我听到一个女人对她的同伴说——她们正兴冲冲地跑到那里去。

当代悉尼有钱有势的人通常多数表现在形象上。我第一次到悉尼时，悉尼富婆摆臭脸的名声在外，许多观察者都注意到了这点：据说小说家帕特里克·怀特（Patrick White）的母亲（娘家姓维斯考博，是一个萨默赛特酒店老板的孙女）的嘴型“永远都设在7点20分的位置”。[1]环形码头海关大楼的大门上方是建筑师詹姆斯·巴内特（James Barnet）设计的维多利亚女王年轻时的半身像，这让悉尼那种独特的面部表情得以永存。而这种表情还可以在新南威尔士艺术画廊的某些肖像画上看到（至少有一幅自画像）。仁慈地说，这已经过时了，但依然不能否认悉尼的精英阶层身上还是有着这种掠夺的神态。天鹅绒手套里的刀子是它的社会风格特写，而我并不在乎与悉尼的阔佬阶层交恶。在一次晚宴上，我曾碰到一个年轻人，据介绍，他刚收购了一个电视频道：“两个，其实是。”这是他对我说的所有的话，面无一丝笑意。在这些人脸上，你常能看到一种让人不寒而栗

1　原注：参见大卫·马尔（David Marr）所著的传记《帕特里克·怀特》（*Patrick White*, London，1991）。

的虚张声势和冷漠无情，他们看上去通常都太绝对以至于不真实——头发太一丝不苟，在一天中的某个错误的时候穿上了太昂贵的衣服，也稍微过于爱炫耀和热情了一点儿。感情容易迸发是悉尼社会人尽皆知的一种缺点，而惯于干扰也是不得不说的一种缺陷：在这里的上层社会，交谈的艺术大抵就是抢着独白的艺术。我曾经看到一些出身更为高贵的人惊诧地收回话头，因为他们从来没有机会说完一句话。[1]而悉尼大众（正如悉尼人用一种奇怪的语义转换称他们为社会百姓）的品性也并非精致。有天晚上，我荣幸地被介绍给了一位女士，她是悉尼最古老的名门望族之后，但我生平从未见过像她这样傲慢、大嗓门、花枝招展、烂醉如泥又无知麻木的老婆娘。

这些粗糙而实在的贵族阶层游历极广，通常在国外都置办有房产，有时还会把他们的孩子送到欧洲或美国完成教育。有一段时间，他们还是热心的亲英派和保皇党，给人保守派遗老的印象——任何来访同仁都会被这些派对迷们欣然接纳。一位悉尼小说家曾告诉我，“悉尼这边人”的一个主要特征就是他们有能力在毕恭毕敬的同时又能出言不逊，而这种分裂即使在自视甚高的世故之人中也显而易见，但对外来权贵来说，这令人

1　原注：在我为写这本书做研究时，偶然看到了下列引语：“他们彼此之间没有谦逊，也不会互相关注。他们说得又快又响亮，并且要一下子统统说完。如果他们问你一个问题，还没等你说完答案的前三个单词，他们就会突然插话，引开话题，滔滔不绝。”这有可能是某人所描述的1991年的“悉尼这边人”；而这段话其实是由约翰·亚当斯（John Adams）在1774年所写，描述的对象是纽约人。

而另一方面，我在书中读到一个悉尼人在自己的电话答录机上留下的信息：“有人说人生可以归结为一些重要时刻，此时便是其中之一。让我们看看你能做什么。”据他说所有打电话给他的人都想不出能说什么。

生奇又让人疑窦丛生。

尽管有此种种缺点，悉尼的上流社会还是有着无可抵挡的魅力，因为它的冷嘲热讽、炫耀夸张和热情好客。它给我的是一种无忧无虑的印象，它尽情享受着生活，而如果我接触这个群体时能留神一些，那么我也会很愉快。这是一个小社会。他们时常碰面，非常了解彼此，并且因为差不多的成功程度而变得相似。就在这个城市的一次聚会上，我逐个见到了新南威尔士的两位总理、悉尼昂贵到臭名昭著的律师、一位著名的建筑师、一位享有盛誉的作家、它热门女校的女校长、它最好的图书馆的馆长、它收益最好的几家公司的董事长以及那个刚买了几个电视频道的人。对我来说几乎每个人都魅力相当，尽管有几个人眼睛盯着的是我身后的门而不是我，他们在等待也许会有更重要的人物进来——也许会有罗伯特·坎贝尔，或者“流浪者”号的本·博伊德（聚会上有他会更好）。

悉尼社会一开始是简单的两极分化，不是狱卒就是犯人，但逐渐这种两极分化被打破，由职业人群、公务员及政客组成的强大的中产阶级开始出现，几代人下来，这个阶级内部产生了一些很值得纪念的人物。以下是其中六位：

* 约翰·派珀（John Piper，约1773 – 1851）1792年到达悉尼时，是新南威尔士保卫军团的一员。他对这个地方的发展潜力明了于心，因此1812年时，他就成了海军军官——履行港务监督长的部分职权，但更重要的是成为一名海关征税员，这让他能获得所有应纳关税的百分之五。他是一个热情非凡的苏格兰人，尽管（或者也许因为）其父祖上是德国人。英俊、时髦又爱炫耀的派珀娶了一个罪犯的女儿，肆意生活，喂养马匹，

参加赛马，到处挥霍，却又靠着那百分之五保持着一如既往的富裕。19世纪20年代时，他为自己建造了一座华丽的宅邸，从而获得了“澳洲王子”的称号：两个圆屋顶和一排柱廊的汉丽埃塔别墅就位于海岬风景最好的一处尖角，是郊游宴请的绝佳去处。派珀有自己的乐队，他的客人们在游廊上跳着四对方舞；晨曦降临时，草坪上几门迷你铜炮就会仪式性地放炮，送别贵宾。在这座房子的后头，像是为了赎罪，一个巨大的圣安德鲁十字架以自然花篱的形式躺在山腰。唉，这个可爱的享乐主义者玩得过了火。因为做账失误他被迫离职，并欠下惊人的债务，有一天他带着穿苏格兰裙的风笛手划船出海，纵身跳下，意欲演奏一曲挽歌。最后他还是被用钩竿钩到了岸上，但是他的光辉时代一去不返。汉丽埃塔别墅被售卖以还清债务，而派珀也从历史的书页中消失，在一个更为庸常的地方了却一生。[1]他留给世人的只是他为这个海角起的时髦名字——派珀角，这里依然如往昔般干净整齐。

* 两个暴力的牧师给旧悉尼编年史带来了一些风味。塞缪尔·马斯登牧师大人（the Rev. Samuel Marsden，1764 – 1838）是18世纪史上一个粗野的形象，类似作家亨利·菲尔丁（Henry Fielding）笔下的人物。他是约克郡一个铁匠的儿子，从剑桥毕业，1794年作为专职牧师来到悉尼。从照片看，他简直恐怖到了极致——肥头油面、脖子粗短还有口臭——他把自己打造成旧式英伦派的模样，既是牧师又是地主，他曾拥有土地，曾是地方法官，还是帕拉马塔的郊区牧师。1807年，他将澳大利亚第一包羊毛带到了伦敦，并穿着自家羊毛编织的外套被

1　原注：1851年卒于新南威尔士巴瑟斯特，死前一直由好心的朋友资助度日。

塞缪尔·马斯登

带去觐见乔治三世。不过，在悉尼，他被人记住主要是因为他是实施肉体与财产双重惩罚的鼓吹者——他被称为“鞭笞者山姆”。他动不动就下令执行鞭刑，会热心地亲自操起鞭子抽打几下，还会冷酷无情地下令实施绞刑。据说，他曾经用一条狗鞭驱赶着郊区居民上教堂；他当然也曾因为仆人潜逃而将其判处死刑，然后自己还跑到绞刑台上实地观看。他是毛利人的著名说客，但是对悉尼的土著人却毫无救助之心，并宣称他们“没有思想，没有情感，没有需求”。塞缪尔·马斯登是社会的一大支柱——就像一个牧师必须成为的那样，是一个收费公路营运者，是慈善社团的主席，是圣经社团的委员会成员，但即使是温和的麦夸里都曾经忍不住说他是一个弄虚作假、睚眦必报的牧师。[1]

另一个神职人员就是长老会成员约翰·敦摩尔·朗（John Dunmore Lang，1799 – 1878），他的暴力行径某种程度上更易被原谅。他是一个狂热的苏格兰加尔文教徒，1823年来到悉尼时是为了革新这里的道德。整整半个世纪，他对这里所有人都吹胡子瞪眼，攻击对象覆盖了从贪赃枉法的银行家到玩忽职守的总督。他为自己建造的房产名为苏格兰教堂（Scots Kirk）。他创办了两份报纸和一个大学，还撰写了数不清的小册子，并且是立法委员会里一个喧嚷的成员。他花自己的钱带了大约100个苏格兰手工艺人及他们的家人来到悉尼，以提升悉尼工人阶级

1　原注：肯尼思·斯莱塞（Kenneth Slessor）在1939年的诗作《五个铃铛》中，在这个残忍的伪君子嘴里放了句感恩祷言，他将自己的圣约书刻在异教徒血肉模糊的背部：不是，我的，那写下幸福的手/在这上面，我那如小牛肉般疏松的纸张，/不是我的，这持久的荣耀，/而是你的，亲爱的上帝，都是你的。

的水准。[1]他是牧师里的一个拿破仑！没有什么能阻止他一意孤行地追求权力。后来，他出版了一系列打油诗并意图将其送往伦敦，这让当局大为光火。于是，正当声名鼎盛之日，他因毁谤罪被判在帕拉马塔监狱里服刑4个月。但他并不以此为惧，作为上帝的煽动者，仍然我行我素，直到一命呜呼。

* 威廉·查尔斯·温特华斯（William Charles Wentworth，1790 — 1872）是悉尼政客中的典型人物。他的母亲因为盗窃被流放到澳洲，父亲是一名医师，在英国被控拦路抢劫，后因自愿赴殖民地当外科医生才免于受罚。他在殖民地上如鱼得水，好几个女人总共为他生了8个孩子。W. C. 温特华斯还是少年时，就在1813年作为三个首次穿越蓝山山脉的欧洲人之一而远近闻名。当他去剑桥求学时，他有了点诗人的范儿：1823年因为诗作《澳大拉西亚》在总理勋章诗歌比赛中荣获亚军。这首诗是为麦夸里所作，里面充满描写悉尼意象的撇号缩略语（如拥挤的码头、延长的马路、立柱的正面、发光的一堆和意气风发的步伐[2]）。许是因为自己不甚光彩的出身，他终其一生都在支持在澳洲出生的自力更生的新人。他称自己为首个澳洲人，并创办了一份名为《澳大利亚人》的报纸，极力主张殖民地自治，并永远和政府抗衡。温特华斯从他父亲身上继承了一笔钱财，并恰到好处地利用，将自己的沃克吕兹宅邸打造成了那个时代的汉丽埃塔别墅。正是在那里，人们起草了宪法草案，让

---

1 原注：一如既往地，他们为自己在岩石区的爱尔兰天主教区中间的克莱德大街周围建了一个迷你“格拉斯哥”，而麦克奥斯兰德杂货店就在街角。

2 译注：原文为“throng'd quay, lengthen'd street, column'd front, glitt'ring heaps and vent'rous tread”。

新南威尔士殖民地拥有了自己的责任政府；也是在那里，温特华斯对他的死敌之一，陈腐的拉尔夫·达令（Ralph Darling）总督倍加羞辱：1831年在达令起航回国时，温特华斯邀请了4 000位客人共聚他家草坪上，举行了喧闹的庆祝派对。当焰火以胜利者的姿态在夜空中拼出“暴君倒台”（DOWN WITH THE TYRANT）时，那个派对之夜达到高潮。“澳洲第一”是温特华斯的口号之一，不过澳洲并非他最终的归宿，1862年他启程回了英国，并于10年后在那里告别人世。

* 过后几年间，悉尼最知名的政客是亨利·帕克斯爵士（Sir Henry Parkes，1815 – 1896）和威廉·莫里斯·休斯（William Morris Hughes，1862 – 1952）。他们两个都生在英国，前者的父母是英格兰人，而后者的父母则来自威尔士。帕克斯在新南威尔士曾做过六任总理，在那个时代他是最重要的政客之一。休斯则在第一次世界大战时担任澳大利亚总理，被称为“澳新的劳埃德·乔治”[1]。他们都是让人难忘的人物，都是由悉尼普通工人成长起来的——帕克斯在一家五金店里任职，还开了一家象牙饰品店；而休斯则是个修伞匠，在巴尔曼有个杂货店。从照片上看来，帕克斯体型庞大，下巴和腮帮胡须浓密，看上去实在很像是个土著人；而休斯体型瘦小，长着一对招风耳，活像个土地神，他的胡须垂下来，很长，他的眼睛忧郁，而大家

1 译注：劳埃德·乔治（Lloyd George，1863－1945），英国自由党领袖。1890年当选为英国下议院议员。第一次世界大战期间任军需大臣、陆军大臣等职。1916年12月7日出任首相，他任职时对内加强政府对经济的控制，在战争中主张加强协约国的合作。战争结束后，在英国保守党和英国自由党联合政府中，劳埃德·乔治仍任首相。

都喊他比利（Billy）[1]。帕克斯的音域甚宽，可以低八度也可以高八度，收放自如，他的表现像是一个演员经理人，有时候他的眼神里看得到梦想，有时候他又陷入一种曾被描述为“无边无际而难以言传的疲累”。休斯在他的鼎盛时期是个大英帝国主义者——“还有哪些土地等着我们去征服？”1918年胜利以后，他向国王的臣民们提问。他声称“我们就像那么多的亚历山大王”。帕克斯有过三次婚姻，屡屡破产，在1885年被控“花言巧语的空虚结合着沉闷的粗俗”，81岁时，终于穷困潦倒，黯然告别世界。休斯则是个著名的幽默演说家，整整58年，从未有片刻歇息，不是在这个集会就在那个集会，他选择第一个悉尼选区时，是因为它是唯一一个搭电车到议会大楼花费不超过1便士的地区。最后，1952年，他在悉尼被给予国葬待遇，共有10万人参加了丧礼。

此时此刻，北岸的码头正站着一位现代悉尼中产阶级男士，等待着渡船的到来。人们会想，他是温特华斯吗？他是派珀吗？或者他实质上是“鞭笞者山姆”？或许，他正40出头，体型颀长而面色红润。他穿着意大利风格的三件套，夹克衫有两处开衩，每个袖口上钉了四颗纽扣，一件蓝纹衬衫上是雪白的硬领子，还紧紧系着一条旧式领带。他的棕色帽子向前翘起，帽檐宽大而微卷。他的手臂下夹着一个略微鼓起的公文包。他在码头上下踱步，一只手插在口袋里，一副心事重重的样子。我们可以推断，也许他正在准备一场诉讼或正在估量预后。但接着，我们就注意到了他的鞋子。它们看上去价值不菲、锃光发亮，但是如果我们凑近了看，当他背转身来，我们发现它们的后跟磨

1 译注："billy" 意为 "伙伴"。

损得厉害。他并不是表面上看上去的那类人——他的衣服是一种伪装，他的公文包也许除了一份清晨小报，其余什么都没装，他也没有现钱去给他的鞋子安上鞋跟。权当他为了我们上了一课吧：当代的悉尼中产阶级——我们曾认定他肯定是其中一员，其实是极其难以确定的。

这是因为悉尼的中产阶级从始至终都分布甚广，从罪犯到上流人士，散乱混合。也许我们很可能在教授的60岁生日派对上见到这位穿着破鞋的男士，但我们也同样很可能碰到他在兰德维克赛马场4点30分的比赛中下非法赌注。如果说悉尼的上流社会往来过密的话，那么悉尼的中产阶级对我来说就过度差异化了，它是这个城市社会阶层中带有最少的澳大利亚特性的一个。他们都有着极好的南方体格；但我曾在悉尼看过一场戏剧，观众以年轻的知识分子为主，我想总体上来说，他们有着苍白疲累的面庞、慵懒的身姿和毫无生气或是微醺状的神态——他们也许是我见过的最为虚弱的戏剧爱好者。

让我带你去参加一场悉尼富有中产阶级的晚宴吧——一幅勉强拼凑的图画，或者这样说吧，细节上很真实，总体上很虚假。这个公寓的装修风格很潮流——每一样东西都是崭新的，事实上每一样东西都是最新的，绘画都出自悉尼当今最受追捧的未来派画家之手，家具是最新的斯拉夫－墨西哥风格，插在中式花瓶里的是郁金香，织物一律是柔和的樱桃色带着绿色的条纹，这都是澳洲的Vogue杂志发布的最新风尚。食物甜美可口，佳酿美妙悦人。人们的对话主题多是关于昨晚普契尼的歌剧《波西米亚人》，还不时讨论一下最近的房价，当然最多的还是关于别人的生活，偷偷摸摸、轻声细语。

其中一个客人毫无顾忌地告诉我们她家亲戚中就有一些是

悉尼罪犯阶层里最知名的人物；另一个人则跟我讲述了他作为罗德学者[1]的愉快经历；第三个人向我描述了防腐蚀系统如何让他们的家族企业在全球大举成功；第四个和我说话的是一个有着所谓优良血统的老妪，但令人作呕；上布丁前，我又和房间的角落里的另外两个人聊了会儿天——他们都坐在了对方的衣服下摆上；第七个人就是我们在渡轮码头看到的那个男人，现在他把一杯红酒溅在了崭新发亮的白色地毯上。他们都开怀大笑，对无关痛痒的人物视而不见，自由自在地插话，全心全意地啖食，一再地恭喜主人房产价值飙升。我们都尽情享受着。我们坐在一群真正的历史人物中间，他们在悉尼编年史上都赫然可见，在这个北岸设施完备的公寓，旧习惯和新打算在这里和谐共鸣。

在我看来，悉尼的职业、艺术与商业阶层似乎直到最近才发现了自我。在我第一次遇到他们的时候，也就是30年前，他们仍然明显地屈服于一种所谓的“文化谄媚”——大致上认为任何国外的事物，尤其是英国的，都必然比较高档。现如今，这种旧有的观念已被驱散，中产阶级对他们自己的优点很是自信——他们尽可以如此自信，因为在过去的几十年间，他们之中已经产生了一拨让人叹为观止的优秀代表。他们以这个城市为傲，并且也真诚地喜欢它：1990年在悉尼一年一度的清洁日上，有大约4万人自愿报名，其中大部分毫无疑问都是中产阶级。

这些人中的大部分口齿伶俐、措辞得当又友好热情。他们也很乐于打交道。带着一种浪漫而又纯粹无聊的愿望，我想看

1 译注：罗德学者是对罗德奖学金获得者的称呼。罗德奖学金是一项世界级的奖学金，有“全球本科生诺贝尔奖”之称，被视为全球学术最高荣誉之一。

看由约瑟夫·班克斯珍藏的库克刚来博特尼湾时见到的植物标本。于是我致电植物园，询问是否可以参观。很快，两位敬业的植物学家就将那些古老的植物和花朵从他们的抽屉中取出，完全不反感于我那幼稚的动机。[1]我还没来得及提到我对内陆郊区的喜爱，就已经被一位活力四射的律师请到了郊区寓所，成了他的座上宾；我还没来得及结识我的第一位悉尼政客朋友，就已经在议会大厦的餐厅里与他一起吃牡蛎了。有一天，我刚表达了自己对悉尼社会风俗的好奇之心，就立马受到了一群社会学家的款待——两个持有进步观点的年轻研究员、一个能说一口流利广东话的俄裔学者，以及一个经验丰富的专业主任——他戴着斑点围巾，穿着旅行装，看上去似乎是要参加不列颠战役。

如果说“悉尼这边人”这个阶层有任何普遍意义上的优点的话，那么也许就是一种全知倾向。瞧瞧他们都知道什么，又在用什么样的方式谈论它啊！甚至请不要试图提起抽象的表现主义这个话题——你拜访的主人肯定刚从曼哈顿德库宁画展上打道回府，并且很可能是杰克逊·波洛克（Jackson Pollock）专题论文的作者。你觉得你对鲁西荣了如指掌？不及鸡尾酒派对上的那个女人知道的一半，她还会很快纠正你对卡特里派的起源的错误认识。刚从布拉格回来——戈尔·维达尔（Gore Vidal）的伟大密友——当时正住在巴黎——不如康诺特好——遇到了汤姆·沃尔夫（Tom Wolfe）——当然它应该被读成“伯特玛丽昂”，不是吗？——悉尼的知识界，有着深不可测的经验和自由

1 原注：在我看来，这些植物完全就是新鲜陌生的，植物学家们告诉我，它们尽管是200年前的，但同今天的标本一样有用。

开放的建议。在这座城市停留时，我不断地记着笔记，发现在两个月内，我就在板球的规则、把八宝饭做得最好的秘诀、《赛克斯－皮科协定》、皇家海军的建筑成就、蝙蝠、后现代主义和英美法系中枢密院的角色这些方面得到了十分有益的指导。

当然在这些变化多样的社会环境里，也有一些非常保守的家庭。悉尼的私立学校看上去依然坚守传统，那里的毕业生一个个秩序井然并有禁欲倾向。在一个炎热的日子里，我偶然看到这样一所学校的一队女学生正在通往南头（South Head）的陡峭的轨道上攀爬，穿着厚厚的亮色外套和棉布裙子：上气不接下气，却丝毫听不到抱怨声，她们太守纪律了，以至于都不敢脱掉身上的夹克，直到我听到一个女声从山的那边传来——"你们可以脱掉外套——传下话——你们可以脱掉外套——传下话"——沿着人流而上，经过我的身边，就像是一个口令一路加速，女孩们才老实地把外套剥掉了。

不过，在中产阶级中还有一个强有力的、（即便不说是无法无天也是）非传统的社会阶层。其中很大一部分是同性恋者，他们给这个阶级的放肆挑衅加入了温和的因素。还有一部分则是患有这个城市固有的地方病即表现癖的人群。我所知道的最别致的宅子之一是中立湾一处不显眼的小别墅，它的主人是一个生活奢华的个人主义者，他把它改建成了某种岩穴，墙上画满了错视画和无聊的东西，这里看上去很显然会时不时地举行一些休闲而又私密的聚会，有时候，会有一些完全陌生的客人在一天的任意时间来这里喝酒吃饭，主人、狗和身份不明的助手热情地招待他们。

为悉尼工人阶级寻找个人先例完全没有必要。它的创立先驱是一种社会状况和一个历史现象。为这个城市定了基调的不只有权贵或食利者，更是蓝领工人阶级。他们跃动且散漫的乐观主义几乎能让所有游客都大受触动，而这种精神无疑受惠于几代人的磨炼。忍受拦路党的折磨又不失斗志；像许多罪犯家庭那样出人头地、生活小康又受人尊重；克服生活中旧有的不公平；让自己感觉与之前的监狱长平起平坐；藐视法律并在法律所施予的所有恶意中得以幸存；终于可以放松休息而不必担心被欺负或鞭笞——实现这上述种种，完成这一切共同的经历，足以让人获得一种永远自得其乐的精神。地球上再没有其他人像他们那样遭遇如此不幸的成长环境却依旧能如此光辉灿烂。

罪犯们通常都以英雄的口气轻蔑那些用可怕手段控制他们的权威。我不无自豪地说，悉尼唯一一个姓莫里斯的人，随第一舰队同来（因为偷了一条马裤和一件马甲被判刑七年），才待了五天，就成功潜逃，再也无踪可觅，这件事总让我不禁幻想也许在土著民的某个据点还住着我的堂亲。还有其他许多人也逃之夭夭——从这个不设围墙的监狱里逃脱简直轻而易举。有些人只能在灌木丛里茫然无望地晃荡几天，但也有一些人像史诗英雄一样真的离开了。1808年，一伙囚犯在悉尼港看到一艘贸易船停靠在坎贝尔码头边无人看管。尽管这艘船完全在总督府的视野之内，但他们还是利用这条船一直驶到中国南海才又被抓捕回来。更为惊心动魄的是，1791年的一个夜晚，威廉·布莱恩特（William Bryant）夫妇和他们的两个小孩及另外七名囚犯偷了总督的私家小汽艇，开着它离开港口，避过了哨兵，穿过了海岬，最后到达公海。玛丽·布莱恩特（Mary Bryant），这个来自康沃尔的水手的女儿是这次亡命之旅的船长。他们花了整整两周，行驶了3 000英里，完成了史上一次伟大的无甲板艇航行——一而再地被风吹得跑偏了方向，曾在大堡礁搁浅，曾被食人族追赶，最后却只能在荷属帝汶岛束手就擒并被运回英国。布莱恩特女士在这场冒险中失去了她的丈夫和孩子，但她自己获得了无条件赦免，并在英国作为“来自博特尼湾的女孩”一夜成名。[1]

我们在对刑罚的忍耐中读出了无尽的勇气——那些在英国曾经是阿飞的男人或男孩们，到了悉尼都成了寡欲斗士，忍受着年复一年的镣铐、鞭打和种种欺凌。他们的傲慢无礼恰恰是不屈不挠。例如爱尔兰人毛里斯·菲茨杰拉德（Maurice Fitzgerald），其因为在1804年参与一场暴乱而被判鞭笞300下，从三角形刑架上被解下来后，他把两个看守打倒在地。这激发了与他同姓的诗人罗伯特·大卫·菲茨杰拉德（Robert David Fitzgerald）的灵感，为其赋诗一首：

我可否宣布，
毛里斯是我的亲属，
愿他的镣铐是我的家徽，我将以此自诩。

1834年，当逃犯约翰·詹金斯（John Jenkins）被认定犯有谋杀罪而判死刑前，法官问他还有什么话要说，他的回答是“毫不在乎死亡或者这法庭上的任何一个人，他情愿把法庭里的每个吸血鬼都一枪毙了”。[2]

1　原注：她的一位狂热追随者詹姆斯·博斯威尔（James Boswell）为她提供每年10英镑的养老金。和她一起出航的囚犯之一也得以幸存，并通过志愿加入新南威尔士保卫军而获得赦免，并成为悉尼的一名监狱长。

2　原注：“法官坐在那里，”《澳洲人》（*the Australian*）言辞凿凿地报道，“吃惊不小但保持缄默。”

顺从还是反抗还能选择，但沦为宿命论者却是毫无疑问的。你必须低头服命，掰着手指头数着年月的流逝，你可以唾弃这个体系，却也要承担这种体系带来的后果。无论怎样，宿命必定已经成为民众集体心理的一部分。罪犯马修·埃维林汉（Matthew Everingham）是所有流放犯里最可饶恕的，他获罪只是因为诈取书籍。在他23年的流放生活后于1817年离世，他在悉尼的墓碑上刻着：

别了空虚的人世我已受尽，
你如何说我我毫不关心，
你的笑我不逢迎，他们皱眉我不惊惧，
这块草皮下躺着静听的是我的头颅一具。

所有的痛苦毫无疑问地也带来了善妒、不忠和阿谀奉承，但是它们同样在一小部分人心中种下了必须成王的决心——无论生活怎样残酷相待。有那么几个罪犯，几乎在服刑伊始之时，就投入到了血迹斑斑的资本主义事业中去，并且变得非常富有。

比如他们称山姆·特瑞（Sam Terry）为“博特尼湾的罗斯柴尔德”[1]。根据历史记录，特瑞获罪是因为盗窃，尽管他的后代认为是“由于政治冒犯”。劳教过后，特瑞就宏图大展。1809年被释放后，特瑞成了酒店老板，还娶了一个可资利用的有钱老婆。他通过精打细算的高利贷成为土地所有者，悉尼四处都散布着他的房产，而在整个澳洲，他名下的土地共有1.9万英亩，

1 译注：罗斯柴尔德家族是欧洲乃至世界久负盛名的金融家族，发迹于19世纪初。

为他打工的囚犯达100个。他是个粗人，初识文字，相貌平平，天生吝啬小气，但是他为自己建造了悉尼最大的宅第之一——配有马厩、马车房还有一片中央庭院，传说特瑞在这栋房子里藏着大量现金。1834年中风瘫痪后，这位博特尼湾的罗斯柴尔德就隐居这里，直到那时他也还拥有好几艘装运罪犯的船只；此后，他就只能在两个佣人的帮助下蹒跚移步，看上去“苍白浮肿”，基本不再在城镇街道上露脸。他的生意经虽然还未触犯法律，却令人不齿，但特瑞还是以共济会会员的身份得以安葬，军团乐手还为这个老流氓演奏了哀乐。

他的同代人西米恩·洛德（Simeon Lord）是个更谙于世故的生意人，肖像画上的他回头用老谋深算的眼神看着我们。洛德是在1791年因为盗窃被流放澳洲的，那年他20岁。服满刑期后，他开始做零售生意，卖各种各样的东西——从肥皂到羊皮，并且成为麦夸里手下刑满释放犯中代表性的一员。他被选为地方法官委员会委员，并在州总督府招待会上亮相。最后，他几乎对一切事物都有了一些发言权，包括每一门生意，每一样进出口贸易、产品或投资：他拥有1.8万英亩的农田，还有悉尼城的18个街区；他在博特尼湾开了家工厂；他管理着一舰队的捕鲸人、猎海豹者还有运输船只；他制造獭皮帽，涉足造纸业。而且，他还建了座比山姆·特瑞的房子更为壮观的宅第——共三层楼，其中两层有游廊——这座房子鹤立鸡群，又像是关于未来之事的某种前兆。

在所有重罪犯财阀中，最令人肃然起敬的是玛丽·莱蓓（Mary Reibey）。如果说在流放地悉尼一个男性罪犯变成百万富翁不易，那么一名女性实现这样的抱负更是难于上青天，但是玛丽·莱蓓就做到了这一点。1790年，这个兰开夏郡的女孩才

13岁，因为偷了一匹马（或者按她自己的说法，未经允许借用了一匹马）被判流放7年。17岁时，她嫁给了一个自由民商人，并且开了自己的零售商店。35岁时，她成了一个小有财富的寡妇，带着7个孩子，生意欣欣向荣。50岁时，她已经购买了两艘船、8家农场和许多房子，银行户头上的数字蔚为壮观（新南威尔士银行还租借了她的房产）。60岁时，她是悉尼最负盛名的人物之一，常常时髦地坐在由两匹白色公马拉着的马车上在城里到处兜风。70岁时，她为自己建了一座大宅子，而悉尼圣公会主教称“她为宗教事业所作的努力值得极力表彰”。她去世时75岁，这位圆脸粉颊，戴着帽子和眼镜还扎着饰带的受人尊敬的女性，身后留下了大笔的财富，而她的一个孙子在时机成熟后将成为塔斯马尼亚州的总理。

不单是从贫困潦倒到富甲一方，更是从被缚镣铐之中又转身变做百万富翁——这些成功事迹能在地球上其他地方见到吗？

从根本上来说，作为刑罚之地这样的经历让平等主义得以在悉尼扎根，并融入了这个城市的传统风格之中。书写澳大利亚“伙伴情谊”的书籍卷帙浩繁，工人阶级的友谊与义气相传在这个城市作为流放之地时就已然存在，并理所当然地在战争时代被不断加强。对国外来的理性派而言，这似乎总是有点病态，但事实上与它共生共长起来的还有一种简单的忠诚哲学——殖民地的诗人和歌者早将这种哲学说得清清楚楚，对我而言最美妙的诗句出自亚当·林德赛·戈登（Adam Lindsay Gordon）之笔：

这一生转瞬即逝，

两样东西坚如磐石：
他人不顺时你的善意，
还有你自己的胆识。

悉尼并非全然侠骨，更依然可见柔情，至少在集体生活中。贸易团体的力量在如今的悉尼日渐式微，但渔夫、冲浪者、投球手、警察、罪犯、帆船运动员、赌徒——所有这些需要某种特殊凝聚力的工作或玩乐团体的成员彼此之间近如亲友。集体精神强大，而兄弟情义也不在其下。“准备好，伙计们，就这样吧”(BE READY, MATES, THAT’S ALL)，这是悉尼卢克伍德公墓的一句墓志铭，我很欣赏。[1]

若想见识最为活跃的现代同志情谊，人们也只需要去一下无数的工人阶级社交俱乐部中的一家——橄榄球联赛俱乐部、工人俱乐部或者退役军人联盟。我想从根源上说，这些俱乐部类似于英国军团俱乐部或美国的退伍军人协会，但是1956年新南威尔士实行的赌博机合法化让它们的性质彻底变了。它们富得流油，而核心内容则成了一台台扑克机，这促使它们慷慨斥资在四周建造新的营业点，有美味的餐厅、灯红酒绿的酒吧、带有驻店乐队的舞池还有人人醉心的快乐主义的种种载体，而它们中的有些还设有豪华的健身器材和游泳池。几乎任何一个摇滚巨星，无论出场费在何种价位，都不会让这些俱乐部羞于解囊。尽管这些俱乐部通常都位于肮脏郊区的肮脏街道上，但是它们欢迎你时充满了热情与活力。它们是纯粹的工人天堂。

1　原注：另一篇墓志铭上只写着一个词“天哪”（STREWTH）。

不久之前，悉尼的无产阶级总体上同质性还非常强，他们都是盎克鲁–撒克逊或者凯尔特人的后代。[1]悉尼的声誉是由市民造就的——直到今天，当世界想象这个城市时，它还是会想到开朗、嗜酒、褊狭、懒惰、勇敢又善辩的“粗鲁的澳大利亚”（Ocker）[2]男人（粗鲁的澳大利亚女人某种程度上心智不明）。粗鲁的澳洲男人依然存在，一天你能碰到上千次，穿着他的宽松短裤和汗衫，四处搬着板条箱，修理电话线缆，早上10点把脚搁在送货车上读着小报，或在晚餐时间和伙计们在酒吧外头蹲坐着。[3]在他身上，悉尼男性的体格达到极致——不再高大柔韧却更结实有力——冲浪者或橄榄球运动员紧实发达的肌肉，还有酒徒们的啤酒肚。他的说话口音很重还带绕弯。他可能笨手笨脚，让人生厌，没受过多少教育，尤其在年少时从来没去过巴黎度假玩乐，但总体上来说他的举止简单直率又不失礼节，而他的幽默刻薄尚能让人接受。无论年龄几何，他看上去都青春永驻，并且身上还有某种粗糙的领袖气质，正如D. H. 劳伦斯给“悉尼这边人”的另一代人的评价：“对这座城市的主人翁精神属于一个优秀的澳洲人。”在许多其他城市里，群众都渐渐抛弃了旧有文化：悉尼的民众却一直都

1 原注：甚至直到现在，还有人说每四个“悉尼这边人”里头就有一个有苏格兰奶奶。

2 原注：“Ocker”意指没有文化的澳大利亚工人阶级原型，参见《麦夸里百科辞典》（*The Macquarie Encyclopedic Dictionary*, Sydney 1990）。

3 原注：很久以前，1825年，他被描述为“除了满足［他］动物性需要所做的努力以外，他从不愿多用一点力气”。正如某位不知名人士在英格里斯·摩尔（T. Inglis Moore）编写的《澳大利亚之书》（*A Book of Australia*, London 1961）中所表达的：我和我的狗 / 一起流浪 / 冷天热天都一样。/ 我和我的狗 / 不在乎能 / 或不能 / 找到工作。

如我们期待的那样。

2. 原住民

从悉尼这个城市创世起，即使其历史曾经中断过，现在也可能还闲晃着一群人——这里的原住民。今天的悉尼土著并不是爱奥拉部落，这个部落曾经在悉尼港诞生前定居在这里，后来在英国人殖民后的50年内就灭绝了。现在的土著是从其他地区过来的移民，就像其他所有人一样被这座大城市的磁力吸引而来，目前为止，还有不少人身上尚存部分白人血统。澳大利亚土著人无论从信念上还是意识上来说都依然是最原始居民的精神及历史后裔。从本质上来说，他们是悉尼的含义所在，他们一并彰显了这种含义的最坏与最好的部分。因此，他们当然有理由在这本书中占据颇有寓意的地位——中心地位，也就是占据全书最中间的篇章。

我并非一直都持有这个观点。我曾将土著人想成边缘化人群，空虚、可悲并且落后，还记得两个插曲尤其可以证明有段时间我坚持着这个阴郁的观念。一次是在拉贝鲁兹（La Perouse，当地人称“拉贝”），博特尼湾北岸的郊区，悉尼最古老的土著聚居区所在地。一天早上我开车去那里就想随便转转，结果发现自己完全进入了一条让人不适的死胡同，脏兮兮的狗啃咬着我的车轮，还有一群群的年轻黑人用无精打采的怀疑目光打量着我——我急匆匆地在路尽头转了弯，换排挡时手忙脚乱，而恰在此时，我看到了此生从未在世界其余地方看过的场景。一个土著人打垮了另一个人，就在那里，就在那时，在我眼前，他举起拳头狠狠地用力打到了对方的下颌。那个男人像木头一样倒在地上，旁观者的注意力被暂时吸引过去，却又显得那么无动于衷。我只能趁机离开了那个地方，避免看到更大的不幸发生。

另一件事，发生在多年以前，是在黑人聚居区红坊区中亚历山大公园的一处土著集会上。这原本是一次在城内举行的土著权益游行的闭幕活动，但可惜的是它完全走偏了。我到达亚历山大公园时，活动似乎已经无疾而终。我能找到的只是在篝火边挤作一团的黑人，周围是扔在公园边上的垃圾。他们热情地和我打招呼，从一个冰桶里取出啤酒给我喝，所有人挨着我，不时扑闪着眼睛。一个瘦小的男孩，一只耳朵里塞着棉绒，用绳子牵着条小黑狗四处闲逛着。还有人在渐渐浓重的暮色中，到处踢着一只足球。一堆篝火旁边四五个老妇人神情悲伤，望着火焰。一股强烈的酒气笼罩着我们，那个提着冰桶的人反复催促着我喝一瓶以此饯行。“这次集会成功了吗?”我问。“是的。”他们说，依然盯着那片篝火。

这些让人沮丧的经历，如果还不能说明我个人对土著的感觉，至少也很可能代表了大多数“悉尼这边人”的观点——可以想见原住民会遭受白人种族主义者的侮辱，并普遍被认为已经失去了救赎的可能性。但是，许多市民对他们的情状是充满了恻隐之心的，我想如今几乎无人会否认命运对他们不公。

欧洲人从悉尼土著的口中听到的第一句话是“哇啦！哇啦！”（*Warra! Warra!*），意思是“走开”。库克自己就曾说过，明显这些本地人想从他们那里得到的唯一一样东西就是他们的速速撤离。他们对新来的人所做的事情一开始充满恐惧（他们想那些人也许是魔鬼），后来则是充满了迷信（他们觉得那些人也许是自己祖先的鬼魂），接着就是满怀好奇之心（看着他们爬上轮船的绳索，他们觉得那些人也许是巨型鼠貂），再接着则漠然无视（据第一舰队的大卫·科林斯说，在定居的前六周，只有两个土著人费心来参观了营地），最后则混合着各种反应——乐观主义、幻灭和敌意（菲利普自己曾经被一个土著用矛枪刺中，周围郊区每年都有零星的冲突爆发）。爱奥拉部落的举止看上去更像是猫群，时隐时现，有时候对任何活动视而不见，有时候则讨好地参与一些，有时候就搔搔痒和吐吐痰。

一开始，英国人称他们为印第安人，并且认为他们并不比动物高级多少。他们似乎没有抽象的概念。他们明显从来没有在船上安过一片帆，更别说给四轮马车安轮子了。他们从没有建过一个小屋。他们在农业上的唯一成果就是种植甘薯。他们靠狩猎、从岩石上刮下贝类食物和用原始的方法捕鱼来维持生存。他们赤身裸体，一丝不挂，身上都是腐臭的鱼油。“在我所有其他的航海生涯中，”1793年和西班牙远征队一起到达悉尼的植物学家约瑟夫·卡瓦尼列斯（Joseph Cavanilles）说，“从来没有看到我们的人性能如此低级，也未曾看到比这更丑陋野蛮的人类了。”

他们有没有灵魂？更不能确定的是，既然大英帝国的米字旗已经在他们的狩猎地和牡蛎繁殖场的上空高高飘扬，他们能不能以国民身份被严肃对待呢？囚犯们总体来说并不赞同，他们在爱奥拉人那里行窃，还屡屡侵犯他们的领地，对此并无丝毫悔意。更有想象力的军官们在他们身上看到了人文素质，尤其是斯巴达人的特质，并与他们交上了朋友。据皇家舰船“天狼星”号的船长约翰·亨特（John Hunter）说，那时“每一位绅士的住所现在都变成了他们中的一些人日日过夜休息或下榻之所”，而1793年西班牙远征队的指挥官亚里山德罗·马拉斯皮纳（Alessandro Malaspina）措辞谨慎地报告说他和他的军官们成了土著的客人，和那群“浑身赤裸，并且肮脏到让人反胃”的男男女女们在同一张桌子上用餐。沃特金·坦奇船长用惊叹的口气记载了一个时刻——一名土著女子，观看一个偷她东西的罪犯受鞭刑，在目睹残忍的惩罚后痛哭流涕，而另一个土著女人则抓起棍子试图威胁那个施刑者。理查德·约翰逊牧师为他在1790年出生于悉尼的女儿起了个土著的名字叫“米巴”，而“天狼星”号上的外科医生乔治·沃尔干（George Worgan）这样总结他对原住民的看法：“活跃、反复、警觉、开心、有趣、爱笑、善良、易怒、肮脏……”

菲利普总督对土著的态度是模棱两可的。尽管在他们杀死了自己的仆人后，他的表现很残忍无情，但在自己被矛枪刺中后他却拒绝一切报复，并且还很豁达地声称放弃报复是向土著人的“自信与强壮的风采”致敬。他曾绑架过三个部落男性并把他们安置在总督府，仿佛捉了几只袋鼠当宠物一般。三个男性中一个死于天花，另一个逃脱，而最后一个名为便利朗（Bennelong）的土著人成了这个家庭受欢迎的一员，深受总督器重，后者为他在一个海角——也就是现在悉尼大剧院屹立的便利朗角建了一个小屋，然后还带着他去英格兰旅行了一段时间。

囚犯劳动力源源不断地到来，也就意味着土著人并不需要成为工人或佣人，就如大英帝国别的地方的原住民一样。他们对这个稚嫩的殖民地不具有多少威胁或竞争压力。他们可以合情合理地被放任自流。麦夸里帮助16个家庭在南头定居，并试图让他们学会务农，但白费工夫；他还在帕拉马塔举行一年一度的宴请和舞会，为了这些场合，约翰·麦克阿瑟（John Macarthur）——或许是把自己想象成了阿盖尔公爵的再版——让其中一些人穿上了猩红色的衬衫和绿色的裤子，并系上了黄色的领饰，还让他们像私人保镖那样走路。

无论是出于天真或者乐观，一些爱奥拉人迎合着这些殖民者的看法，并成为早期悉尼的知名人物。一些人得到了某种正式地位，并且作为部落代表戴上了新月形黄铜胸牌。其中最坚定自信的是邦格里（Bungaree），被戏称为悉尼之王，他总是在港口迎接来船，戴着三角帽，穿着上将军服，不过没有衬衫也不穿鞋。1802年，邦格里作为翻译和航海家马修·弗林德斯（Matthew Flinders）一起作了环澳洲航行，还被麦夸里选定为南头郊区的管理者，参与管理的还有他的妻子们——“船夫”、“扫帚柄”、“洋葱”、“夹锭钳”（Pincher）和至高无上的“醋栗女王”（Queen Gooseberry）。在鼎盛时期，邦格里不只是开心，还很尊贵，是许多艺术家的创作原型。每个总督都认识并敬重他，皇家海军上将詹姆斯·布里斯班爵士（Sir James Brisbane）赠给他一顶三角帽和一件上将军服。1832年，他去世时，他的讣告在《公报》上占据了整个版面。

然而，即便他至死都还是个名人，他实则已备受蹂躏、深受重挫——一个酒鬼，戴着那些无用的模仿权威的物品到处闲晃，接受所有总督和海军上将的问候，他们对他其实毫无敬意可言，而是充满让人忍俊不禁的傲慢之态。一张晚年肖像画里，他的身边摆着一个装满了啤酒的篮子；而他的最后一幅肖像画出自法国人查理·罗迪（Charles Rodius）之手，画上的他面颊凹陷，看上去悲惨、堕落又可耻，画面试图表现的所有幽默都消失殆尽。理论上讲，在那些早期岁月里，政府政策旨在不干涉内政——总督们收到的王室指示是，断“不能对他们在自己地盘上的活动做不必要的干涉”。而事实上，欧洲文明致命地搅扰了爱奥拉人的所有地盘。这种侵扰的好处，很难在早期悉尼被察觉到，而且对他们来说影响微乎其微；但是它的坏处却残忍地污染着他们，令他们堕落。甚至如菲利普的朋友便利朗，即使在英格兰被奉为一个“高贵的野蛮人”，但回到悉尼后在1813年就因为朗姆酒饮用过度而一命呜呼。

他们别无选择——从第一次登陆悉尼港开始，他们在人数上就寡不敌众，并且他们无法反击罗伯特·休斯所说的罪犯流放地上的“恶意引力场”。怎么可能将大体上由窃贼组成的居民的道德水准和一个把划艇随便放以便他人可以随时取用的种群的风俗习惯协调一致呢？早期呈现的爱奥拉人——在水彩画前景中显得刚健和有趣——如今已经让位给一种屈辱的形象：喝得烂醉的男人，浮肿堕落的女人，肚子滚圆的孩子，争吵喧闹，在街角痛饮烈酒，向过路人乞讨。和欧洲人起争端的状况越来越多，因为部落民众看上去要古怪些也更易怒，而欧洲人并不是远古神灵或者是傻鼠貂，他们会欺负那些土地的占有者。似乎在欧洲人到来之前，天花就在爱奥拉人间泛滥成疫；霍乱、流感和花柳病更屠杀着他们。他们的传统无人理会，他们的骄傲分崩离析，而便利朗和邦格里们最后的接班人，依旧穿戴着老旧磨损的服饰，然后毁灭，化作尘土。最后一次听说醋栗女王，她正在乔治大街的鹧鸪旅馆对面乞讨；1857年，一个男人一如既往地坐在立法议会议长宅邸门口，你可以认为他是悉尼部落的最后一个幸存者；人们乘着马车经过时，会给他扔下几个硬币。

“好吧，先生，”博特尼湾最后一位土著人对官方调查员说，

“所有的黑人伙计都没了！我整个国家！美丽的地方，博特尼！我这个黑人的孩子，在这里游荡。那时候有那么多的黑人伙伴；伟大的斗争；到处都是独木舟。现在只剩下我了！”

土著从来没有从悉尼真正消失，因为总有些从别的地方来的黑人来来往往；但荒谬的是，他们成为一群如劳伦斯笔下的工人阶级那样的“悉尼这边人”，在这个城市四处察看，仿佛自己是它的主人。而总体上讲，这个城市都把他们看成是无可救药的讨厌鬼——一家名为“徒然之港”的酒吧广告上画着一个白人徒劳无功地在用一桶肥皂泡擦洗着一个土著。1859年，作家福勒（F. Fowler）描写了一群土著从纽卡斯尔坐一艘蒸汽船来到悉尼，他们几乎无一不醉，“就像一大群猪”在船上翻来滚去；那些女人表演着醉拳，而男人则四处讨钱。19世纪80年代时，黑人家庭被引导住入一个位于环形码头的官方营地，政府规定他们远离街市；这个社区成为悉尼白人的娱乐之地，他们成百上千成群结队地走到那里去围观妓女、醉汉和争吵。接着，在1895年，一个土著人聚居区在拉贝鲁兹正式建立，远离市中心。卫理公会努力地试图说服当地居民信奉基督教；[1]这里的许多年轻女孩离开了家，在州土著保护委员会的帮助下，成了契约佣人；但土著人也曾经一度在那里尝试重建部落传统，比如靠捕鱼和断断续续的手工品制作维生——就如后来报道的，一个土著可能第一天做一个回旋镖，第二天做三个，第三天就做两个，而那个星期接下来的几天就停下来休息。拉贝鲁兹也一度是悉尼人午后小游的常去之地。土著人卖给他们用贝壳装饰的茶具

1　原注：这项任务的定义含糊不清，他们1901年的期刊上写着“为垂死之人传福音”。

或拖鞋，给他们表演回旋镖，让他们猜抓捕到的鱼都是什么品种："鲻鱼、海鲷、黑鲸"，定点观察员在海岬上面开始大叫，确信无疑的是，当这些渔船满载而归时，鲻鱼、海鲷和黑鲸都是他们的囊中之物。

这处官方居留地1931年即告尾声，但土著人依然在，先是居住在沙滩棚屋中，后则移居到州政府帮他们建造的水泥房里，而许多上了年纪的悉尼人都还记得他们从拉贝鲁兹来的家仆。如今，人们依然会在周六下午去"拉贝"，购买木制和贝类小玩意，去观看那些年轻人玩回旋镖，也去看阳光下舞蛇人把各种各样的爬行动物从背包里倒在跟前。至今为止，鲜有居民是百分百的土著了，而他们所居住的街道，也就是我看到那个男人被打倒的地方，弥漫了类似吉卜赛的氛围。窗户经常是用毯子或破布盖起来的，扒垃圾的狗四处奔跑，垃圾沿着人行道被吹得到处都是。如果现在悉尼有一处本地人生活的传统中心地带，有一个地方能让你联想到歌之版图（Songlines）[2]和成年礼的话，那它就在博特尼湾岸边，在炼油厂的下风处，风大、沙多又阴冷。

一种更为现代的土著感集中表现在红坊区，这个地名在悉尼已经成了黑人激进主义的一种隐喻。没有人会宣称红坊区的黑人很令人安心。郊区的很多地方都正在迅速地被中产阶级化，但土著人的那个片区看上去像是灾区——像是爆炸案现场，或者是北爱尔兰的一个禁入区。在几条被荒废的街道上，房子的

1 译注：澳洲土著信仰万物有灵，将许多出现于梦中的道路地标视为一种来自造物主的指引，称其为"歌之版图"或"梦之路径"（dreaming track）。

大门直接对着坑坑洼洼的马路，这个社群半醉生或半梦死，眼神空洞地望着来来往往的路人。有些居民其实比黑人更白些，而有些居民则比白人更黑些，但是大多数都被归类为土著，他们是悉尼白人种族主义者眼中怀疑与厌恶的对象。随处可以感觉到一种让人沉郁的怨气弥漫在空中，尤其是时不时地就有警察在这个地区实行抓捕，或为毒品、或为失窃的财物又或为了缉捕罪犯，每到此时，这种怨恨之气更为浓重。

50年来，这里一直都是土著流浪汉的避难所，但最近这里也成了一场黑人复兴运动象征性的焦点。世界意识到澳大利亚土著看到的东西要比西方人眼睛里的多很多，而当我开始思考悉尼的时候，我开始用全新的眼光对他们投以关注。一次西头（West Head）之旅有力地补充了红坊区之行，这里离阿库纳湾波光粼粼的码头不远，你可以看到土著人在这里的岩石上留下的一些画作。没有人确切知道这些图画有多古老，但是它们就从那么自信满满又生机勃勃的社会里一跃而出。海边的高处，在清一色的灌木丛里，它们是动物与人物肖像的生动画廊，丝毫不像我们印象中的土著艺术那样看上去如仿本或者X射线照片。袋鼠蹦蹦跳跳，鱼类在水里摆动，鸟儿展翅而飞，还有一个人形，头上戴着羽冠，一手提着一条大鱼，另一手拿着回旋镖，洋洋得意。没有什么比邦格里脖子上戴着可怜的胸牌晃来荡去的那幅画更为意义深远了。

我们现在明白了，他们远不是第一批殖民者眼中所谓不幸的孱弱者，爱奥拉人完全适应他们的环境。他们是技艺高超的猎人，对草药和野食熟稔于心：学者曾列出当时悉尼地区土著人的食物，包括11种贝类动物、32种鱼和74种植物，更不用说甲壳类动物、爬行动物、各种各样的袋类动物、无数的鸟类、

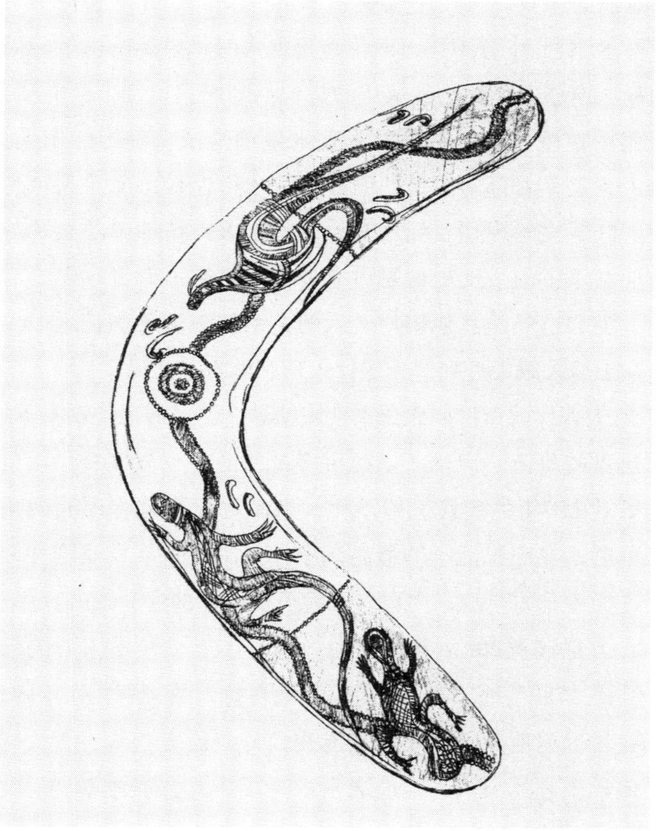

澳洲土著回旋镖

鸭嘴兽、幼虫和蝙蝠了。[1]查尔斯·达尔文在1836年会见一群部落民众的时候，认为他们灌木丛里的生存艺术有着“惊人的睿智”。[2]他们的船只，只用一天就能制造完成，尽管皇家海军上尉布莱德雷[3]对此十分不屑，声称这是他当时见过或听说过的最烂的划艇，但连上尉都必须承认的是他们的船只行动十分灵活。殖民者眼中蛮荒不堪的野外对土著来说却是亲切熟悉的土地，而欧洲人正是循着部落成员的旧有足迹才得以从悉尼滩头走到了澳洲内陆。直到现在我们才开始欣赏土著人精神中的微妙与敏锐，他们眼里的土地更像是占有者而不是被占有者，他们对处所、人类和自然的其他事物之间的关系的理解深刻长远——劳伦斯在土著人眼中见到“无法让人理解的古老光泽”。

悉尼土著，被命运如此深重地威胁着，但又似乎逐渐复苏，意识到自身的价值。1938年，拉贝鲁兹社区举行哀悼日，以抗议英国长达150年的殖民。1973年，当悉尼大剧院在便利朗角盛大开幕时，在庆祝活动的最高潮中，一个土著演员戏剧性地出现在这栋建筑的顶端，声称自己代表了可怜的便利朗的灵魂。1988年，悉尼庆祝200周年国庆时，出现了一个颇得人心的涂鸦“入侵日，1788”，而“自由公交车”载着抗议的土著开入市区。今天，我才迟迟地发现，在悉尼能碰到一些能言善辩、天资聪颖而又博学多才的黑人，他们通常都是混血儿，不再寄身于贫

---

1 原注：参见格兰·艾伯林（Graeme Aplin）编写的《一个执拗的婴儿》（*A Difficult Infant*, Sydney 1988）中列出的一个菜单。

2 原注：“在文明程度上比火地岛人要更高几级”，这是他最终从进化论角度得出的评估结论。

3 译注：此处应为上文提及的布莱德雷少将，其于1788年随第一舰队抵达澳洲时军衔尚为上尉，后于1812年被提为少将。

民窟，但为他们的土著出身及传统倍感骄傲。

土著人值得尊重的一项声明曾是一个重复了太多遍的提醒，那就是他们在澳大利亚已经生活了4万年，但现在他们可以用全然不同的方式发声。他们会讲秘密的部落成人礼；讲那些早被遗忘的抗英战争；而勇敢无畏的游击队队长们的传说让土著人信心倍增，并且让激进分子相信他们并不是顺从的原始人的后代，而是抗英英雄的子孙。澳洲土著人的地位超越了悉尼的力量，超越了一本关于这个城市的书的视域，但是我也越来越发现他们的存在从某种程度上说正是在控诉这片土地；有个晚上，在观看土著戏剧表演时，我深受感动，我意识到他们身上总体体现的是人格化了的悉尼那无常又充满渴望的哀怨形象——显露出这个城市的本质。

但他们的现存人口极少——大概2万人左右——并且不常出现。对陌生人来说，他们的存在大多已是陈年旧事：在一些名为阿拉瓦（Allawah）、库基（Coogie）或帕拉马塔（Parramatta）的地方；[1]在港口四处散布的石刻上——这些石刻多数都已经随着时间的流逝而被侵蚀磨损，除了日出或日落之时几乎难见踪迹；在那些已故很久的通敌者的名誉里——便利朗、邦格里或者加奇－加奇（Jacky-Jacky），后者被刻在圣詹姆斯教堂的铭文里，因为他“曾经在1848年埃德蒙德·贝斯利·考特·肯尼迪（Edmund Besley Court Kennedy）对土著作战时照顾过他”；也在一两个拳击手的声誉里——事实上有一座位于格里比郊区的纪

1 原注：三个地名的意思分别是“留在这儿”、“臭地方”以及“河流尽头”——或是我更喜欢的“鳗鱼洄游之地”。

念碑是为其中最知名的一位——戴夫·桑兹(Dave Sands)建造的。

他们几乎不在城区大街上抛头露面。有流言称房地产开发商正在努力把他们逐出红坊区，但事实上他们的住处都很小、很破旧,和这个城市的一切都没有干系。等我再次去那儿的时候，若发现它已被夷为平地,我不会对此流露丝毫惊讶之情。有时候，会有醉汉和流氓出没于这座城市更为声名狼藉的居民区；港口附近，人们有时候会远远地看到黑人渔夫，鱼竿上晃荡着鲷鱼做成的鱼饵，正在攀爬岩石，或者在水边保持着一个姿势不动，像极了一尊雕像。即使这些脆弱的提醒过往的人物形象被一并抹去，有些悉尼人也不会为此哀悼。如果土著人对许多市民来说是良心上的污点的话，那么对另一些人来说他们就只是让人头疼的人物。“我平生看到的土著人都是那些在国王十字区被吊死的,”一个受过良好教育的悉尼女士告诉我，“我恨他们。”

3. 少数族群

除了土著人，当你想到“悉尼这边人”的时候，很可能就会想到白人（棕色人）中的男性——这座城市传达的形象绝对是雄性与欧式的，而它的态度就是地方性的群体态度。但是这从来都不是真正全体一致的，仍然有一些完全异质的东西，而强大的社会少数人群超越了这个城市中固有的公民形象。

从人口统计学上来看，悉尼的女性并不属于少数群体，但就历史而言，这里就像其他任何地方一样，她们形成了一个下层阶级。国际上确实有传言称悉尼的女人们永远处在一个被蹂躏的地位。也许在“伙伴情谊”风靡时期，也就是在两次世界大战之间，女人确实要低男人一等，她们的工资还不到男人的一半。在那些斯莱塞香蕉串和电车都还在的日子里，悉尼或心照不宣抑或光明正大地将女性排除在它最爱好的公共活动之外——在酒吧喝酒、看板球运动、玩英式橄榄球、在军人俱乐部里怀旧、沙滩救援，除了助手或者装饰性的角色，女性没有一席之地。早在我刚了解悉尼时，性别区分就已经非常明显，女性在大多数的酒吧还只限坐在女士专用酒吧间，在许多社会活动中，她们都被安排在房间的最偏处。悉尼让初来乍到者惊诧的一个现象便是这里的女性几乎在说每一句话时都会带上疑问的口气，似乎女人说的任何东西都是一种试探，可能非常愚蠢还易被嘲笑。拉丁语里有一个疑问词“nonne”，对这个词的回答应该是“是”：而对说英语的悉尼女人们来说，多数答案都绝对是“否”。

在这个城市的早期编年史中，在玛丽·莱蓓和博特尼湾那个女孩之后，依然充满了许多勇敢自立的女性。许多早期的女犯人都是绝望之辈。如果有人记得航海中早夭的许多尚在襁褓中的孩子，或比如在1838年听到可怜的安·马金托什（Ann Mackintosh）的声音（烂醉如泥中，她边掐死自己的孩子边对周围的人大声哭喊，控诉着生活，“你夺不走我可爱的小宝贝，不，你夺不走我的小宝贝……”），就能够想象她们绝望的愤怒和痛苦。但是，她们同样绝望地反抗着。第一舰队的军官们似乎也认为女囚犯更为棘手，说话更难听，也更为放荡。理论上估计，她们中很可能有五分之一是妓女；1802年，一个爱尔兰政治犯写信给他的姐妹说：“这个国家有1 100个女人，但这些人里善良之辈不到20个，而其他的人则靠粗鄙维生。”但是，至少她们在精神上给人的印象是独立的，而悉尼早期更有一些女性战胜了恶劣环境，留名千古。

比如说，杰里·格蕾丝·林奇（Jolly Grace Lynch）似乎是帕拉马塔女子工厂的生命与灵魂。对早期的女囚犯来说，女子工厂结合了车间、产科医院、敬老院、避难所、少管所和监狱等各种功能。在这个让人绝望的地方，林奇女士是最放浪不羁的，我们看到她碰到工厂厨房里的扫烟囱的工人，马上就一把搂过他，相拥亲吻，把身上弄得满是煤黑，让其他女囚笑到尖叫。当那少得可怜的晚餐摆在她跟前时，一堆“恶毒的诅咒”就从她的口里喷涌而出。她是谁，为什么她在那里，她从哪里来，历史都没有告诉我们，但是一想起她，我们的脸上总会浮起微笑。

还有安·史密斯（Ann Smith），她在30岁时和第一舰队一起到达悉尼（据说她偷了一个镴壶）。她明显就是一个惯犯，当然也不是懦弱之辈。在航程中，她告诉每个人，只要看准机会她就会逃跑，并且她一登陆就真的潜逃了。就像皮特·莫里斯（Peter Morris）一样，她几天后就消失了，再也没被捕获，但是关于她的命运还是有些蛛丝马迹可循。1790年，帕拉马塔附近找到了一片亚麻布，据说是从她的衬裙上掉下来的。1798年，一群渔民在悉尼以北100英里外的史蒂芬港的一个山洞里过夜时，听说有一个白种女人和土著人生活在一起。1803年，当一艘捕鲸船在阿拉斯加海域某处受到海盗攻击时，据说被害者中就有一个叫安·史密斯的女人，而那个女人正是从悉尼过去的。

当时还有许多女人都曾像她那样逃脱魔爪，但鲜有像她那样成功的。我们读到了另一个可怜人的故事，她名为伊丽莎白·鲍尔（Elizabath Power），只字不识，很可能是个酒鬼，和另一个前科犯已婚20年。19世纪20年代，她离开残暴的丈夫弃家出走，随身带着她丈夫卖牛赚来的500英镑。她准备逃往女儿夫家所在的塔斯马尼亚，然而天不从人愿。朋友们让她大感失望。她总是喝得烂醉如泥。无良的警察抢了她的500英镑。她被丈夫抓住又逃走，又被抓被打，也为警察拿了她的钱而到处诉苦，最后似乎就此屈辱地接受了她的命运。她的丈夫说他发现她和邻居在酒吧喝着一杯朗姆酒和姜汁啤酒，当他路过时，她张开双臂说："握握手，老男人，吻一下我，一切都好得很。"[1]

一个更耸人听闻的人物是安格莉卡·哈雷特（Angelica Hallett），她在19世纪40年代时爱上了一位当地知名的艺术家塞缪尔·埃尔加（Samuel Elyard）。埃尔加是一个慢性抑郁病患者，他声称安格莉卡驱走了他的医生们，自己为他酿造了一种药，不仅让他每天出乎意料地神志不清又兴奋异常，还说服他娶了她。她威胁说除非他把名下财产全数转给她，否则就会把他送到疯人院，最后她把他彻底逼疯了。一波未平一波又起，这个令人生畏的安格莉卡在遗弃了埃尔加后，又自曝自己一直都是总督查尔斯·奥古斯塔斯·费兹洛伊爵士（Sir Charles Augustus FitzRoy）的情妇，而总督夫人最近才在帕拉马塔撞树而死，这震惊了悉尼人民。大轰动！费兹洛伊被人奚落成一个淫荡的伪君子，而在接下来的十数年间，安格莉卡·哈雷特这个名字在悉尼上层社会里都让人不寒而栗。[2]

悉尼每十年都会出现一些让人难忘的女性。19世纪20年代，一个被称做"猪玛丽"（Pig Mary）机智的爱尔兰女人依靠

1　原注：参见阿兰·阿特金森（Alan Atkinson）和玛丽安·艾弗林（Marian Aveling）编写的《澳大利亚1838》（*Australians 1838*，Sydney 1987）。

2　原注：不过我很高兴地报告，埃尔加从妻子的药剂中恢复了过来，并活得很长寿。他晚年生活的主要内容就是画下这个国家的风车和小屋。

从达令港前端屠宰场旁边的沼泽地里拣拾猪内脏并把它们挨家挨户地卖掉维持生计。19世纪30年代，岩石区的一些老妇人据说喝了实在太多的朗姆酒，当她们点燃烟管时，都能看到她们的嘴唇上有蓝色的火焰跃动。19世纪50年代，有一个英国游客报道称，当悉尼的年轻女人走路时“你听到她们串串挂件和金饰所发出的清脆声响，仿佛她们的手指上套着铃铛，而脚趾上戴着戒指”。19世纪80年代，一队队的女板球员在“领地”打球，头戴鸭舌帽，身穿条纹长衫；而医学学士格蕾丝·法利·罗宾森（Grace Fairley Robinson），公然蔑视医科大学教务长的观点——“如果一个女人能穿条漂亮的连衣裙，还能嫁个好老公，那么她就能找个好工作”。19世纪90年代，瓦尔·凡·塔塞尔（Val Van Tassell）女士是“南半球唯一一个气球飞行员”，她从飞行在邦代海滩上空的气球上跳伞而下，降落在库基的某个板球赛场中央。20世纪20年代，悉尼有组织犯罪团伙的群龙之首里有两个是女人，在毒品交易和达令赫斯特的妓院管理上互为敌手：[1]从警察的资料照片来看，她们确实是两个恶棍——来自爱尔兰的凯瑟琳·利（Kathleen Leigh）系着迷人的丝巾，看上去很“凶残”，而伦敦来的拉提尔达·德文（Latilda Devine）头上戴着钟形帽，脚上穿着扣带鞋，显出一种伪善的谦和。20世纪30年代，六位女飞行员驾着她们的双翼飞机迎接完成了从英国到澳洲破纪录飞行的艾米·约翰逊（Amy Johnson）。20世纪50年代，诗人、教师、政治活动家、民俗学研究者、女性主义者、大英帝国的女爵士

1　原注：那时候达令赫斯特是悉尼罪恶集中地，有各种各样的别称，如“剃刀赫斯特”（Razorhurst），“枪赫斯特”（Gunhurst），“瓶赫斯特”（Bottlehurst）及“毒品赫斯特”（Dopehurst）。

玛丽·吉尔默（Mary Gilmore），达到了她人生的辉煌顶点，成为悉尼最闻名的市民之一，这里的街道、学校、奖学金和奖牌都以她的名字命名；而威廉·多贝尔为她创作的肖像画被放置于州艺术馆，画中的她一如悉尼海关大楼上的维多利亚女王，一览无遗地展示着脸上悉尼式冷笑（创作这幅画时，她已经92岁，而据说该画"捕捉到了她的先辈们身上的某些东西"）。

悉尼的女性身上大多保留着一种坚强的个性。有时候人们会注意到旧式的女性音调变化——在咖啡桌边倾听，点一杯啤酒的男中音最后会音调向下，而女高音则在要一杯白酒时音调上提。不过目前为止对我而言这已是一种行将就木的习惯或纯粹是一种方言，而不是社会学研究对象。如今悉尼女性看上去已经像任何其他西方国家的女性一样得以解放、得以自由，而这座城市其实有太多果断的女性（如果不是好斗的话）、社会女性、电视荧屏上的女性、做生意的还有做学术的女性。她们通常对这种逆向颠倒的独白系统习以为常，有时候还会使用一种尤其具有穿透力的音色，这曾经被约翰·道格拉斯·普林格尔（John Douglas Pringle）大胆地描述为"一种尖锐刺耳的拉锯般的悲鸣"。[1]她们可以是令人印象深刻的，也可以是高傲得让人扼腕的，比如一位政治家夫人，在大剧院的一场庆祝活动结束后茫然四顾寻找侍应生，最后专横地把她的空杯子塞到了乐队指挥的手里。

1　原注：并且在世界各处都有很高的辨识度。最近我在威尼斯圣马可广场各国语言的枢纽站里就听到那么只言片语，出于好奇，我在人群里找出了声源，很肯定就是一个穿着印有"悉尼你很美"的T恤的女人所发出的。参见普林格尔先生的《澳大利亚口音》（*Australian Accent*，London 1958）一书。

最近我在位于岩石区上方的福特学校旧址参加一个校友聚会。一群老妇人在用老妇人的方式彼此寒暄招呼。我觉得，她们真的非常可敬！彼此间相处如此亲密无间，对我也是关怀备至，令人感到宾至如归，人人笑容可掬，那舞动在微风中的花裙，烫得一丝不苟的头发，多么愉快，又多么坦诚而自信！[1]她们看上去可能长生不老，那么无忧无虑，而确实人们在悉尼能听说一些真正让人惊叹的例子：一位90岁高龄的老妇，在第一次世界大战时，给“每一位受伤的法国士兵”写信，直到如今她还和乔治·泰梅尔（Georges Temel）互通真诚的信件；一位79岁的芭蕾舞者，她出现在澳洲芭蕾舞作品中，第一次表演古典芭蕾时已经63岁；一位著名的女演员，除了经常出现在舞台剧中外，还在91岁的时候表演卡巴莱歌舞。

不过，那时候的年轻女性也让人肃然起敬。那些高大魁梧、一身短打、清扫着悉尼马路的女人对宿命的嗤之以鼻远胜于不可救药的流放犯。这座城市中最让我难忘的人物是一位女飞行员，她和丈夫同心协力，驾驶着水上航空公司（Aquatic Air）的水上飞机沿着海岸一路向北飞向纽卡斯尔——在飞行间隙从码头上看她，显得能力非凡，衣着得体又美丽动人，她金黄色的头发上系着蓝色的绸带，一边说笑喝茶一边查看航空日志，抽着烟，看上去就像是宣传海报上出现的澳洲女性形象。

第一批居民，无论男女，永远都是最容易辨识的悉尼少数

1　原注：悉尼就是悉尼，我情不自禁地猜想，她们中的一些人非常可能正打算在晚上去看晨报上说的那场全部由男人担纲演出的表演。这场表演被标榜为澳洲最热门的女士夜晚出行的理由——“他们是澳洲人，他们英俊硬朗，他们是你们的！”

女飞行员

族群。悉尼的大部分民众也许和其他地方的一样墨守成规，但是这里的民众喜欢将这个城市看成是一个个人主义者的社会，并且非常珍惜这种与众不同。在我看来，罪犯体系导致的强烈抗拒情绪从来都没有消失殆尽，而它正在努力将其所有属民都消减为单纯的数字。

对威廉·金（William King）一类人物的深情致敬一如既往地进行着。金被戏称为“飞翔的馅饼摊贩”，1829年刚来悉尼时是一个担任校长职务的自由民，接着开始做馅饼生意，还成了“暴走艺术家”——他在悉尼和帕拉马塔之间一天走两个来回，连续走了六天；他在五个星期零四天的时间里，步行1 643英里；他把一个女人所坐的双轮马车拖了足足半英里；在不到一个小时的时间里，他捡了1 000个玉米棒子，理出一块空地；带着山羊、狗、猫和大小老鼠，他表演了各种各样的让人惊叹的行走特技。威廉·布兰德（William Bland），一个犯了罪的医生，在19世纪30年代是悉尼最时髦的医师。人们总会饶有兴致地回忆起他著名的飞行器，一种学名为原子机的飞行器。不过，它从来没有真正地离地起飞过，一开始由人力助推，接着是蒸汽，据说可以装载五吨重的货物在五天之内从伦敦飞到澳大利亚。在皇家植物园的官方出版物上，有一张大幅照片称誉威廉·詹姆斯·奇德雷（William James Chidley）是“领地”上奇奇怪怪的街头演说者中最令人称奇的；在这个世纪早期的许多年，人们总是能在街头演讲台上看到他，一袭纯白罗马长袍，慷慨陈词，宣讲关于性和健康养生的内容，偶尔会因被疑为精神病或被控出言不逊和行为冒犯而遭到拘留。

虽然有诸多前车之鉴，但怪人在悉尼总体来说还是被接纳的，数不胜数的各种怪人徘徊在环形码头，或者在海德公园的长椅上张开四肢，肆意躺着。满目的怪癖和反常，在这个城市，再怎么炫耀卖弄都不为过。你可以在大马路上看到无论老少贫富，所有人都公然地哗众取宠。当我第一次来悉尼时，当地有一位名人，她的生活与名声将这种态度彰显得一览无遗。在那个年代，1973年离世的贝亚·迈尔斯（Bea Miles）绝对是这座城市最受爱戴的人物之一。她受过昂贵的教育（阿伯茨利英国圣公会女子中学），但她却是早期罪犯英雄主义传统血性活生生的代表。她是个面容和蔼的率性女子，凭借私人收入，她会支持任何自由、无礼、娱乐或惹人嫌的事物，正如她所说，一切“自负的、骄傲的、势利的、自吹自擂的”。她，无人不知，通常穿着一条旧棉裙，戴着遮阳罩，穿着男鞋，背个书包，里面放满了她的“同道中人”的作品，如斯威夫特（Swift）和门肯（H. L. Mencken），并总是在公园里凭借记忆大声背诵莎士比亚。有时候，她会在嘴里叼一把刀，一跃入海，寻找鲨鱼。许多年来，这个了不起的怪人一直都和公交车售票员（太多事）及出租车司机（太傲慢）关系紧张：有时候她会挑衅地到处去乘公交车，戏弄售票员，向四处的爱慕者致意。有一次，她招呼了一辆出租车，让司机开约2 600英里的路去珀斯——司机照做了。

在双湾——太太团口中的“双倍付”（Double Pay）——富裕的郊区有一个咖啡厅，来自中欧的“悉尼这边人”常常光顾。我也喜欢去那里，去观察那些不久前还被称之为“新澳洲人”的少数人群达到圆满，融入澳洲。他们是来自除英国以外其他国家的第一代移民。在世界主义者的眼里，“新澳洲人”早已是旧面孔，并且在他们首次到达悉尼后的三四十年间，早已飞黄腾达。他们的孩子现在完全就是澳大利亚人了，但他们自己的行事风格还是像很久以前在遥远的祖国首都一样。这里四个男人把外套撂在肩头，抽着小雪茄，兴奋地谈论着政治——英语口音很重，有时候还瞎编皇室英语说话。这里有几个穿着皮草的女士，钻石夺目，啜饮着开胃酒，如此高贵地沉默着。咖啡香味混合着欧洲大陆出品的香烟的味道扑鼻而来。几个手指戴印章戒指的独身男子正在读报，似乎他们看的应该是有着*γ Sblygod*这类名字的报纸，但事实上却是《悉尼先驱晨报》。

不过在冬日阳光的沐浴下，他们都看似感到宾至如归、自得其乐，并在悉尼风格的形成过程中起着重要的作用。我曾经和其中的一两位有过对话。他们都是匈牙利人，在四五十年前从摇摇欲坠的欧洲来到悉尼，很快就让自己充实富足起来，从此过上了幸福生活。当我说，他们看上去非常幸运时，他们由衷地表示同意：他们幸运到不行，悉尼的美是无可比拟的，而澳洲毫无疑问是这个世界上最好的国家。[1]

30年前，新澳洲人还是某种异域风情或者说是种潜在威胁，尽管那些日子里所有的移民都来自欧洲。当悉尼市政委员会开始用多国语言来对它的纳税人进行宣传时——MESTSKA RADA SYDNEY[2]，或者SYDNEY VAVOSI TANBACS[3]——“悉尼这边人”里的老一辈人觉得糟糕透顶。毕竟那时候我被告知，有些移民来自“那些害你吃药的国家”。但实际上，外籍人士总是在悉尼的发展中扮演着重要角色——从那个有一半德国血统的菲

1 原注：不过我还是怀疑他们仍然在渴望另一种遗失的运气。“你们曾经都那么辉煌。”当另一个匈牙利人对我说他从来没学过开车是因为他年轻那会儿他们总有家庭司机时，我便这样说道。“是的。”他草草回应。

2 译注：捷克语，意为悉尼市议会。

3 译注：匈牙利语，意为悉尼市议会。

利普自己开始。菲利普的测绘局长奥古斯塔斯·阿尔特(Augustus Alt)是黑森－达姆施塔特[1]公民（并且喜欢自称男爵）。而菲利普的囚犯警司是一个名叫菲利普·谢弗（Phillip Schaffer）的莱茵兰人，他拥有一个生意兴隆的葡萄园，并被誉为澳大利亚酒业之父。

第一舰队上的罪犯里也有外国人。他们从伦敦黑社会被“挖”出来，当发现自己正戴着手铐被限制在世界另一端时，确实是他们一次不可思议的人生转折。其中有两个瑞典人、两个法国人、一个挪威人、一个印度人，还有两个被归类为“可能是斯堪的纳维亚半岛人”也“可能是荷兰人”的倒霉鬼，另有至少12个黑人来自各个不同的地方。这些黑人里有一个是马达加斯加（Black Caesar）的“黑色恺撒”，从不畏强权。因为盗窃被判流放七年的他刚到澳大利亚时才23岁，直到生命最后一刻还肆无忌惮。他东偷西摸、四处潜逃，抢劫土著也抢劫白人。无论是戴着锁链，还是单独拘禁，他从未低头认错。他骄傲地宣称，没有什么能“让他改邪归正”。最后，他带领一帮逃犯，深入丛林，成了澳大利亚第一批丛林匪帮：也正因此，直到最后都保持了自由和对官方的鄙夷不屑，1790年，他被另一个罪犯一枪毙命，这是对他倒在他头上的五加仑朗姆酒的回敬。

另一个知名的黑人是比利·布鲁（Billy Blue），麦夸里时代的悉尼最为津津乐道的一个角色。对他的生平，有各种不同的说法。一说他是在1810年搭乘一艘美国船只到达悉尼的；另一说则是他在1796年被从英国流放到这里，但是关于他的所有事

1 译注：黑森－达姆施塔特是德国历史上的一个伯爵领地和大公国。

都是值得质疑的，因为他是个彻头彻尾的骗子。雇他做船夫或水警又或是政府商店售货员的麦夸里发现他和其他人一样讨人喜欢，就给他分配了北岸80公顷的土地，差不多就在悉尼湾的对面。这让布鲁大发横财。他开始做港口的渡船生意，凭借着这个，他就如与他同时代的纽约航运巨头科尼利厄斯·范德比尔特（Cornelius Vanderbilt）一样成了无人不晓的船队队长——后来被称为“老队长”（Old Commodore）。他是个杰出的小丑。有时候，他兴致一来，就会让乘客们自行划船，甚至在如日中天时，他还是个无耻的乞丐——旧习难改，肩上扛着麻布袋，用来装别人给他的施舍。没有人知道他有多老了，但是他结婚时声称自己已经70岁；而他去世时，人们都觉得他已经是个百岁老人了。布鲁角就是以他命名的，他渡船码头上的那条路有一家酒吧，现在还叫“老队长”。

从18世纪开始，美国人就不时造访悉尼。他们那时候已经获得了独立，他们的流放殖民地已被纳入共和党的自由土地，他们看到流放犯时，也许幸灾乐祸又或是深表同感。他们很快就发现了一些机遇。美国的商船最早发现通往悉尼的海路，而美国人在悉尼早期的捕鲸业和猎海豹业里表现突出——除了新英格兰人以外，还有谁会把悉尼港的一个小湾流称为海鲜杂烩湾（Chowder Bay）呢？他们从此就在悉尼安营扎寨了，如今住在悉尼的无数美国人几乎无从辨认。作家保罗·泰鲁（Paul Theroux）曾经写道，只有在澳大利亚——我想也许只有在悉尼——在海外的美国人才能让人信服地将自己的国籍淹没其中，美国女人尤其能轻而易举地与这个城市的风格融合，她们心宽体胖，愤世嫉俗。

就像我们将在后文中提到的那样，法国人才是落脚英属悉尼的第一批海外访客，他们常常会在这个城市的生活中风头乍现。罪犯艺术家里最能干的就是法国人查理·罗迪（Charles Rodius），他在1829年游玩伦敦时，因为偷行李箱而被抓现行；在悉尼，他为土著要人创作了一系列的石版画——敏锐、慈悲又让人难忘，但事实上只是为了让骨相学家作参考。亨特斯山是在19世纪40年代由两个法国流亡者发现的，许多年来都作为法国的一块飞地存在——法国领事在这里有处宅邸，宏伟壮观。当然，法国厨师总是供不应求，直到现在法国餐厅都最为昂贵，但也正是一个法国籍的侍仆犯下了早期悉尼最受瞩目的罪行。1845年，琴·威德尔（Jean Videll）和他的主人托马斯·沃恩（Thomas Warne）发生口角，他将后者乱棍打死，用斧子将之分尸并塞到一个水手贮物箱里，还试图纵火烧毁房子：这个计划落空了，他请几个朋友帮忙，把箱子搬到了港口，在那里雇船把他们带到港口中央。但是沃恩先生的尸体那时恶臭难闻，血水渗出箱子，船夫不相信法国人的解释说这里头只装着臭猪肉。威德尔最后在达令赫斯特监狱外被绞死，一大群人带着感激之情，围观了死刑。

许多希腊人和马耳他人因为世事艰难，也不得不来悉尼安身。在这些人中，最具历史趣味的，便是那些来自土耳其南海岸几英里外的希腊小岛卡斯提罗瑞棕的移民。卡斯提罗瑞棕和澳大利亚人的第一次相遇发生在1915年，当时它把由地中海轻帆船组成的整支舰队卖给了英国人参加达达尼尔战役，并且帮忙将澳新军团送到他们在加里波利的滩头阵地。那场战争之后，岛民们就纷纷移民到了新南威尔士，以至于住在悉尼的卡斯提罗瑞棕人（被称为Kassies）都比卡斯提罗瑞棕岛上的要多。他们在金斯福特的郊区还有一间蜚声悉尼的酒吧。至于那个小岛，现在其大多数的居民都是退休后落叶归根的澳大利亚籍人，它的经济大体靠澳新地区来维持。

一些外国定居者给悉尼的风景平添了许多异域感。西印度克里奥尔人乔治·豪（George Howe）——“快乐乔治”——在1803年开办了悉尼的第一份报纸，不仅包括了不时恶俗的《悉尼公报》所报道的内容，也会将之编辑、排版、印刷并亲自售卖。19世纪30年代的悉尼警司是充满浪漫神秘色彩的尼古拉斯·罗西（Nicholas Rossi），他是一个反拿破仑主义的科西嘉人。人们普遍认为他能获得这个职位完全是因为他和英国政府之间不可告人的交易——或许（这是他常用的口气）和乔治四世与卡洛琳王后的离婚案有关系。卡尔·冯·拜恩男爵（Baron Carl von Beiren）是一个真假难辨的贵族，他的身份多种多样——荷兰人、德国人或者荷兰裔美国人。他于19世纪90年代发迹，建立了澳大利亚火药与炸药制造公司——英格尔伍德郊区的名字是以他永远温馨舒适的房子命名的，而火药制品路也是根据他的工厂名而起；不过，尽管英格尔伍德的大门上都刻有“前进的澳大利亚”，它似乎没有生产过任何军需品，人们后来开始怀疑这个男爵是个欺诈犯或者是个德国间谍。我们最后一次听说他，他已经因盗用公款而身陷囹圄。

接着就是19世纪50年代，中国人开始在巴伦乔伊以制作咸鱼维生，而有七个来自海德拉岛的希腊海盗（1827年在利比亚海岸被皇家海军俘获）则在伊丽莎白农场种葡萄。[1]这里有玛

1 原注：当希腊质疑这次流放的合理性时，其中五个人被遣返希腊，而另外两个人则宁愿留在澳洲。

丽·莱蓓强健的女保镖斐济人周福（Foo-Choo），另外还有不明身份的勃兰特博士（Dr. Brandt）于18世纪90年代时和他的狒狒住在花园岛上。还有个俄国人，名字颇为“壮观宏伟”——尼古拉·尼古拉维奇·德·米克罗诃马克雷（Nicolai Nicolaevich de Miklouho-Maklay），他于1881年在沃森湾创建了一个海洋生物学站。这里有穿着亮丽的毛利人和划着海盗船过来的葡萄牙人，有好些各种各样的流浪汉、无业人员、冒险者、逃兵、江湖郎中和海边浪子，他们来自全天下各个不同国度，永远都在跳船，在悉尼四处搜罗，好趁机小偷小摸、走私货物或者在这城市网罗五花八门人物的酒馆里寻求解脱。

悉尼的历史上，有两个非英裔的少数族群扮演着尤其重要又持久的角色——爱尔兰人和犹太人。这个城市诞生之初，就有这两个族裔的代表人物出现。

有一本记录澳大利亚早期犹太人的传记辞典，随手翻阅这本书，就会看到这个族群感人的经历。第一批犹太人中大部分是费京[1]的世界——伦敦下层社会里机灵的小偷。[2]他们通常在伦敦老贝利街中央刑事法庭受审。很少有人是因为暴力而获罪的，但是他们中的大多数都是来自穷人中的最底层——小贩、水果摊贩、旧货贩子、扫烟囱工、担货郎、勤杂工和布贩子等，不过偶尔也有银匠、雕工并且至少有一个是牙医。他们大多身

1　译注：费京是英国作家狄更斯作品《雾都孤儿》里一个老教唆犯的名字。

2　原注：通常认为狄更斯笔下的费京原型是伊萨克·所罗门（Isaac Solomon）。他的流放地并不是悉尼而是塔斯马尼亚，最终重获自由，在晚年时，基本是个值得尊重的人。

材瘦小、皮肤黝黑，身上文着精美文身。比如，路易·约瑟夫(Lewis Joseph)，这个制模工和翻砂工在1829年因为盗窃而被流放到悉尼，他的身上有各种文身——“爱”、“希望”、“爱我少些，爱我久点”、一锚、一嫩枝、一颗心和英文缩写“EK”和“LJBK”等。他们通常都能活着出狱，然后苟延残喘地生活着，直到最后在悉尼的人群中湮没，但是他们又总是不卑不亢、不屈不挠。这里举一例，塞缪尔·里昂斯（Samuel Lyons)，一个小有名声的流放犯，1815年因为偷窃来到悉尼，曾两度尝试逃离，还曾尝试抢劫政府商店(被鞭打200下，在纽卡斯尔市的煤矿里劳动四年)。而路易斯·拉撒路（Lewis Lazarus）在1818年因盗窃而被流放前是个裁缝，流放期间他又在澳洲犯下了盗窃罪、潜逃罪、强奸罪、窝赃罪和醉酒罪，接着便又是潜逃，又是盗窃——曾被判处以136下鞭刑，劳教六个礼拜，还曾五次被土著人用矛枪刺中。伯纳德·利维（Bernard Levy)，1813年因抢劫和侵犯人身罪流放到悉尼，被描述为是“殖民地有史以来最臭名昭著的窃贼”——他是那样的不可救赎，以至于在1862年获得最终赦免时，悉尼犹太教堂建议会众募资把他运回英格兰。

再翻一两页传记辞典，我们就会看到詹姆斯·西门斯（James Simmons)，1813年，也就是他17岁时，因私闯德文郡公爵夫人宅邸而获罪。但短短几年间，他就转身变成一家旅馆和一家商店的老板、一个事业鼎盛的拍卖商、一个租船主和悉尼市的议员。还记得那个企图抢劫政府商店的塞缪尔·里昂斯吗？他从煤矿解放出来短短12年后，变成了一个飞黄腾达的地产开发商，活跃于犹太教堂，因为行善而美名远播，在悉尼市内驾着阿拉伯良种马拉着的马车四处兜风。埃丝特·亚伯拉罕（Esther Abraham)原本是伦敦女帽制作学徒工，因盗窃未遂而被流放悉尼，而在到达澳洲之前的旅途上，她就成功地把自己和孩子托付给了轮船上的一个军官乔治·约翰逊（George Johnson）；他后来成了殖民地上最知名的市民之一，而作为他的情人，埃丝特有了一座宅子和一处漂亮的房产。所罗门·利维（Solomon Levey），1813年作为盗窃从犯被流放，不到四年便获赦免，转身变成了悉尼最德高望重的资本家之一，还买下了派珀的汉丽埃塔别墅。他是进发澳大利亚西部的先驱人物，也是澳洲与英格兰一个鼎盛家族的开创者。[1]而有些时候，如果悉尼的犹太人在他们的一生中遭遇了滑铁卢，那么他们的后代都会努力弥补：迈克尔·戴维斯（Michael Davies，1839年因欺诈罪流放）就是这样一个例子，他自己一无是处，一个儿子又成了山贼，但是他的孙子却是塔斯马尼亚州议院的议长；异曲同工的是，流放犯卡什摩尔·伊瑟雷尔（Cashmore Israel，因盗窃亲人财物于1817年获罪）的儿子是澳大利亚联邦的审计长。

犹太自由民紧随罪犯而来，其中第一位到达悉尼的男性可能也是其中最为声名远扬的——巴内特·利维（Barnett Levey）是跟着他大获成功的前科犯兄弟所罗门来到澳洲的。他最让人难忘的角色是悉尼第一家剧院的创始人，不过他也有别的兴趣点：他创办了一家图书馆，出借图书；他发行银行票据，所给的回报并不是黄金或者英国货币，而是印度卢比；他开发了一个房产项目；他拥有皇家酒店——一座宏伟壮观的建筑，由弗朗西斯·格林威设计，是当时悉尼最高的建筑——被乔治·豪在

1　原注：这个家族的成员之一，律师兼剧作家哈罗德·鲁宾斯坦（Harold Rubinstein）一个世纪后写了一部戏剧《致澳大利亚的诗人》（*To the Poets of Australia*），记录了这个家族在悉尼的早期生活。

《公报》中描述为一座“高到恐怖的庙宇”。利维时不时就在法律上或经济上陷入困境，但是在经过和政府无休止的争吵又经历了经济上的种种挫折后，他在1833年终于成就大愿，建成了皇家剧院；在那里他博采众长，将所有剧目原汁原味地搬上舞台，其中包括歌剧、轻歌剧、古典戏剧、情节剧，有时也不乏一些情色闹剧。唉，他把赚到手的钱都用来花天酒地、铺张奢侈，最后在1837年贫困潦倒而终，年仅39岁，但他永远值得悼念——他是“澳洲剧院之父”。

从那时起，在商业圈、艺术圈或金融圈，犹太人的影子无处不在。总体上来说，这是他们的鼎盛时期。偶尔的，他们会成为反犹太主义者的攻击对象——最近几年对犹太人墓地的肆意破坏尤其如此——但是，这并非悉尼习惯性偏见中的一种。如今，这个群体已经成长壮大到6万人，它的拉比们（rabbis）[1]在社会上占据着重要的地位，而这个社区的价值代言物是建于1878年位于伊丽莎白大街的雄伟的犹太教堂。这座美轮美奂的建筑物融合了哥特和拜占庭两种风格，有两座尖塔、精致的熟铁铸成的大门和一扇遥眺海德公园的大圆花窗。我曾经参观过那里，导游是教堂会众一员，十分令人愉快轻松。他一路吹着口哨，带领我们走入教堂，在柱子上方的一块大屏幕上，主持拉比在视频中向我们介绍了这里的一切。另有一回，在悉尼湾旁边的露天餐厅里，我的隔壁桌正在为第二天在犹太教堂举办的婚礼举行派对。他们中的有些人已经数年不见彼此，而我边吃着海鲂鱼片边偷听了一场对话——“他在布雷斯劳住过

1 译注：指犹太教中学过《圣经》和《塔木德》，负责执行教规、律法并主持宗教仪式的人。

一阵”——“你肯定是鲁本的女儿吧！天哪！”——“在汉普斯特德和牧人丛之间”——“那是在1939年之前，当然。”——“告诉我们，你知不知道露丝的下落？”——我觉得这对话就像是大流散（Diaspora）本身的一曲管弦乐，瞬间悲戚又顷刻喜悦。

对于爱尔兰人，我又该说些什么呢？他们也是在悉尼诞生之初就来到了这个城市。就像在所有其他国家一样，他们在这里也依然保持着爱尔兰人的个性——只不过现在他们的风格有所减弱。我想即便记忆渐渐模糊，宗教摇摇欲坠而工会丧失了它的优越性，爱尔兰人也依然是绝对的爱尔兰人。流亡到这里的犯人中有三分之一是爱尔兰人，他们通常和其他人有所不同——更年长、更易成婚又更有乡土气息，女人们比英格兰人更有教养，而男人们则对政治的兴趣更浓烈。在犯人流放的那个时代里，爱尔兰本土时局动荡不安，许多年轻的爱尔兰爱国者最后都是因为过于狂热地摇动绿旗而被送到了世界的另一端。

有些爱尔兰囚犯极其天真。正是他们最先提出中国就在视线之外的山背后，只要快速穿越丛林就能到达的理论。其中最为天真的人带着一个没安指针的自制罗盘图，相信罗经点会给他们神迹一般的引导。不过，其中也有一些能人和强人，尤其出自政治犯。悉尼最能称为圣贤的人物就是威廉·戴维斯（William Davis），他是于1799年被流放的爱尔兰反叛者，为非法移民的耶利米·欧弗林神父（Father Jeremiah O’Flynn）提供庇护所达一年有余；秘密弥撒在教堂山上离乔治大道岗哨仅一箭之遥的他的小屋里举行，一直坚持到1818年欧弗林神父被捕受逐。爱尔兰退伍军人在悉尼殖民地只发起过一次有组织的囚犯武装起义，即所谓的1804年醋山之战（Battle of Vinegar Hill）。[1]参战的人们多数是在1798年爱尔兰叛乱之后被流放的。他们的工作是清理树林并在帕拉马塔北面修建马路；他们希望能发动一次大规模囚犯暴动，但后来被一面虚假的休战旗所蒙蔽，因此遭受了重大损失，其中有战亡的、鞭笞至死的还有被绞死的。

如果乐意，在悉尼你仍然可以非常爱尔兰。那里有爱尔兰酒吧，有爱尔兰音乐，还有一条巧言街（Blarney Street），就在基拉尼高地上。尽管爱尔兰镇的确再也不叫爱尔兰镇了，但它仍然被叫做凯利威尔（Kellyville）。澳大利亚爱尔兰基金的15位董事中，有两位姓麦格拉，两位姓伯克，两位姓克斯格罗夫，两位姓欧莱里，一位姓奥尼尔，另外还有一位波塔灵顿伯爵。我曾经在岩石区一个酒吧门口的大帐篷里品尝过圣帕特里克节的早餐，并亲眼目睹了爱尔兰人狂欢庆祝的样子。管乐正奏，笛声轻吹，烈酒和盖尔咖啡流淌，所有最知名的爱尔兰市民往嘴里塞丰盛的火腿和鸡蛋或跳着活力四射的吉格舞的样子都被电视镜头一一捕捉。“这里有谁是从贝尔法斯特来的？”乐队主唱甜润的提问声在悉尼湾上空萦绕，或者“这里有一首短歌，专门献给你们这些从沃特福德来的好人们”。因为早餐已经花了我50美元，我就打算节约开销，透过帐篷的翻门从外面看里面的情况，不过几个醉醺醺又很欢乐的侍应生马上就把我拖了进去，还给了我一杯健力士啤酒。

1　原注：澳洲大地上发生的两次欧洲人内部战役之一，另一场发生在1854年，起因是维多利亚的尤里卡栅栏事件（the Eureka Stockade），仅持续了10分钟。

如果从血统上来看，这里所有人都是移民，每一个都是——甚至土著也是从他乡来的。30年前，要忘掉这样的现实尚属容易，因此悉尼人都安居乐业、和谐相处。但现在，对这个现实的提示无处不在。吉利奥尼·韦莱（Kilioni Uele）被控在汤加禁忌俱乐部门外企图谋杀霍姆布什的豪默莫·韦培（Haumomo Uepe），在皇家治安法官亚历克斯·米约维奇（Alex Mijovich）先生面前接受提审。而代表苏格兰遗产委员会挺身而出维护穿着格子呢传统的是尼克尔森·萨米奥斯（R. Nicolson Samios）先生。一个黑皮肤的擦鞋童在维多利亚女王大楼的小摊边高视阔步，一圈一圈走，活像是音乐剧里的舞蹈演员。一群不同种族组成的阿飞骑着自行车兴高采烈地穿过植物园。17岁的拉马特·乌拉（Rahmat Ullah）叛离了孟加拉国国家舞蹈团，隐没在悉尼的人群中，他给制作人留了一张纸条："叔叔，在孟加拉国我运气太差。所以我决定上路碰碰运气。"

我希望现在他已经交上了好运，蜕变成和其他人一样的新人，或者说成为太阳神族的一员。

悉尼的自娱精神

这是一个美好的悖论——悉尼，这个在痛苦中分娩的城市，竟然拥有强大的自娱自乐的真正天赋。早在1850年，查尔斯·迪尔克就已经对这个城市高度的自娱能力有所评论。这座城市在许久之前就已经形成了一种公共伦理——它迥异于北美洲的城市，后者的民众受到更多宗教的束缚也更为注重事业。如今周五下午已经发展成悉尼的习俗——在这个约定俗成的时刻，在一周第五天的下午，许多人坐享快乐；但其实无论是一周中的哪一天，或一天中的哪一刻，悉尼都比大多数城市更懂得自我享受。

在澳洲的第一舰队上，几乎没有清教徒，这点毋庸置疑。而对宗教的热情或同情的缺乏无疑助长了悉尼的愉悦幸福感。宗教绝非悉尼大众的镇静剂——这里是我所知城市里受宗教影响最少的地方。据历史记录，一个世纪前正统基督教对当地人来说还是个全然陌生的概念，“既不属于这个国家，也无法适应这个国家独特的需求”：1986年的一项调查显示，除了有信仰的移民之外，壮大最迅速的教派是“无教派”。悉尼北部林地中巴哈伊教的寺庙傲然耸立，格林威的圣詹姆斯教堂雄伟高大，犹太教堂则光辉华丽，而圣马力大教堂宏大辉煌，但是这些宗教圣地在这座城市的全体审美对象中所占的比例微乎其微。

在过去好几年间，它们根本就不算什么。悉尼湾登陆后的第一个周日便举行了一次户外英国圣公会仪式，约翰逊牧师的布道词以《诗篇》第116首[1]开场——“我拿什么报答耶和华向我所赐的一切厚恩？”但是接下来的五年里，这里没有建起一座教堂，直到约翰逊自己出钱选址修建了一座（在约翰逊的属地），现在的旧址上还矗立着纪念碑。如果无故缺席，公理宗囚犯就会被鞭笞：他们也许正在想他们最好能为上帝的仁慈呈现些什么，却仍然恶习难改，在仪式过程中争吵、咳嗽和打嗝，而最后也肯定是他们中的一些人在1798年将这座建筑付之一炬。第二座教堂旋即建起——形似监狱——不过，1826年时巴伦·菲尔德（Barron Field）还在抱怨悉尼是个“没有塔尖的城市，亵渎神明”。最初的三位天主教牧师在19世纪初就被允许进入殖民地，但很快就因为被认定为策动谋反而被驱逐出境；1817年，第四位牧师非法入境，在勇敢的戴维斯先生的保护下，开始了地下传教活动，但在1818年时就被逼离开。似乎直到19世纪中期，宗教才在这里实现它在世界上其他英语城市所扮演的社会角色，但即使是那时，它大体也只是阶级工具——英国圣公会在一边，而另一边则是爱尔兰的天主教。今天，它是由一位红衣主教、一位圣公会大主教，还有数不胜数的牧师们、拉比们及毛拉们管辖；但即使如此，在我这个持不可知论的外来人士看来，宗教在这里依然相对沉默。

正如每一座英语城市一样，悉尼有一定程度的狂热与激情，

1　译注：此处原文为《诗篇》第161首，但据查证，应出自《诗篇》116首第12节。

这也许是因为它可与加州媲美的气候，但这里从来都不是复兴运动或宗教怨恨的好地方。[1]不过，悉尼也曾经有一次著名的宗教狂热，而它的焦点可能是中港巴尔莫勒尔郊区的沙滩散步问题。这个地方如今已经成为郊区满意度的范本，有一座给游客休憩的白色场馆、一个公共浴室和一个为乐队准备的圆顶舞台。一座装饰桥通往一座架在空中的公共花园，而一年中的每一天，当地的朋友们都会在那里的俱乐部聚会，在旭日东升时共进早餐。当神秘的通神学会将之宣告为有着深奥圣意的所在后，这处寂寂无名的游憩处立马就有了显著卓越的气场。通神者相信有一个世界导师很快就会将人类从无知中解救，他们的预言者中有一部分还相信地球上存在一块消失的大陆利莫里亚，其躺在太平洋底，马上就会为拯救人类而放弃它的远古秘密并现身。一战后，他们认定悉尼正是这些真理的核心之地。他们称“它是南半球的神秘中心”。他们在港口北岸的莫斯曼购买了一座巨大的有众多山形墙的大厦，通神学会的朝圣者从世界各地纷至沓来——包括年轻的印度人基督·克里希那穆提（Jiddu Krishnamurti），他被其中一些人认为是孕育中的世界导师。他们成立了一所学校和一个名为2GB[2]的广播站。他们在媒体上曝光，吸引了社会影响力巨大的同情者，其中包括住在卡萨克拉格那条路上的沃尔特·伯利·格里芬。20世纪20年代左右，他们在悉尼的集会场所规模称冠全球，1924年，在巴尔莫勒尔低调

---

1 原注：不过19世纪威尔士雕刻家罗安多·琼斯（W. Lorando Jones）如果在悉尼，肯定会有种宾至如归的亲近感，因为他被宣判犯有亵渎神灵罪而无法获得佣金，穷困潦倒的他最后只能靠给人制作墓碑基座维生。

2 原注：GB的全称是乔尔丹诺·布鲁诺（Giordano Bruno），16世纪的哲学家，被认为是通神学的先驱。

巴尔莫勒尔海岸

的沙滩上，他们建造了一座宏伟神圣的白色圆形露天剧场，26排椅子可以容纳2 500人，无论从港口那端遥望，越过海角远观还是从海面上遥看，剧场都壮丽非常。据说这里会是个显灵之地，在这里世界导师一旦时机成熟便会开示所有；而通过那些力量非凡的话语，关于利莫里亚的知识也会满溢而出。

这种信念在1929年克里希那穆提公开否认自己是注定的导师时黯然失色，而1939年，那处“显灵”之地被售卖，现在这里耸立着的是一座住宅楼。我曾经看到一个男孩打着赤膊大步走进圣安德鲁大教堂，在圣餐台前转身变成了虔诚的祈祷者，这种佯装让人心生怜悯。我曾参加一位德高望重的爱尔兰天主教神父的遗体告别式，以为会看到表演夸张的悲痛景象，但这些哀悼者都克制有度，没有眼泪也没有人戴黑纱。最近一群灵恩派基督教徒将他们对基督的设想供给了悉尼警方重案组的图像合成人员制作人像拼片。他的后脑勺和两鬓都是短发，看上去介于邦代海滩救生员和三流骗子之间。

在悉尼最能获得精神力量的地方，对我来说是卢克伍德公墓，这里在规模上堪称世界之最，安葬着各种不同教派的人士。1867年，公墓建成，而在19世纪末时这里是悉尼最新的公墓，总共拥有777英亩的土地（离居住区有一定距离，我们在书中读到“所以与此毗邻之地不会因此贬值”）。[1]它专属的火车站，每天会迎来两辆从悉尼过来的火车，半路停留靠站，来接“尸体、哀悼者或牧师”——哀悼者和牧师必须买票，而尸体则免票通

1 原注：很明显，它的模仿对象是伦敦郊外建于1854年的布鲁克伍德公墓——当然名字也是依它而起，尽管悉尼方面说这个名字取自当地常见的一种乌鸦，是旧世界的骗子们排名第二的代言物。

行。这里环境清幽，有瞭望台和运河，还有众所周知的花坛——一种绿色玫瑰曾在这里遍地盛开。一位墓地管理员住在建有高塔的山林小屋中，戴着写有“管理员”字样的鸭舌帽，为了对付流浪狗和山羊，还准备了左轮手枪。各种各样的人们在这处理想大墓地里安息着。第一个“入住”的是一位18岁的爱尔兰贫民，而跟在他身后安眠的有政治家、艺术家、山贼、演员和富豪。[1]

1948年，火车停运。[2]这处名胜地随之日渐衰颓，而如今卢克伍德在自然环境方面是活生生的寓言。它的中心地带依然保存良好，对许多信条的虔诚之心依然存在于被遗忘的角落——或神道教，或亚述人的天主教，或救世军，或印度教，或犹太教，或伊斯兰教——希腊人、拉脱维亚人、匈牙利人、亚述人和意大利人——彼此之间截然不同，却都镌刻着为他们量身定制的墓志铭。慢跑者和骑车人在他们中间经过，到处有人在清理坟地或献上鲜花，但当你从墓地中心地带漫步而出，一片废墟便闯入眼帘。方尖碑摇摇欲坠，墓碑龟裂破损，铁栏杆弯曲生锈。这个属于死亡的胜地直到它的边缘地带才重获生机。卢克伍德

1 原注：更不必提殁于1890年的杰克布·皮特曼（Jacob Pitman），因为这里就是一条宗教走廊。杰克布是宗教先驱，他的弟弟是拼写改革者（spelling reformer）以撒·皮特曼（Isaac Pitman），而他卢克伍德的墓志铭上写着“他是第二教会或新基督教会教条下这些殖民地中的首位牧师”。

2 原注：其中一座墓地车站改造成了一家餐馆，而另一座现在则成了让人心驰神往的堪培拉安斯利诸圣堂，在那里它的会众是由火车头上取下的一个铃铛来召集的——主体保持了原样。在前几年，坐火车的人只要看到红坊殡仪馆站就知道他们马上就要到悉尼市中心了。“在看到殡仪馆站前莫着急”——凯莉·坦南特（Kylie Tennant）在她1943年的小说《陌生人说了算》（*Ride on Stranger*）中写道，有多少人在他们收起报纸准备下火车的时候说过这样的话啊？

偏远地带的每一寸土地上都长满了灌木，蛇、青蛙、乌龟、怪人和螳螂时有出没，野兔和狐狸东躲西藏，裸眼鹂和吸蜜鸟在橡胶树间快乐地扑腾着翅膀。[1]

悉尼人对世俗慰藉的追求显得更为喧嚣。比如，在悉尼，性是在1788年2月6日夜晚的一声巨响中开始的——当女囚徒下船加入先行进入悉尼湾的男囚犯的行列时。毫无疑问，帝国旗帜在这块土地上飘起后的两个礼拜间，结了婚的军官和妻子们在床上耳鬓厮磨，寻求慰藉，而也许另外一些有开创精神的怕早已在土著人那里找到了安慰。不过，对囚犯来说，女人从跳板上下来并落足于澳洲土地的那一刻意味着生活就不再那么艰难了。那是个无人入眠的夜晚。狂风暴雨扫荡着这片流放地，闪电划过港口上空，但当女人们上岸时，这群犯人开始纵情狂欢。八个月在茫茫洋面上的飘荡，两性被分开关押，残忍监禁——无论男女都为这一刻做足了准备。官员和海军对他们失去了掌控——或者他们压根就没有想过要掌控局面——而记载日志者似乎被坦克溪边的骚动惊呆了，只得靠后而站——坦奇全然不提此事，亚瑟·鲍斯·史密斯（Arthur Bowes Smith），一名流放犯的医生称，凭他的能力，根本无法描述当时的场景。我们只能将一切交予想象，细品字里行间的意思，并时时牢记人的本性：那一晚在悉尼湾闷湿的帐篷和棚屋边，官员和较为克制的罪犯

1　原注：卢克伍德大约埋葬着100多万人，1981年，澳大利亚家谱学者协会将这里幸存下来的墓志铭制作成了一部微电影。90多个人花了7年的时间来完成这项工作，他们的劳动被记载在一本书中——由大卫·A. 维斯顿（David A. Weston）编写的《沉睡之城》（*The Sleeping City*, Sydney 1989），我从这本书中受惠良多。

们站在一定距离外看着数百对男女在泥水中翻滚扭动，誓言声、醉鬼的歌声、哈哈大笑声、呻吟声对抗着铁链的碰撞声与雷声。

这样的场景完全不该出现在悉尼，这个城市并没有那么纵欲。在这里现代男女关系都很传统也很自觉自律，而同性恋尽管在囚犯中或目前都是普遍现象，却只在最近才被社会大众接受。但在历史书上我们却到处都能找到放纵的痕迹：18世纪90年代的悉尼完全能够用“罪大恶极”四个字来形容，而“伤风败俗到不堪言表”则可以用来描述19世纪60年代的“领地”。不过，1838年，当有传言称理查德·戴维斯（Richard Davies）正在“和一只猪做见不得人的事”时，他的邻居霍兰德夫人愤慨反驳，称他“绝对不是那种人”——今天大部分悉尼男人都不是那种人。[1]

这里对清教徒规则的恪守（Wowserism）从来都逊于墨尔本——“Wowserism”这个名词的发明者实际上正是一个宽容大度的悉尼人——《真理》的编辑约翰·诺顿（John Norton）。[2]尽管如此，这个城市还是有着煞风景的情景，但不管怎样，阳光下、大海里和沙滩上的享受也许都抑制了力比多的释放。最近，我综合分析了一份郊区报纸上20个征婚广告，发现这些寻找灵魂伴侣的人中，有12位要求对方会驾驶帆船、林中漫步、冲浪或者喜欢沙滩：一个知识女性，49岁，承认她首先非常喜欢所有会增肥、昂贵又安定的东西，这让我似乎看到她正扔着面包打水漂的样子。当《轨道》杂志问读者更喜欢冲浪还是性时，62%的人选择了冲浪。诚然其中有80%的人承认他们在冲浪时脑子

1　原注：不过，霍兰德夫人不幸未言中：戴维斯后来在他的桃园里被抓了现行，并被判终身监禁于诺福克岛。

2　原注：根据《麦夸里百科辞典》，一般认为这是他的反讽性口号“我们只想治愈社会恶习”（We Only Want Social Evils Remedied）的首字母缩略词。

里想的是性，不过也有51%的人说当他们在做爱时想的是冲浪。

据说，悉尼残存的清白当属它的人民对国王十字区感人肺腑的自豪之情。这里一开始被称为女王十字区，用来纪念维多利亚女王60周年庆典，但爱德华七世登基后，郊区就被重新命名。这里曾经是悉尼的波西米亚中心，在新澳洲人到来前就已经四海一家了。二战和越南战争时，驻扎在这里的美国大兵败坏了它的名声。如今每当夜幕降临，这里就成了社会学意义上的红灯区，密密麻麻的都是脱衣舞表演，还有情色书店及楼上的按摩包房。形似蒲公英的旋转照明设备之下，阿拉曼喷泉边面目狰狞、胡子拉碴的男人们晃来荡去。精神萎靡、瘦弱憔悴的妓女则在维多利亚大道人行道的阴影里游荡。这里散布着瘾君子、异装癖、游客、醉汉、水手和来自世界各地的各种各样的流浪者，都是法律所允许的。你必须非常不食人间烟火，才会被国王十字区里那些熟悉不过的场景惊倒；但是“悉尼这边人”却会习惯性地把这个地方推荐给外国人，因为他们认为这是都市万花筒中的重要一幕，绝对不容错过。

无论如何，如果你在早上重返国王十字区，就会发现这个地方充满了迷人的乡村气息。“女人！女人！女人！”这样的标志不见踪迹，成人电影院门户紧闭，面目可憎的男人们还在梦乡，现在你可以看到花店、菜摊、后街上惹人喜爱的房子、悉尼最好的书店之一，还有最为悦人的咖啡馆。沿着维多利亚大道走去，一条美好的林荫大道就伸展在你的眼前，夜间的那些流浪者和瘾君子们现在毕恭毕敬地坐在日光暴晒下的大众野营车边，想把车子卖掉，好回家分赃算钱。

相对于性，悉尼的快乐和绝望更寄托于酒精，从囚犯们唾手可得美酒的殖民地早期到现在让人生畏的醉驾记录，悉尼历史上几乎找不出一段是同酒精绝缘的。就目前的研究来看，我发现澳洲土著人，几乎是地球上唯一一群从来没学过酿酒的人——或者他们从来没这必要，他们的梦境、歌谣和传说中深刻揭示的另一个世界已经足够让人沉醉。但是，英国人刚抵达不久，酒精就成了他们生活中不可或缺的一部分，而朗姆酒，作为各种烈酒的源起，其重要性堪与金钱媲美。朗姆酒可以用来购买货物，也可以用来支付工人工资；约翰逊牧师用它来支付教堂的建造费用；对布莱的反抗运动也以此为名；[1]第44团为了它而大打出手；新南威尔士保卫队的军官们垄断它，因此人们赋予他们一个别名——“朗姆酒保卫队”，而悉尼综合医院多年来都靠朗姆酒融资，因此被称做“朗姆酒医院”。

最初的朗姆酒都是进口的，或从英格兰或由印度，但是移民们不日就学会了自制朗姆酒以及葡萄酒、啤酒和其他更为奇特的酒品。一种通过将发酵的糖果袋浸润在水里制成的烈酒深受土著欢迎。爱奥拉人把有黏性的车桑子叶片嚼碎，用来治疗牙痛，欧洲人则用它来为麦芽酒调味。1824年帕拉马塔市集上摆着一瓶啤酒，据说浓烈到能让“理智逊位，疯狂和荒唐取而代之”，但是北岸早期的一位移民，用发酵的桃子做实验，报告称“一杯就能把牧师送上独轮车”。[2]

19世纪，酒吧疯狂繁衍（至今这座城市都将其称为酒店）。对早期悉尼来说，它们是重要的社交场所，因为那时很多男人

1　译注：名为“朗姆酒叛乱”。

2　原注：引自鲁斯·帕克（Ruth Park）的《悉尼参考指南》（*The Companion Guide to Sydney*, Sydney 1973）。

都没有成家或者没有体面的住处。后来，这些酒吧成了“伙计们”的窝巢，基本上摆脱了那些正派女人的束缚。它们奇奇怪怪的标志和特定的声誉让悉尼的古老感生动活泼起来，另外它们通常都有一些光怪陆离的名字：“助我穿过世界”、“倒置的世界”，或者“留在管辖范围内”（老板之前是警察）。有时候，这些酒吧会有驻店提琴手，时不时还有赌徒或娼妓光顾，经营特色各不相同。那里也有“士兵免入”或“囚犯绕道”的酒吧，有用来私下交易、位置隐蔽的酒吧，还有在拳击兄弟会中很流行的粗野的酒吧。岩石区密布成群的酒馆和违禁的私酒酒吧在它们的全盛时期是如此喧嚣骚动，以至于它们发出的噪音总和能传至数英里外的洋面上。莎士比亚酒馆的置酒架在19世纪80年代时有一条电线从中穿过，恶作剧的老板用这个给顾客们提供通电刺激。亚当酒店的大理石酒吧是一个奇观，里面的彩色大理石都来自法国、意大利和比利时，并配以美国的胡桃木镶板、枝形吊灯、彩绘玻璃和光滑的墙纸。[1]

酒吧营业时间从清晨6点持续到晚上11点，但是当然也不乏反对这种寻欢作乐的人。禁酒运动在悉尼时起时落——1837年我们前文曾提到的贵格会成员商人约翰·塔维尔，众目睽睽下往港口倾倒大量烈酒。[2]而对这个城市饮酒习惯的冲击直到1916年才真正来临，那年卡苏拉西部郊区训练营的军人发起了一场

1　原注：尽管今天已经被搬移到悉尼希尔顿酒店，仍然备受赞赏：正如1893年一本小册子上写的，“为了一杯威士忌而来到酒吧的环球旅行者看着周围的一切，深受震撼”。

2　原注：一个围观水手大喊“这真是一场谋杀”，这是一种神奇的预言形式，因为当虔诚敬神的塔维尔1838年回到英格兰老家后，他下药毒死情妇，并为此被判绞刑。

暴动。为了反抗一项苛刻的新计划，几千名士兵突袭了营地里的酒肆，他们砸碎窗户，破坏小吃摊，抢夺汽车和武器，袭击俱乐部和商店，到处威胁市民。毫无疑问，酒精是这次暴动的罪魁祸首，因此悉尼最令人沮丧的制度之一开始登上历史舞台——“6点痛饮”。后来的近40年间，所有的合法酒吧一律都要在晚上6点准时打烊，这不仅导致非法酒吧滋生，还逼迫刚下班的人们在打烊前的几分钟里大量急饮。悉尼的酒吧因此又有了像厕所一样肮脏的声誉，它们中的大部分都因此重新进行了装修，墙上换上了瓷砖，以便擦拭溅出的啤酒和呕吐物。“6点痛饮”是悉尼一切俗气、褊狭又排斥女性的事物的缩影：每个工作日的最后时刻（对此记忆犹新的悉尼市民向我描述），一群醉汉如潮涌般从那些恐怖的酒馆里滚出来，踽跚着走进火车站，推推搡搡地上了公交车或在渡轮栏杆边吐得天昏地暗。

1955年，政府终于发慈悲之心，取消了该条规定。现在酒吧多数变得柔和了些，也或多或少会欣然接受女性。尽管在世人眼里，啤酒和悉尼永远都是一对互不相离的话题，但最近酒精的人均消费量有所下降，也许是因为这里来了许多节制有度的意大利人、希腊人和亚洲人。除如前几章里提到的前总理的邻里纠纷外，多数时候，在悉尼公开饮酒是温和适度的——甚至冷漠无趣。在夏天周日的一条郊区街道上，我看到街对面的一家酒吧：楼上，窗户里摆着一盆枯萎的植物，而窗外则是褪了色的遮阳棚，一位上了年岁貌似劳动阶层的老人鼻梁上架着副眼镜，独自一人啜饮着一品脱啤酒；楼下，大门敞开，四个工人，鼓着啤酒肚，在柜台边喝着大杯啤酒；而另一扇门里，两个女人正在看电视上的美国脱口秀。我对装修的所有印象就是消退的黄色。模糊的电视荧屏闪烁不定。一块黑板上用粉笔写着，这里供应牛肉蘑菇派或蘑菇酱排骨。楼上的那个男人瞥到对街的我正胡乱地做着笔记，就多看了我几眼，但很快便失去了兴趣。

另一方面，岩石区这一历来混乱的地区在周五夜晚依然足够喧嚣热闹。外围郊区的年轻人都进了城，决定尽情享受都市生活，而全副武装的警察也会定期查看一切是否有序。某天晚上，我正在悉尼最奢侈的酒店也是保守优雅典范的丽晶酒店的前台，看到一群老人一身昂贵又不俗气的装扮，而年轻人则身着街头时尚名品，很是得体。笛子与钢琴的优雅双重奏萦绕耳畔——这是丽晶酒店的惯例——在这里有非常高雅的提神方式。为了呼吸一口新鲜空气，我吃了一些三明治，从门厅漫步到了街上；也就是在那里，我发现一百码开外的地方，在高速公路的投影下，纵情狂欢正达到高潮。好几十个年轻人，穿着奇特，烂醉如泥，在暗淡的光线下唱着黄色歌曲。他们的手里拿着罐头啤酒，还有一罐罐啤酒排成长队等待被啜饮，而空啤酒罐在人行道上翻滚。一个胡子蓬乱的年轻人玩着吉他。三四个姑娘正在岩礁上跳着恣意放荡的摇摆舞。男人们身材健壮，泛着红光，女人们已陷入了半癫狂状，他们唱啊，叫啊，到处挥舞着双手，泼洒着他们的啤酒，有时候会突然开始跳起让人忍俊不禁又眼花缭乱的舞蹈，他们似乎都在梦游。

在离开这场混乱有趣的聚会时，我很是不舍。等我回到酒店前台后，一位女服务员马上送上了一小份鲜虾开胃小菜，横笛吹奏者开始演奏泰勒曼的奏鸣曲。

除了18世纪80年代那一小段糟糕的时间外，在悉尼几乎没有人忍饥挨饿过。爱奥拉人一直都自给自足，罪犯们的伙食也不错。也许就是因为这种总体富足的传统让这座城市对美食毫无兴趣。甚至20年前，不管是私宴还是公宴，食物都是让人绝望的英国乡村烹饪手法，其中最有名的一个菜是派浮子（Pie Floater）——一个肉饼浮在豆汤上。这个菜从1945年开始在乌鲁姆鲁的“哈里的车轮餐馆”开始售卖。鱼基本上到最后都做成了老式油腻的炸鱼和鱼片，没几个“悉尼这边人”是热衷于牡蛎的，而烧煮袋鼠是违法行为。

直到现在，它也是不合法的。无数的爱国者认为进食国家象征物就意味着叛国，又或许是亵渎圣物，但如今食物本身都已成为这个国家的象征物了，当然也成为悉尼自娱自乐精神中的主要组成部分。外国餐厅的流入改变了一切——先是有了茶，现在则基本上变成意大利浓缩咖啡。餐厅终于在人行道上摆了桌子，另外在悉尼塔登上几百步也能看到，餐厅的桌子已经占据了海港沿岸每个角落。现在我完全无法想象在这座城市还会有哪个角落不提供澳洲特色烹饪，而在私人家宴上，食物应有尽有——从烤牛肉到蒸粗麦粉。曾有一度，新式烹调用其最愚蠢的形式引诱着时尚的悉尼，每一样东西都塞进了洋蓟，还用草香味的木炭烤过一遍。如今，这个潮流已经逝去，那些最好的餐厅都意识到真正的悉尼特色当然应该是用最简单的方式烹调的鲜鱼和贝类。在沃森湾的港岸上，道尔家庭餐馆一连几代人反复践行着这条真理；如今有几十家餐馆都加入这一行列。趁着在环形码头等待渡轮的片刻到餐馆小坐，或者可以乘坐霍克斯伯里河上的水上飞机飞过去。它们提供的美食包括摩尔顿小龙虾、青蟹沙拉、悉尼石蚝，还有各种各样的鱼类，可以伴着新南威尔士的好酒和身旁漂亮的水景下肚。

不过，让人神伤的事实是，对外国人的味蕾来说，即使是全悉尼最新鲜最原汁原味的食物，即使是最多汁的龙虾肉或蒸煮得最完美的霍克斯伯里河石首鱼，都淡然无味，让人大失所望。外形诱人，但吃起来却像被淡水煮过一样，或者对海鱼来说，就像是从没有咸味的大洋里捉来的。只有悉尼石蚝还算名副其实。这样说我很难过，因为我30年前曾在悉尼体味过美食的乐趣。直到那之前，我对各种食物的兴致与“6点痛饮”者一样索然，但在一个朋友家享用的午餐改变了我的观点。他的寓所位于海港南岸，从海港到城市的迤逦风景在这里一览无遗。其实，他的食物并无独特之处——我记得就是一个硬皮面包，一些酱和沙拉，或者还有一块奶酪和一杯白酒——但是我的东道主用一种如此优美典雅的方式送上——将面包掰开得如此果断，喝白酒时发出几近性感的啜饮声。一瞬间，我突然明白在悉尼吃喝可以变得多么超然而快乐。

许多年过去了，我一直记得这次让我深受启发的情景中的每一个细节——食物本身，我那位讲究饮食的健壮的东道主，头顶上湛蓝的澳洲天空，树木葱葱郁郁的绿，海港里快艇上的白帆——它们都像天赐祝福，为这次体验平添光华，当然还有歌剧院的白色翅翼——直到现在我才猛然醒悟那时候歌剧院还没有建成。

“距离曼利7英里”，环形码头三号口的标志上这样写着，“距离保健1 000英里”——或者正如早期宣传语所说，“花4便士去曼利，好过花1镑去买药”。悉尼城市乐趣的精华在于户外运动。这里的气候可能不如外国人口口相传的那么舒适，但严寒从来不曾侵袭，每一年这里的日子都美好得无可媲美，令人精神饱满又神采飞扬，这让一切感官感受都变得缤纷多彩。对我自己来说，尽管我确实在这座城市经历过忧郁乃至惊恐的心情，但当我想到悉尼的一天的时候，我还是会不假思索又兴致勃勃地想到一种北半球的光彩，似乎冰岛或赫尔辛基苍白的云朵都穿过湛蓝的天空来到了此地。

城市环境的完美契合让悉尼人拥有无可匹敌的自娱天地。海港本身似乎就被设计成了娱乐设施，二百年来，那里的每个白天，都能看到在港岸垂钓的人、水面驾船的身影或在它的周围野餐的人。第一位记录在册的悉尼游乐船的主人是麦夸里时代的商人罗伯特·坎贝尔，1827年，皇家海军举办了这个城市最早的赛艇会，正式表明支持海港上的娱乐活动。在那次赛艇会上，所有的当地知名人士一一列席，人们在海港战舰的甲板上跳着四对方舞，而悉尼的职业水手们开始了自己的竞赛。截至19世纪中期，悉尼各个阶层的人们都会开船，而游泳和划船比赛成为悉尼两项壮观的体育运动；3万人参加了“世纪末”游泳冠军“瓦尼”·基兰（“Varney” Kieran）的葬礼；而帕拉马塔河的一块岩礁上还立着一座方尖碑，用来纪念亨利·赛尔（Henry Searle）——维多利亚时代后期单人双桨赛艇明星。

一队队的游船为悉尼的追随者提供服务，带着他们迷醉于水上一日游。甚至那些乘渡船上下班的人也经常会不得已地享乐一下；许多年来，一个由搭乘晚班渡轮到莫斯曼回家的商人们组成的名为“热土豆俱乐部”的社团保持着一个传统，那就是在轮船的引擎边放上派和土豆加热，然后随着美酒落肚。星期天海港边的野餐也成了一种惯例——吉卜林[1]称这是“一座野餐之城”。在那些特别适宜野餐的日子里，“领地”上通往遇荣

1　译注：路德亚德·吉卜林（Rudyard Kipling），英国小说家、诗人，1907年凭借作品《老虎！老虎！》（*Tiger! Tiger!*）获诺贝尔文学奖。

角（Yurong Point）的小径排满了各色卖泡茶用的热水的摊头，你可以看到无数这样的画面——人们把衣物散布在绿色草皮上，或者不出所料将柳藤篮挂在蒸汽船的栏杆上。野餐上的舞蹈也非常的流行，被称为“吉卜赛茶”舞；对他们来说最受欢迎的地方是罗德岛（Rodd Island），我们从哈伯菲尔德规划的郊区看去，这个小岛充满了异域风情。海港周围到处可以看到那些岁月的欢乐痕迹，在小公园，在眺望台，以及古旧的浮动码头上。怀旧纪念物里我最爱的一样是港口南岸尼尔森公园里的小亭咖啡厅；一种稀有的怀旧奶油，褐色和彩绘的玻璃杯，修饰着一些蕨菜，店外是一个浴滩，即使是风最大的日子里都可能有维多利亚风格的绅士在进行一些促进血液循环的运动，比如蛙泳又或者沿着沙滩像狗一样蹚着水。[1]

时至今日，海港依然是悉尼最好的娱乐地。周末时成千上万只游艇疾驰的场景，正是典型的快乐场景；“从悉尼到霍巴特”比赛（the Sydney-to-Hobart Race）开幕时，快艇在海岬间穿梭成线，这壮观之景便是悉尼每一年的盛大事件；澳洲国庆日渡船比赛，直接继承了1827年水手们的船赛，肯定是所有体育运动中最有娱乐趣味的一项——熙熙攘攘，东倒西歪，泡沫尾随，这些小舟沿着从品奇哥特岛到海港大桥的路线一路使足马力，拼命追赶。[2]对许多悉尼人来说，在港口有只船，便是最贵重的财产，即使只是

1　原注：从1914年拾荒者的船只从海港里拖出来的东西列表中同样可以看出，人们对旧时代的渴求也许已经弱化：其中包括3 500只老鼠、2 000条狗、1 500只母鸡和小鸡、1 000只猫、200只兔子、29只猪、20只羊、13只牛犊、9只山羊、8只羊羔、8只沙袋鼠、7只野兔和1只猴子的尸体。

2　原注：1984年也发生过一件尴尬事，48年船龄的渡轮“加拉比”号，在比赛中拼尽全力，但在返回环形码头的时候却沉没了。

用来闲晃、喝酒，或在一处平静的湾流里小歇片刻。[1]海港野餐也许已经今不如昔，“吉卜赛茶”已告终，但是吉卜林肯定能在沃森湾夏日午餐时光里找到一种精神——餐厅拥挤的桌子，都铺着白色台布，坐在长椅上的老妇人们吃着塑料盘里的海鲜，几家子人在小公园的棕榈树下漫步徜徉，亮丽的遮阳伞遍布各处，还有腐食的海鸥、喷着泡沫来到的汽艇、快艇和观光马车，远眺而望，海港大桥顶部的旗帜正好展示在布莱德雷海角的上空。

目前游艇旅行还是整个悉尼户外旅行中最受欢迎的项目。有时候，它们只是喧嚷的放着迪斯科的租船——它们被称为“洗涤之旅”，因为轮船在一夜狂欢后通常都需要一场好洗。越南战争时期也有一些声名狼藉的邮轮，美国大兵把“休闲娱乐”变成了水上性爱的同义词。不过今天大部分游轮和一百年前一样无伤大雅，我个人对海港最美好的记忆是3月里的一个晴天，一艘婚宴船在我的阳台前驶过。我可以看到新娘在船舱里，绫罗绸缎光芒闪烁，举止开放、身着夏装的人群快乐满溢。船首独自站着一个伴娘，垂首沉思，像是一具雕像，一袭暗色长裙飘逸，她一手握着旗杆，一手举着一杯香槟。

许多年来，人们对海港都非常知足，而海滩的出现则是后事。1857年，亨利·吉尔伯特·史密斯（Henry Gilbert Smith），一个英国萨克萨斯的富有移民，决定把位于海港和公海之间的岬角上名为曼利的小渔村打造成城市度假村。也许他对布莱顿

1　原注：“招聘”（悉尼某家店的玻璃窗上贴着这张略微可疑的小广告），“女人做饭、洗鱼、挖虫和做爱。必须要有自己的船只及舷外马达。请发送船只照片。”

心心念念，因此原本打算将度假村命名为“布莱顿”。理所当然地，他将这里打造成了典型的娱乐地，想必这也是你理想中海边城镇规划的一种。从岸边（那里有自己的小沙滩、游乐场和商业广场）的渡轮站沿着有浪漫意大利名字“科尔索”的宽阔人行道往下走，一直到你的眼前展开无垠的海浪拍打着的月牙形海滩。这里还有史密斯亲手种下的诺福克松树，如今已经破败不堪。那里有一个水族馆和一个博物馆，还有数不胜数的冰激凌店、比萨店和炸鱼薯条店。曼利自称为村庄，这在一个几个棚屋就能称为镇的国家里实属罕见。在这里人们感觉宾至如归，心满意足，满目绿色的海角、松树下层叠的沙子、拍着海岸的美妙浪花，所有的一切都符合一个维多利亚时代创业者心中所想的平民浴场的形象。在浴场上面的高处，有一尊砂石建成的袋鼠雕塑，类似一种标志物，它是由史密斯在1856年放置的，它从袋鼠路上的基座俯视着这一整幅活力四射的景象。[1]

正是在爱德华时代的曼利，悉尼将它的户外娱乐场完善到了极致。海浴并非一直以来都是一项流行的消遣方式。在早期悉尼，上流人士认为它是囚犯们的专利，他们沐浴是为了洗去污秽。1838年时，早6点至晚8点间任何“公共码头、大桥、街道、马路或者其他公共度假地附近或公共视域内”的沐浴都被明令禁止。人们只能在清晨或是入夜后，或是寻找偏僻的海滩去游泳。那时候有专门的监督员执法——在曼利几乎每个早晨都会有一个

1　原注：大多数人都喜欢曼利，但有一位亚瑟·柯南·道尔爵士（Sir Arthur Conan Doyle，他来悉尼讲授灵性课程）却不甚满意。听说那里有神奇的旋转浪花、熙熙攘攘的沙滩人群，还有松树，道尔先生就搭乘渡轮想亲自欣赏，但却错以为渡轮站周围平淡乏味的小海滩就是度假村所在，连船都不曾下就打道回府，完全没有看到大洋海岸。

人摇着大餐钟，提醒人们沐浴时间临近结束。1902年10月2日，地产商兼《曼利与悉尼北部新闻》编辑威廉·亨利·格切尔（William Henry Gocher）公然挑战这个荒谬的律法。一天晌午，在大庭广众之下，他套上他由颈及膝的泳衣，钻进了曼利的海浪里。[1]警察拒绝起诉，这一事件掀起了一场狂欢，最终这项规定在调侃声中销声匿迹。悉尼对沙子、海浪和大海的痴迷，之后被誉为“沙滩文化”，便是以格切尔先生的冒天下之大不韪开始的。他因此还在五年后获赠一块金表和50金镑，这些都是公众用来对他表达感激之情的。[2]

沙滩文化似乎是瞬间爆炸的，大把的金钱倾注在新电车和渡船服务上，它们带着人们直抵海滩，而悉尼将这种文化据为己有。悉尼特有的游泳形式“澳大利亚爬泳”也取代了侧泳成为目前为止所有快泳选手的选择。伟大的火奴鲁鲁卡汗毛库公爵（DukeKahanamoku）向这座城市引荐了冲浪的艺术。救生队带着惹眼招摇的全副装备，代替了之前的志愿消防公司，是当地的骄傲所在，也是工人阶级同志情谊的代言物。世界开始把悉尼人想成了沙滩一族，他们为此在海报、手册、笑话和俚语中宣传着这一形象。尤其是邦代这个名字，成了所有冲浪沙滩中最为流行的名字，并被纳入俗语，应用到多种多样的语境中。“走得像邦代电车”，意指走得和电车一般快。电车在性急的乘客的催促下，曾经会像火箭一样飞速穿过整个城市抵达邦代海滩；1973年，《悉尼参考指南》的作者鲁斯·帕克搜索枯肠，欲

1　原注：至少格切尔的记忆中是这样的：根据阿兰·罗斯（Alan Ross, *Australia '55*, London 1955）所称，一个警察指出编辑入水时穿的是一件男士礼服和条纹裤子，戴着一顶安全帽，左胳膊下还夹着一顶伞。“我看得一清二楚。”警察说。

2　原注：但当时，正如1912年他去世时《曼利新闻》指出的那样，他的行为“让每一寸土地都增值了好几英镑”。

寻找一个俗语来描绘生机盎然、兼收并蓄的悉尼市政厅建筑，他最终选定了“邦代文艺复兴”这个词。

一天因为需要解决一下内急，我不得已走进了邦代冲浪救生俱乐部，这是沙滩文化的方舟所在。这个高大深邃的建筑在中午时分空空荡荡，毫无人气，但它的墙壁上展示着老会员们的照片——他们双手交叉于胸前，排成一排，一色穿着泳衣——或者我想也许是他们的浴衣。他们代表着老一代悉尼的制高点，金黄色的头发，意志坚定，每一个人都是纯正的澳洲人。伴着胜利纪念品，对传统信心满满，我觉得他们俯看我时，就像是在睥睨很久以前一条不会游泳的波美拉尼亚种小狗，或者是在拒绝向一个手无缚鸡之力的军官敬礼。对应着沙滩文化的总是庸俗主义，当然确实悉尼人每逢周末便狂奔海洋并非是很理智的行为。这是一种本能的逃离，抵达一个让一些澳洲梦能成真的地方——有完美的社会平等、完美的自由、完美的自我表现机会、完美的懒散，当然如果你想的话，还可以伴随着费力的体能练习。这些确实只是平凡的理想。有人告诉我，入夜后的沙滩长久以来都是年轻恋人初尝禁果的地方，但是相较于世界上其他地方的沙滩，比这更为颓靡的乐趣在曼利或悉尼海岸的其他海滩并不多见。裸体沙滩很少有几个是纯洁干净到让人称道的。救生队宣称的理想是几近不可信的无私主义。铁人比赛是一项极度挑战的比赛，融合游泳、跑步、划船和跳跃于一体，就如空手道运动员所经历的苦行。[1]

1 原注：邦代身高6英尺6英寸的冠军，后来被日剧《奥特曼》选中，担纲无敌的外星英雄一角。铁人比赛的狂热之风始于加利福尼亚，但是最先被称为“铁人”的悉尼人是那些在无情鞭笞之下仍能一声不吭的罪犯。1990年，在纳拉宾铁人三项赛中，夺冠的是位于邦代的巴黎西饼店的三位糕点师。

沙滩文化最近有点式微。邦代冲浪救生俱乐部，传统上来说都是父子相承的，但是如今里面优秀的会员越来越少。家庭忠实度日渐低潮，人们有了更多更便利的选择，年轻人雄心勃勃想征服的目标通常不再是在救生员狂欢节上高视阔步地在沙滩边游行，或者以在俱乐部墙上留名的方式得以不朽。对皮肤癌和污染的忌惮之情，让沙滩的魔力日渐失色。不过在风和日丽的周末午后，悉尼的海岸依然挤满了欢乐的人群，从北面的霍克斯伯里河口到南面的博特尼湾——这世界上最壮观的享乐场景之一。窃以为这世界上再没有别的城市有悉尼这种天赋：洛杉矶或里约热内卢的沙滩没有这些悉尼海岸给人宾至如归的感觉，后者就像是家宅附近沙滩和冲浪的延伸地。

对运动的热爱是悉尼逃离现实的天赋之一——只需在各种论文中看看关于这部分的描述就可以得出这个结论。它们称这座城市从来没有像墨尔本那样痴迷于运动，后者做器械运动的人群显得更健壮：但是“悉尼这边人”认为这是因为在墨尔本除了运动没有什么可做，当然从任何一种标准上来看，悉尼对赛跑、板球、橄榄球和网球的钟情无可匹敌。这不是一种宗派或特殊人群的热衷——这里几乎每个人对此都很认同。

悉尼的赛场有它们时髦的地方，如俱乐部吧台和香槟酒吧。南部郊区的兰德维克赛马场是澳大利亚职业赛马场的总部，但是赛马在这里作为一种社会活动或者财富投机活动就像是家庭远足一样流行。马匹在城市开始之初就已成为悉尼的焦点。岩石区观景峰上国民信托组织欧文美术馆，展示着一匹著名的当地纯种赛马梅立伟的肖像：画作完成于1896年，这匹马的祖先可以追溯到八代之前1797年的哈发扎德。最开始马匹大多是从南非进口，第一个赛马场于1810年建于海德公园的西北角，而第一次赛马会则迎来了该市的达官显贵，从拉克伦·麦夸里到西米恩·洛德。[1]

到19世纪80年代，赛马的热情是如此有影响力。当双轮双座马车把赌徒们从兰德维克带回家时，他们就在回城的路上互相狂欢竞赛。不过，1990年的一天中午，我在位于坎特伯雷区的悉尼四大赛马场中的另外一个赛场观看赛马的经历却是意料之外的放松。也许我碰巧遇到了这样一个特别安静的午后，让我觉得这场比赛总体上缺乏热情。看台上并没有人潮涌动。孩子们在草场上到处玩球，还吃着冰激凌；老妈妈们在地上铺开报纸准备野餐。身着红衣的赛场管理人员骑马绕着赛道走着，无精打采又悠然自得，仿佛整个世界的时间都是他们的，直到比赛临开始时才不顾一切地跑到场地前方。场后的博彩公司看上去也是不紧不慢。甚至赛事本身都没有让人兴奋起来，尽管当然会有一群杂七杂八的俗套的赌徒面容憔悴地研究着赛程表，估摸胜算，在终点站狂叫着，恶狠狠地咒骂着，但半数人根本就没把心思放在赛马上。

悉尼的英式橄榄球比赛则是另一幅景象，而板球比赛更是有不同景观。“别管那嗜血的苍蝇，贾丁！”1932年，当一个不是很受欢迎的英格兰板球队长贾丁（D. R. Jardine）在赛场上想拍死脸颊上的虫子时，一个悉尼板球迷这样大叫道。在悉尼，板球是一项传统运动，大家都玩得很激烈，看得很粗鲁，场景宏大，让人知足，而悉尼板球场正是这项运动的历史遗址之一。

1　原注：不同于下水道的走向，就像是英格兰一样，马匹按顺时针跑，而在新南威尔士他们仍然这样做；但澳大利亚其他地方（除了昆士兰）则按逆时针跑。

正是在这里，1929年新南威尔士的唐·布拉德曼（Don Bradman）连续452次没有出局，这是顶级赛中的最高纪录；正是在这里，1932年英格兰的快速投球（bodyline）策略差点分裂了大英帝国；也正是在这里，1940年悉尼的另一个“莫里斯”，A. R. 莫里斯在顶级赛上初一亮相就在每个回合都打了满分，大放异彩。[1]这里也是无所不在的呐喊助威团“山丘”（The Hill）时常光顾的地方，各种各样的辱骂时不时就冲向场内，我想如果我在那里看一场比赛至少不至于太无聊。

事实证明，我确实没有无聊。我选择看一场夜间板球比赛，这是悉尼对当代比赛的一大贡献，这场比赛确实很棒。它融合了板球的古老魅力和足球的年轻激情。澳大利亚对阵新西兰，夜幕降临后，悉尼开始激情四射。暮色里，整个体育场灯光四溢，兴奋悸动。泛光灯下神采奕奕的球员们穿着五颜六色的赛服，拿着白色的球，就像是舞台上的表演者同时又是球场上的运动员。年轻的观众们在这里的表现就像是在一场摇滚音乐会上，有时候，潮涌般的欢呼声在看不见的指挥的精心编排下，从体育场一端横扫到另一端，像浪潮一样击碎，又以一阵退潮般的嘘声回归。有时候，当投球手开跑的时候，会伴随着全场渐强的跺脚声。如果三柱门倒了，或是球没被接住，现场的人群就会马上陷入壮观的情绪——扔帽子、纸杯和空中的气球，敲打路障，大喊大叫，吹口哨，拍手，喝倒彩和喊加油，不一而足。喝了许多啤酒和可口可乐，吃了不少薯条，等到比赛到达最后

1　原注：幸亏这一幕没有出现在新南威尔士板球史上的另一场值得纪念的比赛上。在这场比赛中（1926年在墨尔本），维多利亚队两天累积1 107分，在还剩一局未打的情况下以656分的优势战胜了新南威尔士队。

的高潮时，我有一种强烈的不安感，也许还有一点儿略带威胁色彩的兴奋——就像是人们在革命前的几小时内感受到的一样。

没什么特别糟糕的事情发生，当然（澳大利亚取胜），但是这个夜晚的某段时间我偶然越过看台望向体育场外的开阔世界时，我看到一群年轻人戴着手铐被便衣警察拘捕了——警察快速地提问，用宝丽来相机拍照，接着把他们推进一部全封闭的厢式货车里，从里头传来几下沉闷的撞击声表示抗议。我不知道他们会被以什么罪名起诉，但我确实注意到几码以外的地方，在警察的视线里，但在高高的铁丝网另一边，那些小男孩们吸着喷雾罐来取乐……

然而，用这些肮脏的场景来结束关于自娱的这一章是不甚明智的。让我们来说说我曾享受过的周六午后吧。在帕拉马塔公园无事可做，看着一望无垠连绵不断的绿意，被河流分成两半——这里原本是州总督府的领地。公园门口正在举办集市，每一处都环绕着节奏强烈的音乐，弥漫着热狗的气味。这些正在发生的事情大部分都极度传统。有人玩着保龄球，有人骑着自行车，还到处有人打着高尔夫球。当然还有悉尼人正在野餐。兴致高昂的志愿者在帕拉马塔有轨电车上工作。这些电车可以称做古老的奇迹，有时它们会沿着树下的轨道喷着蒸汽，缓缓驶来。小男孩们从陡峭的河岸爬到帕拉马塔河泥泞的底部。在一块草皮上，新南威尔士长枪与步枪社团正在研究和练习着战术，前进又倒退，他们一律带着亮闪闪的护胸甲，而在附近的一片空地上，他们的妻子穿着裙子或剪短的牛仔裤，正排练着帕凡舞。

一座小眺望台上，我偶遇了悉尼同学聚会的另一种形式。这座建于1823年的小眺望台原本是总督和客人们的更衣处。身着夏装，嘴里是闪光的假牙，年事已高的粗鲁的澳大利亚男人和女人围成一圈坐着,正享用着自助餐。他们看上去都彼此欢喜。“你上学的时候就没有敌人吗?”我问一个喜气洋洋、让我喝茶的女子。“谁会同像他那样的人为敌呢?”她回答道——边指向附近一个面目和善、牙齿稀落又红光满面的老怪人，他坐在一张椅子上，膝盖分开着，冲我眨了下眼。

悉尼的城市抱负

1. 城市功能

有时候，喝了酒或者吃了太多牡蛎后，我会对悉尼产生一种亲近的非现实感。毕竟它是一个非常奇特的存在。这个城市诞生之初就是一个集中营，和邻近的城镇距离几千英里，在世界的下半部分如此不合常规地得以长大成熟，它比大多数城市都要来得目的明确。它真的完全没有存在的必要。没有任何古代的交通枢纽或贸易路线曾彰显它的地理位置，它不是任何事物的中心地，它的原住民对它要求不高，而它明天若消失了也不会对这个世界的福祉或人类的遗产造成任何实质性的伤害。总之，在我又点了六只牡蛎后，我和自己说这是一个放纵之地，被单独创造成它自己的模样。有时候，我甚至可以想象它从来就没有出现过，而我正身处极乐幻境中；正如作家科林·威尔斯（Colin Wills）曾观察到的那样，在悉尼的夜晚，人们有时候可以感受到“和最陌生的心灵体验的一种共鸣”。

两个世纪前，这个大城市除了几个伦敦人脑海里的一个念头——一种狂野的意图以外一无所有。他们想在这个自己不曾涉足而欧洲人只造访过一次、待过几天的海岸建造一处流放地。在第一舰队出发前并没有任何人事先前去侦查。悉尼从一开始就是一个特别的地方，我认为它还保留着一种持续的贫乏感，这让它一路走一路都在向上攀登。在心情和条件一应俱全时，它就会任性地朝着幻象一意孤行。

这个城市的第一个政府公章是在1790年间盖的，这个简捷的举动宣告了它官方意志的形成。公章描述了“工业”坐在一堆货物之上，为罪犯们分配任务的场景，这总是让人联想到奥斯维辛集中营大门上的口号——工作让你自由。不过，差不多在同时，英格兰德比的乔赛亚·韦奇伍德（Josiah Wedgwood）打造了一枚纪念章。它是由总督菲利普亲自呈送的悉尼黏土塑造而成的。它的设计基于伊拉斯姆斯·达尔文（Erasmus Darwin）——查尔斯·达尔文的祖父——所作的诗《希望的悉尼湾之行》，这首诗的灵感来自从流放地传到英格兰的报道：

那里应该延伸着宽阔的街道和宏伟的商场，
宽大的马戏场，新月正弯；
那里文明之地的城市光芒四放，
运河闪闪发光，坚实的马路伸展。
那里骄傲的拱形，犹如巨人，
跨过远处波光粼粼的溪流、携手互相追逐的海浪；
美轮美奂的别墅是所有景观之最，

农场在金黄色中摇摆，果园在中间涨红了脸。
那里高高的尖塔和圆顶塔矗立，
桥墩和码头巨大的结构混杂；
每阵微风吹过，每艘舰船驶过，
北方珍品在每一朵浪花里舞蹈！

受这首有先见之明的诗歌的激发，韦奇伍德制作了比官方印章更为鼓舞人心的一枚纪念章——“希望”掌控全场，将她的祝福赐给了“和平”、“艺术”和自由的“劳动”；[1]当然，悉尼最初的抱负很快就被一个自由社会的所有机遇取而代之。不久以后，这个地球上再没有别的城市比它更不配纪念章上那克制的形象了，这是多么善意的历史讽刺。

在韦奇伍德的纪念章上，“希望”的裙裾后可以看到船锚的边缘，这是理所当然的，悉尼最重要的一项功能就是海港。[2]城市伊始，欧洲人还没穿越蓝山时，海洋不仅是流放者进入悉尼的唯一路径，更是唯一出路。甚至到它的内陆开放后，这个城市依然保持着帝国前哨的角色，向海洋寻求着它的贸易与利润。海豹、鲸鱼、檀香和塔希提猪肉，这些都是悉尼早期商品，而

1　译注：这枚悉尼湾纪念章（Sydney Cove Medallion）的设计充满寓意，表现了对新南威尔士殖民地美好未来的期待。画面上“希望”在“和平”的感化下鼓励“艺术”与“劳动”做好工作，为早期殖民地提供保障与幸福。画面背景是停靠着一艘帆船的港岸，“希望”站在船锚前方的岩石上，她将右手伸向“和平”，后者手持橄榄枝；“艺术”手中拿着调色板；而唯一的男性形象“劳动”的肩头则扛着大锤子。画面下方的浮雕字母“ETRURIA”是当时韦奇伍德名下主要陶艺厂的名称。

2　原注：很明显环形码头的桥墩是从海洋那侧从左往右标注顺序的——从陆地上看，他们是倒序的，最右是1号码头，最左则是7号码头。

悉尼湾纪念章

许多年过去了，这里还是南太平洋上原始的康拉德[1]式帆船港口之一，这里所有的船长都定期来贩卖他们的货物，寻找租船人、修理船只、贮备补给又或招收船员。[2]1841年，一个初访者细数了港口里的船只，共计有140艘——深海帆船、沿岸双桅横帆船和纵帆船、为亨特河殖民地服务的明轮艇、纽卡斯尔市的运煤船，以及霍克斯伯里河来的运粮驳船。在航运鼎盛时期，运羊毛的快速帆船去的也正是悉尼。有时候同时会有八九艘船停在港口，19世纪八九十年代时，连续七年，最知名的船只在此汇聚，其中包括"库蒂·萨尔克"号和"塞莫皮莱"号。它们都将绕过海岬，披着遮天的船帆开启回到英国老家的赛程。[3]漂亮的船只在海港上穿行而过的场景是这个地方的自豪；而悉尼最大的悲剧之一是1857年"邓巴"号(Dunbar)快速帆船在南头的午夜沉船事故，共有121个人罹难，次日清晨发现仅有一名男子幸存，其在悬崖的一处缝隙里蜷缩成一团。[4]

直到20世纪初，悉尼与海运的联系依然无从避免。很大一部分市民生活在海港的近处，而几乎悉尼的一切事物都俯视着海洋、码头、海关大楼和仓库。很多人全家都是海员、码头工人、船夫、渔民或者领航员。悉尼码头装卸工在劳工中占了大头；而像巴尔曼或皮尔蒙特效区的人们则更多在船坞和船厂里谋生。

---

1 译注：约瑟夫·康拉德（Joseph Conrad，1857 – 1924），波兰裔英国作家。康拉德最擅长写海洋冒险小说，有"海洋小说大师"之称。17岁开始当水手，后升大副、船长，其航海生涯达20余年。

2 原注：康拉德自己也来过很多次，尽管从来不是以船长的身份出现，并在1906年的《海洋联盟》（*The Union of the Sea*）一书中写到悉尼。

3 原注："库蒂·萨尔克"号次次夺冠，其中最快的一次仅用了70天。

4 原注：这艘船的锚现在还在上文提及的南头那群纪律良好的女学生们攀爬的铁道边。

从属于市政体系的伦敦铁行轮船公司在当地建造了很多被称之为有“铁行风格”的建筑，而每个修剪羊毛的季节结束时，都有几十艘笨重的运送羊毛的蒸汽船，代替原先的大型铁身帆船，在皮尔特蒙羊毛码头装载大捆大捆的羊毛。那些日子里，水岸的中心地带杂乱喧嚣，轮船在悉尼湾以达令港为中心到处停泊，一直绵延至帕拉马塔河口数不胜数的海峡和小湾里。每一张历史照片都显示整个内港都光荣地绑满了绳索，许多悉尼房子的花园上空都是远洋轮的船首。甚至直到二战前有了国际航空旅行，最初来悉尼的几架飞机也只是将悉尼看成是一座海港城市；而澳洲航空和帝国航空的水上飞机则启用了海港南岸玫瑰港作为基地。[1]

那种船只熙熙攘攘、摩肩接踵的旧有感觉如今再也不见。比如，现在悉尼湾远洋码头只看得见少许邮轮，其他的码头都留作了渡轮码头，而达令港则完全变成了旅游景点。多数大集装箱轮船都停泊在博特尼湾的一个码头，从建有方尖碑与各式纪念碑的库克船长最初登陆点看过去，它们的上部结构在忧郁的水域上高耸。就如别处一样，在悉尼，风景如画的古老指形突码头几近摧毁，若是幸存的也已是摇摇欲坠、险象环生，而最后一班开往所谓“家”的地方的铁行轮船则在20世纪70年代结束了使命。[2]

不过，这里依然是观看船只行驶的最佳据点之一，当我走到位于麦克马洪角的阳台上，那里无疑正有船只驶过。有时候，它们顺流而上，探索着去往隐藏在大桥西侧不知名的湾流中的

1　原注：前文提到的那位潇洒的飞行员仍然在那里着陆，为水上飞机装货。

2　原注：铁行邮轮“公平之星”号仍从悉尼湾出发，但它在蒙罗维亚以“啊，时势！ 啊，风尚！”之名登记在册。

游船停泊处或运煤船码头。有时候，它们正试着弯身进入皮尔蒙特港，接下来的好几天我都将看到它们的桅杆和干舷在建筑群中鹤立鸡群。我经常能看到日本的渔业母船路过，而有时候还会恰好看到一艘华丽的邮轮被推进远洋码头。一些拖船晃晃悠悠驶离港口，迎接正在进港的货船。引航艇匆忙地进入巴尔曼接领航员上岗。锈迹斑斑的中国集装箱轮船停泊在米勒斯角，正对着我的窗户，装满了汽车的庞大船只在清晨发出的汽笛声有时候会扰了我的清梦。很有意思的是，有一天我看到苏联货船“白俄罗斯”号冒着蒸汽经过大桥的大拱形桥洞，路过被祝福的歌剧院，又经过悉尼所有的荣光之处奔向大海时，这一路船员们都在打篮球，从未有片刻停歇。

在南头的瞭望台建起前，悉尼几乎不易被察觉。这个瞭望台用打旗号或信号灯的方式来和悉尼湾上方及帕拉马塔河那里的瞭望台进行交流。从建成之时起到现在，在同样的位置，这里依然是个信号站，不过如今主要是利用位于米勒斯角的水泥控制塔通过无线电来交流，这座塔在城市的任何地方都能看到。如果爬上它狭窄的19世纪楼梯，你会发现值班员一如既往警醒地盯着他的海图和雷达防线，掌控着进出海港每一艘船只的动态（有时候也会用交换信号灯光的方式来同路过的战舰交流，因为他基本上肯定是一个海军退役人员）。自1794年起，也就是他们第一次从上面的一副三脚架上吊下一只铁制烘篮的时候，隔壁也有了一盏导航灯。1818年，格林威为这个地方设计了一处灯塔（他因此获得赦免），而1919年新建的灯塔基本是按照它的形式建造的：一度，它们肩并肩站着，像是一对奇怪的白人双胞胎。

领航站并不遥远。它位于沃森湾上，以第一批领航员中的一员罗伯特·沃森（Robert Watson）命名，他曾担任港务监督长，在1815年因偷窃被解雇。许多年来，领航员都被抵充到船上——捕鲸船和小型纵帆船等，但是他们最初的通信小火轮是这个港口的骄傲。一艘又一艘的小火轮被命名为“库克船长”。这些小火轮可爱又轻快，有高高的烟囱和船首斜桅，像极了富人们的快艇，它们的甲板干净，木料涂上了清漆，甲板上的船员一律戴着宽沿草帽和编织领，时髦帅气得很，这必定会让摩根（J. P. Morgan）或者爱德华七世心满意足。正是这些小火轮中的最后一艘，“库克船长”三号，在诗中那个透明的清晨迎来了查尔斯·考斯里的航空母舰。这艘小火轮直到1959年才退役，直到那时领航员仍用手划船穿梭在小火轮和轮船之间。今天，他们出去都是靠柴油机发动的汽艇，在离海岸4英里的地方登上大船；但是，有一次我参观了他们在沃森湾的基地，发现值班员正在边读《悉尼先驱晨报》边吃午饭。我想他很可能在等待古老的小火轮中的一艘，或甚至在等待毛利人开来的捕鲸船。这个貌似水手的男人，已经完全没有了英国人的味道。

刚开始这个海港就如大英帝国的其他海港一样被组织得一丝不苟。乌鲁姆鲁湾的水域永远都是海洋保护区，而南岸的一些小湾被留作他用。天狼星湾里的战舰被拖得很远，想必是为了避免让休息的水手惹上麻烦。在中港，外国贸易商必须抛锚。那时候，从欧洲来的新闻传到这里要用上好几个月，而没有人能确信陌生的旗帜到底是友善还是敌意；那时候，捕鲸业开始被限制在莫斯曼湾，这样加工厂的血腥味不至于冒犯了市民。

现在莫斯曼湾当然被各种住宅围裹着，而莫斯曼则是海港郊区里最受人欢迎的一处。不过，悉尼湾来的渡轮依然在歪歪扭扭的入口处摸索前行，就像是在进入某处少人问津的峡湾。昔日海港的喧闹已一去不返，剩下的是旧有的隐退感。城市的喧嚣消失殆尽，海湾边上再没有马路。海岸十分陡峭，因此当你逐渐进入港口时，海风就逐渐失了踪迹。小湾流边长满了树木，尽头是一座绿意浓密的公园，给今天的人们原始森林的感觉。而在东岸，在树丛间若隐若现的，是一处孤独的沙石建筑，是阿奇博尔德·莫斯曼鲸鱼加工厂的最后遗迹，现为童子军运动的场所。这座建筑仿佛带我回到了150年前——蒸汽升腾，水池冒泡，刀起刀落，油脂四溢，恶臭冲天，镣铐摩擦声咔嗒作响，领班咆哮着，灌木丛下下水滑道里是黑漆漆的捕鲸船。

成为黄金富贵乡是帝国永远的目标，而在悉尼人们从一开始就梦想得到黄金及地球上的其他宝藏。蓝山因暗示着自由而召唤着一些人，但对大多数其他人来说，这里更是处不错的矿区。成为流亡地的第一年中，悉尼最初的知名骗子里头就有一个名为詹姆斯·戴利（James Daley，因盗窃被判七年）的人因为淘得一块金子促使群情激昂。他自称金子是从地里挖出来的：但事实是他只是熔化了一基尼[1]和一个黄铜皮带扣。他因这个谎言被鞭笞了100下。[2]后来，他们真的在悉尼找到了煤矿，并在巴尔曼进行了一小段时间的短暂开采，但最终这个城市似乎还是通过别的方式成了黄金富贵乡。有一段时间，它的财富来自巴瑟

1　译注："基尼"（guinea）是1663年英国发行的一种金币，价值21先令，于1813年停止流通。

2　原注：除了这些，还被命令穿着一件上面绣有"流氓"（Rogue）一词首字母"R"的帆布工作服。如果这样的惩罚延续至今，我们在悉尼的大街小巷会看到多少"R"呢？

斯特金矿。这个金矿不仅促生了众多投机者，更促成了金融服务、黄金储备及黄金交易。但从更长远点的意义上说，悉尼经济繁荣还是依赖于“羊毛金子”——牧羊群在这里漫山遍野，成千上万。悉尼第一批资本家是在羊毛生意上大发横财的，19世纪那些巨大的羊毛仓库是这个城市功能的有力声明。而直到今天，这些“灌木丛”（澳大利亚人对农村及山野的蔑称）在悉尼人的观念中依然扮演着重要角色。

“悉尼或灌木丛”，曾经是悉尼的口头禅，意思是“拥有一切或一无所有”。但是，大多数“悉尼这边人”依然更喜欢居住在城乡接合处的郊区“荒地”，而我也总能想象整个城市对更为乡土更为有机的活动的集体渴望。比如，这里处处可见的花园。在悉尼，几乎人人都拥有一个花园，或者想拥有一个花园。而悉尼的重要景点之一就是“领地”上皇家植物园的广袤绿地，它也是悉尼的第一个植物园。棕榈树和橡胶树散布在岸边屈身嬉戏，苍翠繁茂，披满了细长的叶子，神秘的鸟儿时来拜访，这情景是一场自然陶冶、狂野热情和自然变异的展演，因为这里种满了从英国、南美和南非等地进口的树木和灌木，让本土的绿色植物变得面貌多样。1991年，有600只果蝠移民到为它们准备的小棕树林里安了家。我也觉得悉尼对动物的记录范围要比一般城市来得广泛。在环形码头后方是一座用以纪念古老的坦克溪的喷泉。这座喷泉里塑有蜥蜴、蛇、螃蟹、长刺的食蚁兽和一只乌龟，这让人想起一块牌匾上所写的，“人类的过去对这条溪流的依赖和我们与这片区域四周之物的联系”。航海家马修·弗林德斯的纪念碑旁有一块更小的碑用来纪念他的猫“特里姆”，上面有弗林德斯为这个小动物写的墓志铭：“以此纪念特里姆，他是猫族里最优秀又最光辉的，是最诚挚的朋友、最忠实的仆人和最好的生灵。”1950年，他们为30多年前在中东与沙漠登陆军团（the Desert Mounted Corps）一同牺牲的马匹竖起了纪念碑——“它们没回家，”碑文如是说，“我们不会遗忘它们。”

种种这些万物有灵论可能都只是民间传说。当然，悉尼，尽管从一开始主要是城镇，却又天生带着浓郁乡村风味。奶牛、猪、绵羊、山羊、马匹和禽类都是和罪犯们同行而至的。曾于退伍期间在英格兰务过农的菲利普，竭尽全力希望在农耕上的尝试能有所成果。他最初的政府菜园现在位于植物园内，像一个神龛一样被保护起来，上面种着与当时一样的卷心菜、胡萝卜和甜菜根：1788年，这一尝试并没有成功，而卷心菜在我看来依然霉迹斑斑。原来的牛群大多数很快就跑进了灌木丛，几年后被发现时，已经繁衍出大量的野牛群。早期悉尼大街上游荡着小型的农畜；母鸡到处都是，山羊让人厌恶，猪像是得到默认的清道夫，在城里四处游荡。从一开始，周围的乡村就让人大失所望，像西印度那样依赖棕榈树和香蕉树种植园的殖民地梦想随之破灭。纵然如此，第一批农场工作者还是很快纷纷活跃起来，其中有些人是兼职的军人或公务员，另一些则是自由移民及被释放的罪犯。

他们中的第一个，也是第一个在殖民地被赠与土地的人是来自康沃尔的詹姆斯·鲁斯（James Ruse，因为非法入侵罪被判刑七年）。他是第一舰队上少数的农民之一，菲利普将帕拉马塔的30英亩土地授权给他。这是实验农田的开端，他的房子现在是全澳洲最古老的两座房子之一，而他的土地隔壁就是一座小公园，如今这里垃圾满地。这也标志着澳大利亚农业的真正起步。鲁斯没能走到最后，他最终成了别人农场的监工，但他明显意识到自己作为澳大利亚农场之父的地位，因为他位于坎贝尔镇的墓碑上刻着这样的墓志铭：

我的母亲温柔地重读我，
她为我竭尽全力，
当我来到这块殖民地，
我撒下了第一颗粮食，
如今和天父同在的我希望
永远留存。

到19世纪早期，农场殖民地很快就深入到灌木丛中，尽管自由农民和刑满释放者们有囚犯们帮忙干活，他们依然是真正的先驱者。这些人后来成为帝国及美国开拓者的标杆，而整个澳大利亚内陆的传统——它的牧场主，它的牧人，它的自耕农，它的畜牧业者，它的牧羊人和它的无业游民，正是在悉尼城里初露端倪。

农业从事者分为两种。主要经营绵羊生意的牧场主(grazier)是一帮聪明人，是乡村里的绅士，被公认会发展成土地巨头。而农场主（cocky）则更为粗俗，通常被细分为奶牛农场主、灌木农场主或水果农场主。当牧场主在几千平方英里土地上拥有成千上万的美利奴羊时，他的雄心壮志才算真正实现。而农场主的希望当然可以用19世纪60年代的某一天来说明——那天，帕拉马塔附近伊斯特伍德的玛利亚·安·史密斯（Maria Ann Smith）将一些塔斯马尼亚苹果的残骸扔出后门，然后发现它们发芽长大成了“史密斯奶奶”苹果。这两种农民在悉尼市里寻找着他们的市场和城市需求。一批又一批的牲畜被赶到悉尼的屠宰场的场景变成了悉尼生活的一部分；帕拉马塔路边的旅馆生意兴旺多是因为那些来赶集市的农场主们；羊毛工和农场工是岩石区酒馆的常客；而更懂风尚的牧场主则会赶几百英里路参加一场悉尼舞会。

富裕的新南威尔士牧场主在悉尼社会情景中仍然是有权有势的形象。他住在属于自己的广袤土地上，自给自足，但他也可能在悉尼拥有一间公寓，他还很可能在那里经营着一个俱乐部，他把自己的孩子送到悉尼的寄宿学校，并且像贵族一样时不时出现在大场合中。和农场主一样，牧场主显而易见地进入了全盛时期，并乐此不疲地参加年度悉尼皇家表演——皇家农业社团复活节展览——这是市民阶层全年盛事之一。表演地点包括游乐场、展馆、比赛场和商场等，而“去看表演”是悉尼一个世纪以来的家庭传统。那里有人鉴定马匹、绵羊、公牛和农产品；有驾驶比赛、骑马越障比赛和劈柴比赛等；有猫咪、缝纫、果酱或拖拉机的展示；还有乐队、云霄飞车和过山车。那里也可以看到奇趣包这一悉尼的旧风俗：商店和公司将他们商品的小样都放在一起，并用塑料袋装起来售卖，比如说伯蒂甲虫奇趣包（Bertie Beetle Show-bag）[1]，1990年时包括四条伯蒂甲虫巧克力棒、一条蜂窝太妃巧克力棒、一袋斯玛特巧克力豆和一个让人惊喜的小礼物。农产品常常都被精心摆放着，包括苹果、蜂蜜罐、橙子、南瓜和玉米棒，从地面整整齐齐地堆到天花板——甚至洋葱都被当成了修饰物，放在泡菜坛子里。到处都是农民，显而易见的农村人，牛头犬一样的脸，满面通红，通常手里拿着棍子，还常爱穿斜纹棉布裤，爱戴一种名为“阿

1 译注：原书中为“Bertie Beatle Show-bag”，经查，应为“Bertie Beetle Show-bag”。伯蒂甲虫是由雀巢公司生产的澳大利亚巧克力棒，巧克力的形状像是背着蜂房的甲虫卡通小人。

库布拉”（Akubra）的宽檐帽，用农民特有的步伐在这个地方笨重地四处踱步。在我眼里，他们都像穿越自早先的悉尼，一个没有歌剧院也没有一家越南小酒馆的悉尼，但事实上，当我告诉我认识的人说我曾去过那场展览的时候，有些人会哂笑几下，告诉我它早就不那么重要了。

但是，不管怎样我都没有错过展演者沿着大椭圆表演场进行大游行这一盛大至极的排场。其中很可能就有新南威尔士总督，他会坐着四匹马拉的马车来到这里，经过每一个站在近旁的悉尼达官显贵,但这里唱主角的还是从“灌木丛”里来的人们。游乐场作为背景运行着，一架过山车忽上忽下，另外一辆空中缆车晃来晃去。而画面前景中，乡村人民的露天历史剧正在掀起惊人的高潮。展览者沿着同一个轴心一圈一圈地游行。马背上马术表演者时髦帅气，打帐篷桩的人手持长矛，花式骑马竞赛堪称完美，穿着靴子的壮汉领着牛群到处闲荡，夏尔马高大健壮，绵羊在卡车后斗里滚动——所有事物都有条不紊匀速地循环着。随着舞台上越来越拥挤，人群围成的圈子越来越紧，人们兴奋起来，尘埃升腾而起，看上去越来越像某个被围困的沙漠商队——一大群不断绕圈的男人、女人和动物。在人群外围，可以看到为大游行添上最惊心动魄一笔的车阵场面，几十辆疾行的双轮马车嗖嗖地绕着圈，快得无可匹敌，把各种各样的牲畜赶了出去。面色冷峻、双唇紧闭的澳洲上流人士驾驭着这些马车，雄赳赳气昂昂，戴着高礼帽，他们神情严肃地骑马奔跑着，好像这些动物不是用来表演绕圈的，而是用来宰杀的。

重工业从来没有在悉尼占过支配地位，在城市中心它鲜有痕迹。一位庆祝1879年悉尼世博会的诗人的作品告诉我们，就像新南威尔士自身对产品大展的贡献也只有矿产、黄金、葡萄酒、健硕的畜群和快乐的少女那样，如果悉尼今天正在筹备一场展览，也差不多是如此。汽车业曾经在这里兴起，但工厂最终倒闭。这里曾经有船厂，不过现在已很少见。参考书上提到了纺织品、机器和交通工具，但是你永远都看不到。尽管数据称30多万的悉尼人在制造业工作，当我问那些消息人士这些人制造了什么时，没有人能说出个所以然。

悉尼本地的产业是“中间商产业”，中间商在20世纪80年代经济景气时盛行而起，势如破竹。服务业在那时给悉尼灌输了一种全新活力，其中有期货与期权商、房地产商，有广告人和营销员，有电脑人才、经纪人、银行家、艺术商、律师、拍卖商等，当经济破产时，就如苏富比拍卖公司的发言人说的，“在拍卖行业和清算行业之间新的联系应运而生”。就像其他所有地方一样，旅游业这种基本属于非生产性的产业在悉尼初现端倪，风光亮丽，也被赋予了悉尼特色。悉尼旅游业的事实与数据，如果它们不是瞎编的话，都告诉我们这个产业的前景毫无疑虑，而这个产业的运营风格也是毫无顾忌。“如果我知道答案，就一枪崩了我的脑瓜吧。”我听到一个导游在被人询问时不假思索地回应道。当我在书中读到两个歌剧院导游在“心理测试”后丢了工作时，我丝毫不觉得惊讶；在我看来，这类从业者总体来说也许会在罗夏墨迹测验[1]中表现得很异常。[2]

相较于其他城市来说，我认为悉尼的经济状况对市民生活

1　译注：人格测验的投射技术之一，由瑞士精神科医生赫尔曼·罗夏（Hermann Rorschach）于1921年最先编制。

2　原注：旅客似乎也毫不在意。我不小心听到一个日本游客正为这场旅行在感谢那个以自杀来回应的导游：“挺有意思。下回再见。”

的影响要更为直接而迅速。在经济景气时，当时当地，几乎每一个人都欣欣向荣；经济不景气时，到处都有人破产，公司成百地裁人，电视明星发现他们的片酬一落千丈，而悉尼瞬间就意识到，就如同其他城市，它也会有流浪汉、无业游民和倒霉鬼。这并不是什么新鲜事，澳大利亚的经济过多地倚重于世界货物价格，甚至已经到了危险的程度。纵观悉尼历史，这个城市见证了资本主义的跌宕起伏——如果单从这方面讲的话，这个城市"生来摩登"。它的蓝领工必须努力斗争才能获得保障，它的经济管控阶层则活得提心吊胆。"贪欲是好事"，有一天我从报纸上剪下的一个广告上如是说，"结果会更好"——这哲理并不让人轻松。夜深了，在市区摩天大楼的窗户后面，你也许会看到年轻的商业银行家正伏案工作；过去，这个时候只会看到围着花围裙、戴着头巾的清洁工，如今看到的是这些穿着长袖衬衫的年轻人在他们的转椅上摊开坐着，喝着大塑料杯里的水，盯着电脑屏幕上不停闪烁的一片绿色——悉尼的午夜恰是法兰克福的中午，而纽约的证券市场才开门营业。

在我想象中，从细节上来说，类似的年轻人在悉尼经济蓬勃的所有时期都会像这样专注于工作，而只有当萧条降临时，才会有所放缓，或直接请苏富比估价拍卖东西。来得容易，去得快。就如1828年一个记者在《南亚记录》中报道的那样，在悉尼"富贵无常"，这篇报道讲述了一个前银行家在大街上售卖羊肉饼的故事。与此相契的是，悉尼早期一个银行经理的儿子约瑟夫·波茨（Joseph Potts，殁于1838年，葬于博特尼湾畔）的墓志铭上这样写着：

让我们不要为了你的天命

怨天尤人。
哦，天父。他们只是
债务。

无论如何，在悉尼这样天生无忧无虑又气候宜人的地方，没有人情味的赚钱方式可能显得反常到好笑。在5月的一天，心旷神怡，微风和煦，空中弥漫着自由享乐主义的精神，我在前往海港吃牡蛎的途中，拾起一张从街上被风带来的纸。上面言之凿凿地写着："X看上去似乎不能为我们提供主要基于数据库的精确市场配置。他们对决策支持模块的见解一般。"

人们曾经认为悉尼就思想功能来说，甚至以澳洲的标准而言，也是一处文化沙漠。墨尔本曾经是个文化知识中心，而悉尼则曾是浮华秀场。也许这是对的。拥有一架钢琴可能让乔治·沃尔干（George Worgan）在18世纪80年代的悉尼占尽风头，不过近150年以来，悉尼社会看上去的确曾经恶俗不堪。时代的大幕渐起渐落，悉尼最初追随的对象是其严格的英格兰先辈。当悉尼大学在1852年建成时，它必定拥有中世纪风格牛津剑桥的方院。奠基仪式上，学识渊博的创始人之一约翰·伍利（John Woolley）预言，不出多久"我们美丽海湾的静谧湾流会在它们明澈的深处倒映出许多小礼拜堂、画有壁画的大厅、庄重肃穆的修道院和令人心生愉悦的花园，就像它们如宝石一样点缀着伊西斯河和康河两岸那样"。[1]随后，一个更具澳大利亚风格的

1　原注：他在有生之年都没实现这一梦想，因为14年后他就在比斯开湾的海难中葬身海底。

知识阶层得以形成，艺术受大众欢迎的程度得以大大提升，而歌剧院也最终建成开放。诺贝尔文学奖颁给了悉尼小说家帕特里克·怀特（Patrick White），悉尼歌剧演唱家“让人惊叹的人”琼·萨瑟兰（Joan Sutherland）[1]誉满全球，悉尼作家、电影人、画家和演员走遍世界，在我们这个年代，文化变成了一种大众活动。

新闻业踏上正轨。一些最聪明的悉尼人总是会和报纸扯上关系，一心想让它们成为自己政治抱负的喉舌。报纸还将公众才智与辩论的元素带给了这座大多数市民不识字的城市。而对那些受过良好教育的年轻移民来说，新闻业是最触手可及的脑力工作，因此这里就如纽约一样，报纸担当着良好文笔与心理能动性的培养皿。比如才华出众的年轻编辑爱德华·史密斯·霍尔（Edward Smith Hall）在1811年到达悉尼，他曾经是新南威尔士民主制度运动的领导者。他文思泉涌，一刻不停地发表了大量评论来支持这项运动，以至于自己的生活被诉讼和监禁所包围——他曾经将时任总督的拉尔夫·达令描绘成一个暴君，残暴程度仅次于莫卧儿、俄国沙皇和中国的皇帝。1880年创立的周刊《公告》后来成为最知名的英文杂志之一：它宣称的创刊目标包括实现民主共和，废除土地私有制，义务人寿保险覆盖全民，以及倡导彻底澳大利亚式的澳大利亚人——“卑贱的华人、卑贱的黑鬼和卑贱的欧洲穷人都绝对排除在外”。

就像现在一样，碰到悉尼的媒体，你要倍加小心。1853年，

1　译注：1960年琼·萨瑟兰在威尼斯凤凰歌剧院演出亨德尔的歌剧《阿尔辛娜》，获得了“让人惊叹的人”（La Stupenda）的美名，从此这一称号便成了她的代名词。

《帝国》称，一个政治家的雄辩让人想起挖泥机，“缓慢又费力地断断续续掏出整桶整桶的烂泥”。1887年，《公告》将毫无远见的亨利·帕克斯先生形容为“冷血的、忘恩负义的抵押土地的老贩子”。《真理》在1903年这样写被全民偶像化的梅尔巴[1]：“许多舞台明星都曾有过飘忽不定的历程，但是没有人像她这样恶俗，这样贪图享受又自以为傲，还这样不分青红皂白的残忍。”《三人组》艺术批评版评论了1920年汤姆·罗伯茨（Tom Roberts）的两幅裸体画，称它们“画出了一种特殊的轮廓，这个轮廓会吸引一个奶酪商，他们基本不值得脱光”。帕特里克·怀特在1956年被告知他写的东西是“装腔作势、文盲的语言、一堆烂泥”。1990年，一部美国电影被《悉尼先驱晨报》评价为“一堆恶名昭彰愚蠢暴力的白痴素材”，而一家餐厅被称提供“冷漠无情的食物、虚无缥缈的气氛、恐怖的噪音和启斯东警察（Keystone Cop）[2]般的服务”。毁谤中伤当然从未间断，而最近几年，甚至关于建筑和食物的评论都会因毁谤牡蛎沙拉或取笑地产开发业而遭到起诉。[3]

早期悉尼艺术家百花齐放，当时他们是最不可或缺的历史

1　译注：女高音歌唱家奈丽·梅尔巴（Nellie Melba）1861年出生在澳大利亚的墨尔本，原名为海伦·波特·米切尔（Helen Porter Mitchell），后为纪念出生地墨尔本，她改名为墨尔本的缩写梅尔巴。

2　译注：20世纪初期的默片喜剧中经常出现的一群愚蠢而无能的警察形象。这个短语如今通常被援引指涉任何一群屡屡犯错的人，尤其当这些错误导致之前所做的努力功亏一篑时，或者当团体内部缺乏有效协调时。

3　原注：尽管最近《悉尼先驱晨报》上我最欣赏的评论文章并无偏颇。这篇文章描写了一场12世纪法国手摇风琴音乐会，这个评论者发现琴手们“为这种音乐加入了一种风格，带着对真实性的暗示，当然还可以想象到其他的表现形式”。

回忆录作者。不久后，他们获得的尊重就渐减，而悉尼比其他多数城市更为喧闹地经历了艺术偏见及重估的一般阶段——一会儿哂笑印象主义，一会儿嘲弄立体主义，一会儿又嘲笑抽象派，后来终于带着一种特别由衷的欣喜之情意识到它们其实都有利可图。直到1886年悉尼本土才拥有了绘画学校，当年，墨尔本艺术家朱利安·艾什顿（Julian Ashton）来到这座城市并创建了一所艺术院校。接着，和他同时代的主要澳大利亚画家阿瑟·斯特里顿（Arthur Streeton）、汤姆·罗伯茨、诺曼·林德赛（Norman Lindsay）、罗伊德·里斯（Lloyd Rees）等都纷纷效仿。而悉尼和它的海港首次没有被视做欧洲理想的反射，而是被看成它自身美的源头。大多数艺术家都是被南半球的气候诱惑才纷至沓来，这里总让人想到淡紫色的诱惑暮光，如威斯勒般的迷人夜色、花团锦簇的花园里慵懒的调情、放荡不羁的自由和对经典的模仿：正如诗人麦卡乐（J. A. R. Mckellar）在一首描写渡轮泅渡海港的诗里写的那样：

海洋之唇为拖延暗自抱怨，
可爱的月亮不再拒绝，
从黑暗的臂膀间溜走
约会年轻的沃克吕兹的以弗所人……

艺术家在悉尼谋生也相对比较容易。这里也许依然是个没什么文化的地方，但它总是留心着最有利的时机，而艺术和商业之间的联合目前已经实现。悉尼高档百货大楼都有自己的画廊，而最终悉尼成为全球最精明又最有艺术头脑的城市。如今当地时尚艺术家家喻户晓，而作为亚文化的艺术商也非常活跃，聚居在内陆郊区被统称为“画廊地带”的地方。有些画廊之所以欣欣向荣全然是因为它们是投资中心而远非审美中心，有些是社交活动的中心，而有些则为主人创造了大量财富——当代最为重要的艺术商在退至幕后时购买了亿万富婆芭芭拉·哈顿（Barbara Hutton）在丹吉尔旧城区的老房子。但艺术商中也有一些是非常有文化的。尽管动机五花八门，悉尼还是成为特别关心艺术又熟悉艺术的一座城市。在哪里还能看到计程车后座上的广告是一场摇滚音乐会、一次奋兴布道会，又或是一场即将到来的肖像摄影比赛呢？

普通市民对文学的兴趣就没那么浓烈了。有少数国际闻名的作家定居悉尼，但是这个伟大的城市几乎都没意识到他们的存在；不过无论如何，总有一些非常明显的例外，他们会长时间待在国外或像隐士一样隐退弃世，又间歇性地进入当地人的注目中心——当评论者或讣告作者将其描述成“高个罂粟”的时候。这里并不缺好书店，正如一个人可以从悉尼作家的简历中看到，文学获奖作品多到让人惊叹，似乎每个人都得了一两项（更不用说在伦敦获得布克文学奖的两位作家[1]了）。根据我的社交阅历来评判，这里学术类的文学人才也过得足够富足，这些人涉及的领域包括结构主义、极简主义、语境主义、后马克思形式主义或多元意象等。尽管如此，这里对文人来说通常依然是片无情的土地。民谣歌手巴克罗夫特·伯克（Barcroft Boake）于1892年在中港边凯美瑞的灌木丛中用驱赶牲畜的鞭

1 译注：这里指的两位作家分别为1982年凭借《辛德勒的方舟》（*Schindler's Ark*）获奖的托马斯·基尼利（Thomas Keneally）及1988年凭借《奥斯卡与露辛达》（*Oscar and Lucinda*）获奖的彼得·凯瑞（Peter Carey）。

子上吊自尽。亨利·罗森（Henry Lawson）则在酗酒的泥潭里越陷越深，他于1922年死在阿博茨福德郊区，死时醉得不省人事。他贫困潦倒，孑然一身，并写有自怜诗一首：

> 在这块土地上运动是神圣的，劳动者就是神祇，
> 你必须迎合人们，成为泥土中的勇士。

悉尼的其他作家，从他们的时代到我们的时代，都有逃离澳洲的需求——正是悉尼《真理》杂志在1906年时观察到，如果澳洲从不曾适合诗人，那么它必然被这样记起："他们大多数人待过的这片地方是片多么愚蠢又烂醉的土地。"

而悉尼的剧院多数都是非常平民的。第一出被搬上舞台的戏剧是1789年法夸尔的《招兵官》，由罪犯组成的剧组为菲利普总督献演。这次表演似乎取得了巨大的成功。"我不得不说，"坦奇这样写道，"三四码长的花纸适当地分布着，十几支小蜡烛台绕着一个囚犯小屋泥墙插着，处处洋溢着满足的气氛。"不过，英国复辟时期喜剧得到的反响全然不是如此。悉尼的品味更倾向于情节剧、闹剧和讽刺剧，在后来的几年，戏剧贸易帮了忙。巴内特·勒维曾为大众提供了他们所要的一切，而如今掌控了城区多家剧院的经理人美国人威廉森（J. C. Williamson）对人们来说总体而言只是一个矜夸自负的人——他的公司骄傲宣称，自己就如海港大桥和曼利渡船"南斯泰恩"号一样称冠大英帝国。

悉尼是一个音乐厅城市，是英国轻歌舞巡回表演的延伸部分，而如果有一个一流的表演者来到这里，那就必定是人尽皆知的明星中的明星。比如，"瑞典夜莺"珍妮·林德（Jenny Lind），这个时刻准备着在任何地方为任何人表演的歌星就曾

来过。罗拉·蒙特兹（Lola Montez）曾在这里表演过她著名的蜘蛛舞，却只留下酗酒的名声，甚至有一种鸡尾酒被命名为罗拉·蒙特兹——朗姆、生姜、柠檬加热水。莎拉·贝恩哈特（Sarah Bernhardt）来的时候身边带着两条狗、一只熊、几只负鼠和鹦鹉、一只乌龟，还有250双鞋子。在悉尼早期，剧院本身就充满了民主的活力，无论是上流阶层还是平民百姓都可以经常造访，恶棍们在剧院门口到处闲逛，看看有没有机会恶作剧，而妓女们在幕间休息时在各个货摊前悠来晃去。

悉尼有三家最受追捧的戏剧公司，他们的工作囊括了耳熟能详的经典剧到晦涩难懂的先锋剧。但总体来说，剧院仍然被纽约或伦敦来的大音乐剧占领着，而更严肃的剧目则只限于市区外围的剧院。墨尔本剧作者杰克·希伯德（Jack Hibberd）曾在1986年写道，剧院“痴迷于色彩、动作和撩人的效果，充满了或离奇古怪，或老式陈腐，或奢侈逸乐的嬉耍喧闹”；[1]或者就如最近的一个批评家说的那样，“汗流涔涔，性感撩人，快速又兴奋”。同理，电视娱乐也大多让人眼花缭乱，目不暇接，或者就像是当地从业者所说的“顽童当头”，但一些出色的电影也同样诞生于此，这让一些“悉尼这边人”有资本大谈“我们的电影文化”。你在这里可以观赏芭蕾，当然还有歌剧和无处不在的摇滚乐。在这个城市经常能遇到戏剧演员和戏剧活动。1990年的奥斯卡颁奖典礼有一段就是从悉尼歌剧院的一家餐厅电视直播到好莱坞的，当时我也把脸紧贴着窗户，和一群粉丝或流行乐迷一起凑热闹观看着。哦，里面娱乐现场的魅力无限！通过餐厅另一端的玻璃窗可以看到一艘救火船在海港大桥下喷着水，

1 原注：参见他发表在吉姆·大卫森编写的《悉尼—墨尔本之书》中的文章。

在这壮观的背景衬托下悉尼星团熠熠闪光。花团锦簇间是半红不紫的影视明星，正向其他位置上的朋友挥手致意，当一个澳洲人的名字突然在典礼上出现时，掌声雷动，无论镜头转到何处都可以看到他们的笑容更为可掬，交谈得也更为愉快。那里有帽子、许多手镯和一对大如汤盆的淡紫色耳环。“哦，天哪，”我身边的女孩们失声大叫，“这不是克雷格·麦克拉克兰（Craig McLachlan）[1]吗？”“哦，天哪，”我响应，“难道真的是吗？”

更有意思的经历是，有一天我走在布鲁角的一个小公园时，亲眼看到一个演员，手里拿着电影脚本正漫步在小径上，默诵着他的台词——也是一个非常有表演天分的演员，专心致志，双目炯炯有神。

游客（和在悉尼的外国人）有时候仍然会声称发现悉尼俗不可耐。当然它有无赖阿飞式的人物，但更让我惊诧的是它文化嗜好的力量。这里看上去很像半个世纪前的芝加哥，努力奋斗着想要赶上潮流。悉尼的五所大学培养出了许多杰出的学者；悉尼的出版业是一片沃土；悉尼的交响乐团技艺精湛；悉尼的舞蹈团精力旺盛，不知疲倦；州艺术馆每天里三层外三层；州图书馆宏伟华丽；应用科学电力博物馆位于达令港悉尼电车的旧发电站，几乎包罗万象，并被公认为是世界上此类博物馆中数一数二的。歌剧院平均每年都上演16出歌剧，进入冬季后几乎夜夜都有。每年有1 000人申请就读国家戏剧艺术学院。

在悉尼的名流群中，在运动员、百万富翁、演员、政客，

1 译注：克雷格·麦克拉克兰（Craig McLachlan）（1965—）是澳大利亚著名演员，音乐人和歌手。

那些罗森所厌恶的英雄–笨蛋中，知识分子也已经被认可为一份子了。约翰·安德森（John Anderson），1927至1958年间担任悉尼大学哲学教授，通常会以悉尼文艺复兴的首席专家一而再地突然出现在一些对话里；城市枢纽马丁广场以威廉·多贝尔不太合宜的雕塑为象征；小说家帕特里克·怀特既然已经辞世，[1]就肯定会在不久之后被政府加入圣徒之列；歌剧演唱家琼·萨瑟兰尽管还依然健在，已经多多少少被神圣化了。而悉尼尊贵之子之一是这个城市最负盛名的应用科学家，卒于1915年的劳伦斯·哈格雷夫（Lawrence Hargrave），他不仅被毫无异议地推举为澳大利亚战斗之父，更是世界飞行术的伟大创新者。

若要为悉尼的城市功能调查作个总结，最好纪念一下上述这位天赋异禀的市民，因为哈格雷夫是经典模具的发明者、制图员、天文学家、考古学家，只是脾气稍显暴躁。有时候，人们会看到他穿着充气鞋走在双湾的水面上。他坚持认为远在英国人之前，西班牙人就登陆了悉尼，并声称他已经在岩石铭文上找到了证据。他是飞机原型箱型风筝的发明者。1894年，他用四个这样的风筝组合将自己带离地面16英尺，这一成功的试验对莱特兄弟七年后发明航空飞行器有着直接的启示。

哈格雷夫从来没有获得过任何发明专利，而是自由地将自己的想法公之于众并与所有提问的人分享他的观点。他听上去是个彻头彻尾的悉尼功能主义者。他不仅在这个城市的记忆中留下了仁慈又古怪的一面——水面行走、放风筝或者争论西班

1 译注：澳大利亚小说家、剧作家帕特里克·怀特于1990年9月30日过世。

牙人那些事，而且也在20澳元的纸币背面留下了自己的形象，闪耀着高瞻远瞩的光芒。

2. 公共体系

这个广袤又复杂的都市，用如此精心准确的方式组织在一起，对行政者来说必定是种考验。悉尼浓重的官僚气息并不怎么让人惊讶。一端是联邦政府，下面是州政府、市议会、所有地方行政机构和多种多样的董事会、信托组织和委员会，另一端是亨特斯山市议会——这个城市到处都在进行政府和政治活动。也许正是这些促使悉尼对有关政府的整个流程产生了一贯的蔑视之情。在我看来，1990年的大选举招致了排山倒海般的冷嘲热讽；"政客都是恶棍"的涂鸦很好地表达了公众的态度。

这个城市最高政治竞技场是新南威尔士州议会，以麦夸里大道上的议事厅作为据点，欣欣然地俯瞰着"领地"，最近还配备了屋顶花园和游泳池。我在一个轻松的午后，路过议会大厦，一时兴起，想到里面去旁听下院立法会的辩论。这让我大开眼界。议事厅小而复杂，当天下午无论是议员席还是门廊上都拥挤不堪。从麦夸里大道和煦日光中的自由状态进入到这个有限的空间，我一下子就感觉到它的规模之小，它的人造光和强烈的隐私感让我想到了一个18世纪的驾驶舱。那里有一种罗兰森[1]绘画里的气氛，人们忘记了辩论的主题，但却生起了一种奇特的热情。

1　译注：托马斯·罗兰森（Thomas Rowlandson，1756－1827）是英国艺术家、讽刺画家，有"现代漫画之父"之称。

下院立法会议事厅

有时候，甚至连游廊里的人也参与其中，大叫大嚷，发出嘲讽的笑声，对着议员席侮辱一把，邪恶的揶揄同责备在这个大厦里飞来飞去——“杂种”、“长发饭桶”、“完全就是神经错乱”。一个亲政府者气愤地指出，对手正在到处散发糖衣炮弹。一个部长，抱怨称有人偷了他的笔记本，被回敬一句“去你的”。最让人窘迫的争斗者里有一个男人，恰好是我的熟人，我本来觉得他是个文明且有善心的家伙。但他变了。他像个精神错乱的原告大步走到议员席，破口大骂对方是疯子、骗子、恶棍；他挥舞着手里的纸张像是在挥舞着符咒或散布着威胁；他的面庞狰狞扭曲，他走火入魔了。

但是，当我向一个同事描述这样令人惊恐万状的“变形记”的时候，“哦，”他答道，“他只是逢场作戏而已。”悉尼的政治就是这样。许多利益集团相互摩擦，权力的不同层面互相碰撞，这让古老的恶意形式或多或少都在意料之中，就像是某种安全阀一样。在别的西方城市几乎不会像1990年的悉尼那样有这种说法，为敌对政党投票就像是一个孩子机警地从一个雨衣怪人那里接受糖果，或者说，反对派候选人像一支用过的栓剂那样有魅力。那场在议会里的辩论算不上什么特别的，当然也没什么是隐私的。议事会在所有的时间对所有人开放，一点都不大惊小怪。我毫无防备地碰到的确实是一场家庭争吵，而非生活以外的体育比赛。

我认为，悉尼第一场如火如荼的政治运动发生在1808年。那年朗姆酒保卫队行军到总督府，以专制之名将总督布莱抓捕。[1]

1 原注：他的女儿手持阳伞在门口面见他们，但他们最后还是发现总督躲在床底。总督称这是为了藏好州政府的文件，而那些叛军则称他只是为了把自己藏起来。

自那次以后政治叛乱再也未曾爆发，但也从未被斩草除根。相反，它已成为惯例。抱怨、嘲笑、嘘声、呵斥、轻蔑、大声的“可耻”和讽刺的插话总是在议会辩论上层出不穷——1880年，亨利·帕克斯称他的议员同仁用肮脏的躯体污染了地球的表面。英国游客，如果旁观了这位远方密友的发展，必然会大吃一惊。在悉尼，政治行为不但粗暴不得体，而且还时而偏激时而民主，没有定数，更不必提不忠与背叛。[1]

尤其反讽的是，在这样一处在严苛的权力信念上建立起来的殖民地上，劳动人民的话语竟能如此粗鲁无礼。早在悉尼还是流放地时，劳动人民就享有一定的权利——罪犯们按照任务逐项工作，而不是按照时间，而在他们的自由时段，他们可以出卖劳力给任何想要购买它的人。1828年的《主仆法案》对雇员的要求非常严格（疏忽职守可以判刑长达六个月），但是也给了雇员申诉的权利。而19世纪80年代，受人爱戴的莫特在修建自己的干船坞时，认为有必要给予每位履行了合同的劳工一块终身保有的园地。20世纪30年代，劳工团体有时候似乎是全能的，而它们对悉尼民生的影响仍然比西方其他城市的同类组织更为微妙而有力：比如他们引导政府为劳工没有使用的病假支付补贴，而掘墓者团体最近正在发起运动，要求每月能休息一天。

悉尼市长大人，理论上来说是最高行政官员，但他的权力范围随着时间流逝不断变化，因为渎职或腐败，他的市议会一

1 原注：甚而连社会主义者比阿特丽斯·韦伯（Beatrice Webb）都认为这里的政治场景令人生厌；1898年当她会见了悉尼市领导后，报道称市长大人毫无演讲技巧、举止笨拙、稀里糊涂而且“身上有浓重的威士忌酒气”。

而再地被委员会取代。他的权力总是被紧紧限制着。事实上，他只是市中心地区的市长大人，管辖着2%的悉尼居民。1841年法律规定城区为市级行政区。但甚至在城区范围之内，也有一部分是受英联邦和州政府控制的。他的管控领域周围或多或少被其他行政机构统治着，而参照旧伦敦的模式发展出一个大悉尼议会的努力屡试屡败。大悉尼的大部分区域会被称做坎伯兰县，但是在其范围内共有36个市和6个郡，它们的领土面积大到1 000多平方英里，小到不足3平方英里。

郊区的行政机构通常独立自主，非常棘手，批评家们总是抱怨悉尼没有市民忠诚度，有的只是一群各持己见的骄傲的本地人。至少已经有一个郊区宣称自己是个无核区（Nuclear-Free Zone）。如果我想真的了解悉尼的一切，时不时就会有人劝我去朗斯维尔、林德菲尔德或恩加丁走走。在外围郊区人们还是会说“去悉尼”，一如当班克斯顿还是灌木丛里人迹罕至的一片土地，而彭里斯尚是一个边区村落时他们的祖先说的那样。19世纪60年代，威弗利市开始和悉尼在后来成为百年纪念公园的这块土地的所有权上展开了互殴。威弗利市长是个威尔士人，他的人民拉倒了藩篱，烧光了灌木，最后男男女女齐上阵，对市民代表进行了身体攻击——并“动摇”了，当时的一家报纸如是说，“他们逃匿了”。

悉尼人给人的总体印象是他们都是无政府主义者。现在看上去这种印象并非总是事实，而这座城市如今给人的印象是被过度统治了。一个小型精简的政府对这座城市的发展颇有助益，而在它麾下谋生的人们随处可见。尤其是一些女交通管理员——用当地方言说就是“灰色幽灵”。她们在人行道边昂首挺胸、高视阔步的样子已经成为小型官僚作风的漫画像：我在悉尼的时候，就有一个臭名昭著、官腔十足的交通管理员被报道以非法停车的名义扣留了一辆警车，还斥责邮政车司机在一个邮筒前停了太长时间。如果在城市里随便兜一圈，你就会时不时遇见“权力中心”。当然，整个城市在市中心有一个象征性的总部，就在市政厅里。不过，它只是一座市中心的市政厅（Town Hall），而不是一般意义上的市政厅（City Hall），它像许多其他市政厅一样，向这个地方的不同角落暗示着它的繁荣盛况。

总体来说，悉尼的郊区彼此之间并没有太大差别。[1]当人们在千篇一律的大街小巷漫步，穿过数不清的红绿灯时，常常会看到前方开阔了些，接着又看到一些树和市政花坛，那么，那里就坐落着一座当地的市政厅。通常，它包括一座塔楼，有时候还附带着一间法庭，旁边还有一个警局或邮政局，某一类型的纪念碑，或者甚至是一座塑像。它展现了地方尊严的悠久传统，而这种传统可以一直回溯到维多利亚时代英国的公民心愿。北悉尼法庭加邮局加警局的复杂塔楼一直以来都是北岸最高的建筑，它越过海港看着悉尼湾，像是在宣称独立——而确实，就像布拉德菲尔德预言的，它曾经最低调的郊区现在和桥另一端的悉尼市中心一样风光。巴尔曼的市政厅，尽管遭受了一系列的丑闻和权利剥夺，却依然是混乱的郊区里一件风格优雅的装饰品。甚至在最杂乱无章的地区，这些市政厅建筑也暗示着某种凝聚力，而其中有一些还很可能让人感觉政府的组织亦美轮美奂。

尽管市长、议员和文书这个群体在这个大都市不断扩散，

1 原注：尽管康士比郡声称自己是最具悉尼风范的：欢迎来到康士比。我们致力于提升康士比郡的品质，为我们的顾客提供心满意足的服务。

仍然有一种强烈的懒散感在悉尼体制中蔓延。“别担心”——“没问题，伙计”——这些亲切而古旧的悉尼咒语太过频繁地在这个地方的日常生活中出现：我在悉尼看到的最没有说服力的告示是在中央火车站的门上贴着的一句话“全面项目控制”(TOTAL PROJECT CONTROL)[1]。菲利普原初的悉尼并没能躲过权宜之计。在第一舰队中，几乎没有人知道怎样建房子或者怎样种土豆，而皇家海军里最有效率的军官在必须建设一个殖民地时也只是纯业余选手。在最初的30年里，这里没有官方货币，而经济系统基于物物交换、债务、汇票及军队出纳员的条子、各种各样的外币和一种通孔钱币（Holey Dollar）——这是种西班牙钱币，中间部分被冲压出来，环形部分和中间部分各有价值。几乎一切都要从头开始，从灰泥（用碎蛤壳制成）到治疗痢疾的手法(用赤桉树的叶子)还有啤酒(用给罪犯做泡饭的玉米残渣发酵，再用醋栗茎干调味)。州总督府漏水严重，发出阵阵恶臭。而第一艘悉尼制造的轮船压根就开不动。

这种草率至今尚存。“对不起，我们的电脑坏了。”这是悉尼法院常见用语，而“电梯故障”则是另一惯常用语。有一次我去麦克马洪角坐渡轮时，他们忘了带上跳板，所有老年乘客不得不靠别人扶着上岸，而更多更极端的事例一直不绝于耳。亨利王子医院的手术室天花板上掉下来一只猫。四个年轻人洗劫了一户越南人家并用刀枪威胁他的家人，后者打了000紧急电话；他没能在电话里解释清楚状况，结果被告知“滚蛋”。一位女士，买了一袋花园化肥，发现包装上有个咨询电话可以询问使用方法；

1 译注：全面项目控制是一种强调持续追踪并不断优化投资回报率的项目管理方法。此处应指火车站的一切事物皆在掌控之中。

她打了过去，对方却用马其顿语和她大谈艾滋病。悉尼的火车晚点时，我们发现它们被告知忽略几个既定的站点以便赶上时间。更为恐怖的是，从1963至1979年，一家位于南岸切姆斯福德郊区的私人精神病院采取了一种称为“深度睡眠”的治疗方法，它在不知病人病况的情况下就将其置于长期休克的状态：26人因此死亡，而更多的人则从此残废。尽管病人被允许送到公立医院做康复，相关部门还是花了几年时间才采取行动。[1]

而最为拖泥带水的工程还是要数悉尼歌剧院的建造。没有一个城市曾承担过那么大胆或如此令人艳羡的任务——建造一座大剧院和音乐厅来作为这个城市的建筑修饰品，并采取一种国外设计师设计的几无前例的风格。建造歌剧院的大笔经费是通过发售彩票得来的，但是从最初到最后，这个可爱的东西的建造过程就没有一样是对路的。用了五年的时间才想好怎样去建造飞翔状的屋顶；成本从预算的700万澳元飙升到了最后实际支出的1.02亿澳元；内部装修和之前设计的大相径庭；一个彩票中奖者还在上学的孩子被绑架并被索要赎金，结果在绑架犯汽车行李箱里窒息而死；大剧院的舞台设计不当，演出者每每都为此抱怨；那里没有停车位；计划的最初提出者、悉尼交响乐团的指挥尤金·古森斯[2]因阅读色情文学被抓现行，悻悻地离开了这座城市；建筑师杰恩·乌特松和每个人都起口角，最后也离开了；[3]州政府在

1　原注：1988年，一个皇家委员会被指派调查这宗悲剧，而那时医院的首席医师就像他的22个病人一样已经自杀了。

2　原注：尽管听上去不像是真的，他却是库克船长的直系后代：他的外祖父是歌剧男低音演唱家安斯利·库克（Aynsley Cook）。

3　原注：“带乌特松回来。”当时的一幅涂鸦这样写道。但很快上面就多了一行字：“然后把他绞死。”

歌剧院的问题上忽上忽下，而当它最后竣工时，乌特松理所当然地拒绝参加开幕典礼，而且从此以后再也没有走近悉尼。

人们也许会设想在这座充满活力、闪闪发光的城市中，所有的安排都是分分秒秒就发生的。事实正好与此相反，在某些方面，这个城市的动作缓慢得出奇。直到20世纪70年代，一些郊区还没有下水道，在莱卡特郊区，运货马车被用来清洗马路。1991年的里弗斯比，一个送奶工会骑着一匹名为“胖墩”(Stumpy)的拉货车的马到处送奶。破旧的电话杆子以落伍的形象扎满了整个城区。在我写作本书的时候，郊区铁轨边的信号灯还是煤油灯；它们的灯芯每星期修剪一次。

修剪灯芯是项重要的工作，因为这个世界上几乎没有其他城市的内部交通要如此倚重于这么漫长又多变的轨道线。这些都给人一种恰到好处又活跃有力的混乱感。渡轮是最原始的公共交通工具，对外乡人来说，它们为这个城市设定了基调（尽管绝大多数人还是选择乘坐汽车或火车——甚至，据说还包括自行车)。悉尼的地形意味着它是世界上第二大繁忙的渡轮码头，仅次于香港，另一个被其“存在的理由”——水路——分隔的大都市。

悉尼的第一艘渡轮是一艘方头平底船，每天极其费劲地逆流而上将人们送到帕拉马塔，后来出现了穿过达令港到达巴尔曼的划船服务，接着又有了“老船长”号的跨港航行服务。第一艘悉尼制造的船只也用在了帕拉马塔路线上：它有桨和帆，昵称为“愚人”(Lump)，部分是因为看上去确实像，也因为它有时候要用上一整天时间才能完成一次15英里的航行。牲口船“实验”号是悉尼在机械化水运上的一次勇敢尝试，它由四匹马提供原动力，限载100名乘客，但真正的全新改变则来自蒸汽船。迄今为止，蒸汽船使海港中许多以前无法抵达的角落得到了开发，使得更偏远郊区的日常通行也成为可能。曼利实际上正是蒸汽渡轮的创造物：1848年这项服务被开通之前，从市中心到达只有12户家庭定居的曼利需要的时间长达数日，甚至当1928年第一条跨越中港的路桥开通后，曼利的货运还是依靠从悉尼走海路实现的。

渡轮在悉尼发挥城市功能过程中扮演着重要角色。它们曾因为延迟了铁路的到来而备受斥责，但是几代人以来，它们是在海港到处穿行的唯一理性选择——甚至包括有着无数小溪与水湾、波涛汹涌的南岸。20世纪20年代的照片显示米尔森角渡轮码头——海港北岸的最繁忙码头，看上去像哈德逊河渡船鼎盛时期的一处曼哈顿码头：巨大的顶棚，一个钟塔，还有高耸的烟囱，烟雾在周围吞吐弥漫，匆匆忙忙的人群来了又走，而后面的一条马路上等着一排电车。仅1928年这一年，就有多于4 600万的群众乘坐渡船完成旅行，而D. H. 劳伦斯说悉尼人“像鱼一样滑过海港”，对他们来说跳上一艘船是习以为常的事情。大多数常客都是中产阶级，但是那里也有船来回于巴尔曼，为繁忙的工人阶级提供服务，其中也不乏各种娱乐服务，因此渡轮在周末就跟工作日一样繁忙。

关于渡轮的故事和意象被文学、艺术和民间故事吸收，融入了书本和数不胜数的渡船宣传册。有谁没听说过1927年“格雷克里夫”号被“塔希提”号班轮撞成两半，或1938年“罗德尼”号倾覆，或“巴拉古拉”号与鲸鱼的碰撞，或1946年“德威”号载着700个乘客搁浅的闹剧？ 19世纪带有高高的烟囱的蒸汽渡轮——在两次世界大战之间这艄艉同形的船只有时候会让我误以为绘图板出了错——以及今天横冲直撞的水翼船都在它们的时代成为城市的标志，总在宣传悉尼的册子上以平版印刷或彩色打印的形式占据重要的位置。

它们中最英勇又最巨大的船只总是来往于曼利。这条路线需要一艘日均能行驶100英里的船只，并且需要穿过海岬里那些不受保护的水域。这可能是一次艰险之旅，从照片上可以看到，海浪从公海上横扫而来，高度足以覆盖渡轮甲板——这些轮船总是有做远洋轮的潜质，其中有一些则从英国船厂乘风破浪来到澳大利亚。以前，它们通常也会大量超载，有时候冒险颠簸着靠近码头，上面的乘客就像是帽贝一样匍匐在上面，布满舷缘直到桅杆。这些从1848年开始排成长队的轮船备受悉尼钟爱，甚至它们的名字也带着流亡的色彩——“宾加拉”(Bingarra)、“库灵盖”(Kuringai)、“伯拉布拉”(Burrrabra)……[1]

体型巨大的“南斯坦恩”号标志着渡轮业务达到了一个辉煌的顶点。这艘最后的蒸汽渡轮于1938年出现在海港，它也是大英帝国最大的渡轮，时速达17海里，从头到尾都有螺旋桨，可载客1 780人，重达1 200吨（几近“库蒂·萨尔克”号的两倍大）！它看上去甚是笨重，像是一只斗牛犬或一辆伦敦的公交车，上面有两个笔直的烟囱，两端都有驾驶台。“南斯坦恩”号是必看的风景：它的船首和船尾都飘扬着旗帜，它在这个港口乘风破浪36载，带着悉尼的特色，混杂着韧性与喜庆。当它在1974年退出历史舞台的时候，只剩下一些柴油船和水翼船，许多作

1 原注：尽管拼写会有变化，并不是很可靠——“Bingarra”有时候有两个“n”，而“Kuringai”有时候有一个连字符，“Burrabra”有时候是两个分开的词。

品都满怀深情地提到那些消失了的油脂和蒸汽的味道，汽缸内活塞发出的沉闷响声，冬夜里从发动机舱冒出的温暖气息和电报机传来的“嘀嘀”声。想到有些像这样壮观的旧船只最后在海港北岸的深水里沉没，总是让人心生难过。

但是它们的继任者依然欢快热闹，而观看水翼船也总让人兴奋不已（尽管那些产自意大利的古老水翼船赔本经营，时常损坏，有时候被看到正迷茫地驶向驳船上大大高于水面的桅横杆，从头到尾都用拖船拉动着）。渡轮的拥挤喧嚣是悉尼的乐景之一，而环形码头总是兼具娱乐与运输于一身；曾有一段时间，它有一个码头实际上是纯粹娱乐性质的，而我自己还清楚记得随船音乐人在曼利的船只上来回航行的那段时间。渡轮现在几乎全部都归政府所有，但是一家私企负责麦克马洪角到环形码头的航线，行驶时间表很复杂，一路上会停靠两三个站点。这样的航线通常由一艘老旧的汽艇来执行，漆皮已经起泡，木头嘎吱作响，显而易见是从一些旧河船改造而来的，这些旧河船上到处都是水生昆虫跳来跳去，像是迷失了方向，让人直觉其虚弱。有时候，会有出租艇在它的船头狂飙而过，我喜欢看到这种对比：渡轮如此奇特古老，而出租艇就像是一只疯狂的玻璃甲虫在水面上疾行颠簸，引擎愤怒地嗡嗡作响，坐在驾驶舱里的很可能是一个身穿汗衫的精力充沛的年轻人。

另外，真正的“悉尼这边人”还是喜欢在船尾靠岸前便毫无顾忌地跳过船岸之间的空当。

1928年渡轮共计接待乘客4 600万人；1933年，这一数字减半为2 300万人。但1932年海港大桥的启用不仅让悉尼的功能形式得以转变，而且也转变了城市自身的观念，甚至它的世界地位，因为这是拱桥之最，也是悉尼市内建起的第一座世界级的人工制品。这座桥就像是一个标志，一个“悉尼性”的显著象征，满足所有的市民梦想，也至少实现了伊拉斯姆斯·达尔文的预言之一。宣告大桥启用的海报一定要画上一个成竹在胸的救生员——那时候这个城市护身符一样的人物，旁边再加上帆船爱好者和日光浴者。

这座海港对悉尼的本质、活动和声誉来说都如此重要，在它上面建一座拱桥相当于冲破了一些巨大的心理障碍。悉尼人花了150多年想象在这里建起一座桥，现在终于如愿以偿。格林威也许是建议建桥的第一人，他认为这会“为殖民地平添壮丽，声望与荣耀”。1840年，还曾有一项建设浮桥的提议，提议者认为浮桥应该有45英尺宽，由固定的链条引导跨越海港，并由蒸汽来推进——“速度飞快”。工程师皮特·亨德森（Peter Henderson）设计的规划图留存至今。亨德森曾经在英格兰为英国的桥梁建筑师罗伯特·斯蒂芬森（Robert Stephenson）和伊萨姆巴德·布鲁内尔（Isambard Brunel）工作过，他宏伟的建筑设想是一座由铸铁建造的无支撑直桥，两头由铁塔支撑，桥边一路都是油灯。接着，又出现了浮桥和七孔桥计划，甚至有人建议将米尔森角和多维斯角之间的海湾填平。多少年了，桥的问题总是一个重大的公众话题——“哦，谁会站在我的右手边，”这是老人亨利·帕克斯在19世纪80年代的选举上的呼喊，“和我一起建造大桥？”同样，也有人建议修建隧道，但是1922年通过的《悉尼海港大桥法案》终于还是授权建造大桥。它的创建之父是约翰·乔布·克鲁·布拉德菲尔德（John Job Crew Bradfield），一个顽固的现代主义者，当时悉尼的首席设计工程师，但多曼·朗（Dorman Long）赢得了大桥建造的投标，成交的合同价是4 217 721

英镑11先令10便士。

大桥选址在海港最深处；它的桥面与水面的距离基本等同于水的深度。岩石区的许多角落都必须为它的引道让路而被拆除，被殃及的还有对岸的许多普通平房。七年来，随着这个庞然大物逐渐横跨海港，悉尼带着质疑的眼光等待着竣工时刻——

> 我们在悉尼的海港，
> 你的名字真好。
> 你的大桥完工，
> 如果不是在30年后，就是在31年后……

结果是32年。这项工程最终竣工，桥全长1 650英尺，双车道，有四条铁轨及电车车轨和修饰性的埃及风格的桥塔。[1]96节蒸汽火车头和48部煤水车，一路缓冲为桥面做了测试，断定这座桥已经做好了正式启用的准备。

这是当时的悉尼最盛大的公共事件。这个城市在那时就爱上这座大桥，也因为它曾在凄凉的大萧条时代提供了成百上千的岗位。《澳大利亚工人》称，它不单单是一座桥，更代表着“万众一心，同舟共济，圆满结局……是所有还没普遍存在的一切的象征”。开通仪式通过现场直播的方式传遍了全澳洲、英国和美国。总督代表乔治五世出席典礼。皇家澳大利亚空军表演了飞行特技，海港上举行了“面具嘉年华”，还有游行、舞会、帆

1　原注：它们并没有真的与桥拱相连，尽管远看它们像是一体的。它们也没有实际的功能，直到1990年两座北塔被用做海底隧道的通风设备。

船赛、赛马大会和一场快乐的板球比赛。其中一支游行队伍包括“女救生员”、土著人和1885年在苏丹战争中幸存的老兵。第一次也是最后一次，整座大桥都向行人开放，任他们在上面随意行走，而第一列过桥的火车被披上了装饰，插上了旗帜。据说共有100万人参与了这场盛典。

悉尼欢庆的传统总是宏伟壮大又乐趣无穷。时尚人士戴着高帽别着勋章，看上去恰到好处，而女救生员个个都是绝色佳人，新闻摄影机令人满意地快速转动着，而飞机让每个人都兴致高涨。但是这令人回味的一天里最让人难以忘怀的一幕发生在大桥正式开通的那一瞬间。新南威尔士工党总理“大个子”杰克·朗（Jack Lang）在读毕国王贺词后就要上演他自己安排的戏码，但这一安排并不合所有人的口味。在许多保守派看来，朗的激进足以够上逆反；他那和国王陛下共同主持典礼的想法着实让一个右翼准军事组织“新卫士”（the New Guard）难以接受。他们认为朗和他的政府只是一群共产主义玩偶——“我们，拥有纯正的英国血统，却任由一帮外部输入的低等煽动者摆布……”

这一刻到来了。总理、新南威尔士的总督、穿着貂皮大衣的悉尼市长、J. J. C.布拉德菲尔德，以及诸多佩着剑戴着毛皮高帽的高级军官走到了大桥南入口拉好的绸带前。摄影师准备妥当。广播评论员在他们的格子间里忙碌地准备着。总督骑警护卫队驻足在后头。人群神情肃穆。突然从骑兵队伍身后出现了一位身着戎装的狂野的骑马者，正挥舞着手中的剑，向车行道飞奔，穿过一群早已瞠目结舌的高官身边，用他的剑猛砍绸带，并大声宣布他“以正直的新南威尔士市民的名义”开通了大桥。

警察把他从马背上拉了下来，绸带重新被系了起来，典礼照常进行。[1]

海港大桥之于悉尼的重要性相当于半个世纪前布鲁克林大桥之于纽约的重要性——实际上，布拉德菲尔德宣称，对悉尼的曼哈顿而言，北岸郊区会扮演布鲁克林的角色。[2]他同样预见了它的存在会加强悉尼的离心力——鼓励人们住得离城市轴心越来越远。到今天为止，一个巨大的路网已经从原来由罪犯建造的通往帕拉马塔河的高速路扩散开来；它的一部分道路有着很宏大的名字，如大西部高速和太平洋高速，都有着良好的识别度，但是大部分高速的名字却平淡无奇又让人混淆。郊区铁路四通八达，有着连接清晰的公交及地铁系统，成百上千的桥梁跨过溪流和小湾。这里还有一条单轨短轨道，并且就在离大桥几码远的地方，很快就会有海底隧道，但承建方却来自日本。

第一种陆上公共交通形式是电车，一开始的动力是马匹，

1　原注：这个激情四射的恶人是“新卫士”里一个爱尔兰裔成员弗兰西斯·德·格鲁特（Francis de Groot，1888 － 1969）。他是一家家具厂的老板。这一行为让他得以不朽。他被带到精神病院做检查，发现并没有精神问题，之后因为在公众场合的不敬行为被判罚款5英镑并支付4英镑的诉讼费。损坏绸带要赔付2英镑的指控被撤销。德·格鲁特赢得了很多倾慕者，一些人说总督的护卫队借了马给他。就在这一年杰克·朗被新南威尔士总督菲利普·伍尔科特·盖姆爵士（Sir Philip Woolcott Game）撤职，后者曾获得巴思三等勋章、巴思爵级司令勋章、英帝国大十字勋章、高级圣迈克尔和乔治勋爵士勋章、维多利亚大十字勋章及巴斯爵级大十字勋章，并在后来成为伦敦市警察局特派员。

2　原注：在此之前，在那些英国风更为浓重的年月里，受欢迎的类比不会是曼哈顿和布鲁克林，而是利物浦和伯肯黑德。无论如何，那里早就有了一个悉尼的布鲁克林，位于霍克斯伯里河上游；令人疑惑的是，它的名字是为了纪念布鲁克林大桥的建造方，纽约布鲁克林联合大桥公司，因其工程师1899年在附近建造了一座铁路桥。

后来是蒸汽，最后则是电力。我很想看到电车在这个城市四处行驶的模样。它们和渡轮保持着似有若无的合作关系，必然会为这个城市增添不少风情。就如四处都有的街车，它们一直深受大众喜爱，卢克伍德的一座墓碑上修饰着碾过墓区的51路电车的浅浮雕，现在是带着怀旧与惋惜之情的纪念物。马力带动的电车听起来已经够惊人了，因为它们被涂上了亮黄色，有时候是双层的，并由四五匹马拉着。但蒸汽电车更惹人喜爱。其中第一辆是为1879年的世博会从美国进口的。蒸汽从机车上滚滚冒出，前灯闪烁，像是希腊神话中独眼巨人库克罗普斯，它们有的时候会带着五节双层车厢相连而成的列车在城里绕圈，走弯道时，倾斜得相当厉害。

19世纪末，整个交通系统实现了电气化，悉尼拥有了世界上最大的电车网络之一。电车似乎无处不去。它们会绕着环形码头行进；它们会行驶在曼利和帕拉马塔；它们在埃奇克利夫沿着固定的电缆前行，就像旧金山的缆车一般；它们会靠一种特殊装备的平底船渡过中港；沿着许多港岸边的斜坡向下开，它们会刮擦着到达坡脚与渡轮相遇；它们陷入东部郊区，穿越而过，放上了白色或红色的圆盘来提醒人们它们正在去邦代的路上，在那些有比赛的日子里带着开心的赌徒突然现身——它们基本不需要那三颗代表坎特伯雷的绿宝石。20世纪40年代，至少有三次，电车翻入海港，滑下泥泞的山丘，落向北岸的阿索尔码头，全然失控地猛撞向所有障碍物；但是在巴尔曼，人们用一种称为“dummy”的挂车来控制斜坡上的电车，而骑在上面玩耍则成了鲁莽顽童的乐趣。

1961年，悉尼仅剩最后一辆电车，而货车和公交车根本不如它有趣，尽管我发现从我阳台“咔嚓”经过、跨过海港的双层通勤火车也有某种旧旧的浪漫感——它们将经过49站到达远在蓝山迷雾中的终点。火车和城市巴士依然聚集在悉尼湾远处的登陆点，为历史陡增华彩。直到一两年之前，在铁路系统上还是有一些地方能让人想到悉尼的旧日时光——黄铜把手、胶木开关及金属边的玻璃框后铜版刻字的员工介绍，还有指路牌上的路名，读上去如此有节奏感，让人想到英格兰某个乡村车站的名字，可爱又不乏浪漫诗意：瓦利莫、布拉布那、布莱克斯莱、鹰桥或鸸鹋平原。

乘坐达令港的单轨很有意思——滑行在大大高出城市马路的上空，写字楼的转角近在咫尺，让你真切地感觉马上就要撞上。但悉尼最让人心生艳羡的陆上旅行我还没得以亲身体验：那便是滑道（the Inclinator）上的悠然之旅。滑道是带着幸运的港口居民从陡峭的绝壁上下来的大型工具，一路经过山边的棕榈树和草坪，直抵山脚下静候着他们的水池和游艇——看着滑道运行的全过程，神圣之感就扑面而来。

悉尼公共体系中强有力的一部分还包括腐败。它从来不曾消失。故意伤害案件在流放地时期屡见不鲜，而且作案者并不是只有罪犯：朗姆酒保卫队的军官败絮其中，而医生通过卖药给自费病人牟取暴利。我不得不怀疑1827年达令区区长发起的政府大楼设计比赛有徇私的嫌疑——胜出者是他的妻子。在之后几年间，假公济私、营私舞弊的现象在无数工程中都可以觅得踪迹，比如在用于轨道建设的土地上的内幕交易，或市政工程的私下合同，或建筑师和承包商之间的隐秘同谋。支持市政办公室的地产商多得惊人，他们从那里获取许多城市规划上的内部消息。1981年，总理罗伯特·阿斯金爵士去世时，他的讣告中声称非法赌场老板每年付给他70万澳元的封口费。[1]再后来，驾驶考试中也发生了丑闻，流传甚广，其中充斥着有组织的贪污受贿：7次出错是官方的不及格标准，但一个女人，尽管犯了72次错误，但在从变速杆下方递了足够的钱后，依旧拿到了驾驶证。据廉政公署的说法，一个私人侦探在1990年将下述纸条递交给了一家保险公司：

> 鉴于您律师的建议，就此事件进行了调查，包括贿赂一些警员，获取关于这个人犯罪行为的打印文件，之后还和他们喝了很长时间的酒，汇报见附页：时间，很长，但就算4个小时，1小时25澳元，共100澳元。

当代的丑闻有许多都涉及警察。在悉尼人们讽刺地将其称为“警察文化”，暗指一种总体上的道德败坏。虽然据称道德标准如今已有所提高，但当一个有名的恶棍最近被问到这个城市的有组织犯罪有多普遍时，他提到了六个阴谋集团——两个澳大利亚兄弟会、一个黎巴嫩组织、两个华人三合会和新南威尔士警察局。当然，在20世纪20年代时，警察和犯罪团伙狼狈为奸，但直到1950年，当都会区警察局局长退休时，还有300个黑社会老大为他办送别宴，并豪气地开出一张支票。

在我身处这座城市时，皇家调查委员会一直都在调查这些

1　原注：阿斯金是圣米迦勒及圣乔治勋章爵级司令勋章获得者。他让人难忘的原因还包括1966年当愤怒的示威者威胁堵住美国总统林登·约翰逊的车队，阻止其穿过悉尼时，他命令他的司机“碾过那些畜生”。

黑幕。而第一次这样的调查是由委员约翰·比格（John Bigge）发起的，他在1819年从英格兰被委派到这里调查麦夸里总督的铺张浪费之举，通过鸡蛋里挑骨头的方式成功围剿了麦夸里对悉尼的打造计划。[1]从那时起，皇家调查委员会对每一项公共不端行为都一一过问，而在我为本书做研究时，他们中有一个人正在调查帽子哈里（Harry the Hat）的事。哈里是一个高级警官，被自己的同仁控告在任25年间强暴8名妇女，这事闹得众人皆知、满城风雨。后来这些指控无果而终。对这件怪事指控的本身就非常诡异。一队队的警察一个接一个面无表情地出现在证人席上，穿着正式，一律的高紧衣领和商务西装；审判长的目光带着彻底的质疑；几个颇为大牌的律师反复诘问；而在法庭前方，一个男人在妻子的陪伴下，时不时舒适地把脚搁在身前的椅子上，戴着眼镜，秃顶，坐在被告席中央——他就是最近受同事控诉的所谓色情恶魔。他被认定完全无罪，而他的品行被公认是无可指摘的。对悉尼的太太团来说，如果哈里能干这样的事，那特蕾莎修女就像是一个性欲狂。而另一方面，警察对他的集体反击被认为是不专业、恶劣、草率又虚伪。

不过，我想从阳光的一面看，如果事情发生在20年前，作为一名被温和免职的警察局副局长，帽子哈里在警察文化的小团体里会是安全稳当的，如果他真的是个强奸犯，也不会受到起诉。

1　原注：这个令人厌恶的调查员这样描述总督委托建造的一个漂亮的哥特式关卡："它必然激起每个熟悉建筑风格的人的嘲笑，也会让责任在胸的人们对在这个毫无优雅可言又转瞬即逝的玩具身上所做的巨大投入感到扼腕痛惜。"

可以理解的是，悉尼会对犯罪和惩罚之事特别感兴趣。此类新闻整页整页地占据着报纸版面，在人们交谈中，也经常会被提及，而其中的典型案例非常惹人注意。悉尼市最有名的建筑是古老的乔治大道警察局，这里是种种古老痛苦的集合体，现在则是一间咖啡厅，不过那里依然有一只狮子的雕像，它的口中依然衔着警棍。国家艺术学院位于达令赫斯特监狱旧址，其外墙上有一只同样的狮子，不过衔在口中的是一把钥匙；上课的地方曾经是监狱，而绞刑场现在是洗手间。悉尼最知名的现代监狱长湾，总是会在俗语、笑话、比喻和典故中现身，它位于通往拉贝鲁兹的路边，投下阴郁的影子，这里正是众多“悉尼这边人”有亲戚关系的地方。1986年，艺术史家琼·克尔（Joan Kerr）写道，它“被公认为是爬上悉尼社会塔尖的人最终归宿的建筑纪念物”。[1]这里，就如同在英国，监禁仍然是所有不法行为最佳的惩罚形式；每1 500个新南威尔士市民中，就有一个正在经受牢狱之灾，他们正忙着新建1 500多个牢房，也计划再建几座新监狱以备不时之需。

对大多数悉尼的最初居民来说，犯罪当然是生活常态。18世纪80年代伦敦纽盖特监狱里的“三只手”们到了澳大利亚后依然不忘老本行，不过是将热衷的对象换成了他们的“同道中人”、狱卒和土著人。拉尔夫·克拉克（Ralph Clark）在海港与他同名的岛屿上开辟了一个菜园，发现蔬菜还来不及长大就被人给偷了。砖房非常容易闯入，早期悉尼的家庭通常醒过来就发现墙上一夜之间多了一个洞，而总督吉普斯1845年搬入新的

1 原注：通常它被叫做“湾”（The Bay）——英国罪犯阶层习惯这样称呼作为流放地的悉尼。

总督府时，他的银子在搬家途中就被偷走了。死胡同在悉尼人的脑海里是偷窃的同义语，以致到了20世纪，市政规划者还是不愿容忍它们的存在。

许多年来，这座城市的自然本能，就像我一样，总是站在罪犯的一边，而不是狱卒的一边。悉尼第一批公众英雄是丛林匪帮，那些凶猛的罪犯或冒险家全凭智慧通过拦路抢劫来养活自己。他们的名号一个个都很大胆——“霹雳船长”、“大胆鬼杰克”、“疯狗摩根”——尽管他们是劫匪和谋杀者，通常和浪漫沾不上一点边，但他们在人们眼里是受欢迎的最自由的人，抒发了人们生活中种种幽闭的怨恨和对更广阔天地的追求。任何可怜的囚犯，那些永远遭受命运蹂躏的人，都无法拒绝丛林匪帮歌谣的魅惑：

> 几个黑暗的夜啊，当城市的一切都静了，
> 我会杀了暴君，一个和所有，并一枪崩了鞭挞者，
> 我会给法律一点颜色；记住我说的话——
> 他们会后悔把吉姆·琼斯戴上镣铐押到博特尼湾。

或者：

> 来吧，我所有的朋友，我们在高山漫步，
> 我们一起掠夺，一起死去。
> 我们在山谷闲逛，在平原飞跑，
> 我们鄙弃奴役下的生活，戴着铁镣就往下跳。

丛林匪帮中最闻名的是爱尔兰人杰克·多纳格霍（Jack

Donaghoe），1825年被运过来讨生活。他曾在悉尼因为抢劫而被判绞刑，但是却在法庭到死囚牢的路上得以逃脱。18个月来，他漫游在城市西部的乡村，有时候，据当地传说，还厚颜无耻地来到市中心，穿着蓝色外套和绑带靴子，略显文雅之气。多纳格霍对众多悉尼的早期居民来说颇有吸引力，不仅因为其对权威的公然蔑视，更因为他作为一个爱尔兰人侮辱了英格兰人。他在被捕并枪杀之后，依然活在人们心中。他是民谣里真正的英雄，也许还很大程度上影响了澳洲人的心智。

他少小离家，年方二八，
曾漫步澳洲丛林，当时日光正佳，
他抢劫了富有的牧场主，杀死了他们的牲口，
这狂野的殖民地男孩震慑了澳洲！

这狂野的殖民地男孩——不过也许在市民的集体潜意识里，他正是悉尼的北斗星！

随着丛林匪帮来到的还有“一帮贼”（Push），他们是年轻的流氓团伙，多数住在岩石区，他们滋扰着整个主城区，蛊惑又吓倒了正派的悉尼市民。他们中一部分只是几伙恶棍，其行事风格被亨利·罗森的一首诗描述得淋漓尽致。在诗中，一个头目强烈攻击一个敌手：

愿猛烈的痉挛疼痛刺穿你的五脏六腑；
愿每次你想放屁的时候屎都沾上你该死的裤子；
愿瘙痒的痔疮折磨你，鸡眼长满你的脚底，
蜘蛛大小的螃蟹扯你的蛋，狠狠地；

当你一败涂地时，血光之灾降临，
愿你一屁股滑倒，折断你他妈的脖颈。

其他帮派则渴望浮夸。他们穿着珍珠扣的夹克衫，戴着神气活现的窄檐帽，而脚下的高跟靴子有时候会嵌上镜子，反射着这华丽的一身。大多数维多利亚时代的回忆录都或多或少会谈到这些让人生厌却又独特惹眼的年轻人——在剧院门外，敲掉人家的帽子，遮住他们的眼睛，整日互相斗殴残杀取乐，趴在马车背上搭便车或者在海港的游乐点遛弯——"他在袜子的后跟放了一块石头/接着走下海湾去往海鲜杂烩角"。在他们身上，丛林匪帮的传统已经变质成了恶棍的城市传统。而如果还有什么东西是迷人的话，就是他们对现行体制的鄙夷依然迎合人心。"一帮贼"这个词是他们自己起的名字，作为俚语并非全然是个贬义词：后来几年，有各种各样的社会派系喜欢称自己为"一帮贼"，而20世纪80年代时，一群历史学家刊发了一份探讨澳大利亚起源的期刊，他们认为"Push"是"Bush"（灌木）的变体。

悉尼更可恶的坏蛋和骗子（racketeers）、各种犯罪团伙的老大、"多彩飙车者"（Colourful Racing Identity）[1]、骗子（con men）和敲诈犯，某种程度上都继承了约翰·多纳格霍的衣钵。他们都是恶棍，但是他们也是英雄的一种，是狂野的殖民地男孩。关于他们的故事都带上了神秘色彩。我自己最喜爱的是"蒂奇伯恩继承人"（Tichborne Claimant）。蒂奇伯恩继承人谜案在维多利亚时代的澳大利亚众人皆知。罗杰·蒂奇伯恩（Roger

1 译注："多彩飙车者"是委婉语，意为"骗子"或"歹徒"。

Tichborne）继承了英格兰一处大宅子，但据说却在1854年的一次南美海难中溺水身亡，可是他的母亲蒂奇伯恩女士，这个家庭的女统治者，深信她的儿子依然活在世界某处。1866年，阿瑟·奥顿（Arthur Orton），一个伦敦屠夫的儿子，结束了无赖的水手生涯后抵达悉尼，他胆大包天，信口雌黄，宣告自己就是那个失踪了的贵族。他半文盲，肥胖又粗俗，而蒂奇伯恩则是一个杰出的语言学者，曾是第六禁卫龙骑兵团的一名军官。然而，他演技如此精湛以至于整个悉尼社会都信以为真。他被邀请拜访富豪宅邸，被允许负债累累，而一个退休回到悉尼的蒂奇伯恩家族老佣人发誓他会牢记这个混蛋。奥顿之后去了伦敦，在那里他也神奇地说服了可怜的蒂奇伯恩夫人，并从她那里诈取了一笔可观的年度津贴。但是这个家庭的其他成员对他嗤之以鼻，而11年后因为伪证罪被关在英格兰监狱里的“蒂奇伯恩继承人”终于坦白交代，并为他的阴谋行为做了整整一大篇忏悔。一个毫无责任感的流氓，一个花花公子一样的骗子和一个嗜赌成性的赌徒，这正中悉尼人的下怀。

那些团体中神气活现的“国王们”都是某种意义上的明星，过着一种电影里才有的生活。1945年大流氓费尔·杰夫斯（Phil Jeffs）死去时，通俗小报《真理》上的讣告这样起笔：“犹太人费尔，悉尼的骗子、歹徒、毒贩子、皮条客、狡猾的酒馆老板、某些侦探眼中的警方卧底（phizz gig）[1]、枪手、一些政客和许多警察的有钱朋友，在星期二过世。”被黑社会谋杀的理查德·莱

1　原注：“phizz gig”指警方卧底，是从一个旧词留传下来的有意思的悉尼变形词，其同时（据《牛津词典》）意指一个轻佻女人、某种高层次的东西、一个鱼叉或一个愚蠢的想法。

利（Richard Reilly）的第一份工作是一个舞厅保镖，接着在战时成为一个敲诈者，经营着一处名为“奥义斯特·里尔家”的旅馆，开着一辆玛莎拉蒂跑车，住在一座大宅邸里，并被称为“百家乐之王”。赌徒契卡·巴尔内斯（Chicka Barnes）在1957年被谋杀时，人们发现他的腹腔内有四道刺痕，脖子上有刀痕，而前额和肩膀上则有自行车链勒痕，下巴和臀部都是各种各样的伤痕，还有置其于死地的那颗子弹在背部留下的洞。而当“多彩飙车者”乔治·弗里曼（George Freeman）在1990年过世时，《悉尼先驱晨报》称他为“大罪的狡猾逃脱者”，说他当了25年的“足够大先生”（Mr Big Enough）。另外，他在世期间，警察能打击他的最多就是一两次非法赌博，尽管他肯定和芝加哥黑社会及华人三合会有过从，并基本被认定操纵着赛马并经营非法赌场，许多人还质疑他走私海洛因，英国视其为不法分子而拒绝其入境。“他言出必行。”一个老朋友如是说，而许多忠心耿耿的“多彩飙车者”们都被拍到参加了他的葬礼。

在悉尼的几个月间我坚持随机记录这里的犯罪活动和不端行为，而数目之多不禁让我咋舌。比如，有一个男人因为第79次吃霸王餐受到指控：这次他的食物有汤、牡蛎、菲力牛排、餐后甜酒、法国白兰地和金巴利酒。还有一个“多彩飙车者”，在喧闹的大街上刺死了一个男人，然后发现自己和21岁的儿子被关在了同一所大牢里，后者最近刚袭击了一个华人出租车司机。[1]一群斐济人、

1 原注：他患有严重的帕金森征，据他一个同伙称，他抖得就像是一只大便里拉出剃刀刀片的狗一样。

塔希提人和萨摩亚人在西部郊区和一帮飞车党起了冲突。一名铁路高管被控为一只苹果和一份德文三明治伪造报销单。[1]一名律师因经营妓院而获罪。海事服务局称在过去18个月间，有人用链锯从导航灯上偷走了200块太阳能板。一则新闻称非法热狗商贩为了保住各自的地盘大打出手。

如今情况如何？一名前来访问的联邦议员被一个吸毒女猛打手腕。七个在校男生，从11岁到15岁不等，被控在两个月内砸破了300扇火车窗户。一个外科医生被指控欺骗病人；他假装为治疗美尼尔氏病给他们动手术，但一个颅骨证明他从来没有钻到足够深。新闻报道说，菲律宾成为悉尼黑社会头目的第二家乡，他们在那里大肆进行毒品交易，还控制了大批妓女。劳改服务部部长，因为收受贿赂提前释放罪犯而被判七年半徒刑，备受瞩目，后来他的判刑又被增至十年。1990年3月21日的报纸上，我看到一篇整版报道，可能至今乃至未来都依然有意思：

女孩被抢劫

昨天，在坎贝尔镇公共图书馆门口，四个男孩从19岁女孩处抢走了150澳元，并扬长而去。其中一个把空空如也的钱包扔了回来，并大骂一声“你这愚蠢的贱货”。

这足以让人不寒而栗。而事实上，我在悉尼从来不曾感觉害怕。这个城市基本没有地方会让你觉得不安全而不能涉足的，

1　原注：德文（Devon）是一种加工食品，包括肉、调味料和谷物；它的粉红色在强光下会褪色。我从某个地方读到，直到第二次世界大战，它还被称为“弗里茨”（Fritz），但爆料者告诉我这种乏味的食物总是有一个英语名字。

即使在黑夜降临后，而最近悉尼的谋杀率和伦敦比起来不可同日而语，并且只是洛杉矶的十五分之一。至于小型犯罪，在这里恐怕和任何地方一样常见，但是有时候我觉得解决它们的方式是不一样的——也许更有民俗感吧。我记得一对从阿德莱德来度假的年轻人在听一个渡轮水手——悉尼恶棍或皮条客的典型——对所有乘客讲述他夜班后回家的惯用方式时，因为惊奇而瞪大了双眼——他搭乘一辆出租车去一个附近的地方，要它等上几分钟，然后自己逃之夭夭。也正是在一艘渡轮里，一天一个善良的妇人警告我要在悉尼的公共交通工具里特别提防小偷。我感谢她的提醒，而当我们分开的时候她把我的钱包还给了我——她在同我说话的过程中，就已经把钱包从我的公文包里拿走了。

不过不管怎样，不管这个富裕又有活力的地方有多少能量，不管它有多少不安的暗流涌动又有多么延宕拖沓，我依然感性地认为悉尼的存在目的很简单，就是展示自己。它为此永远都在显示与炫耀。乍一看，这里的一切都那么容易，而陌生人完全没办法想象幕后的关系之错综复杂，就如正在沸腾冒泡的大汽锅，而“悉尼这边人”总体上来说为自己能成为这个城市的居民就已相当知足。

悉尼生来就是为了炫耀。如同威尼斯，它是它自己的广告标语，永远都在宣传自己的闪光点。就如诗人文森特·巴克利(Vincent Buckley)曾经说的那样,在其他地方比赛也许就是一切:在悉尼它只是一个前奏曲。也许它所有的开端都在于许久以前那些罪犯的突然出现。当然，一代代去悉尼的游客都会评论一下这种趾高气扬、不可一世——马力电车司机的炫技，阿飞们飞跑的车轮，工人阶级自信到类似得了表现癖。某种表演的才能在这里触目可见。它也许是一个出租车司机的疯狂驾驶，在新南威尔士道路上画着Z字形狂飙。它也许就像北悉尼某个窗后一群正在上有氧健身操课的人，就像是和着摇滚节奏舞动的精力充沛的金发女郎，昂首阔步，还有吊扇不住搅动的漩涡。有个名为澳洲人微变铜管乐队（Aussie Small-Change Brass Band）的街头团体也许很好地代表了这个城市的喜庆功能，带着正宗的悉尼氛围，混杂着趣味、活泼和肆无忌惮：表演者是三个小男生，戴着巨大的帽子，吹着两个喇叭和一个大号，身边摆放着极其有力的功放。我可以告诉你的是他们演奏《趾高气扬》（Puttin' On The Ritz）时，特色鲜明，独一无二。小喇叭手专业自如地演奏着——晨光正好的当口人们绫罗盛装——玫瑰湾的水上飞机正疾飞向太阳——海德公园的棋手满目愁容，结束了游戏，看上去像是刚撕毁了一份契约——乔治在溜冰场——帽子哈里正在皇家调查委员会跟前搁起脚——戴着卷发、昂首阔步的律师正在最高法院，身上按照皇家礼仪挂满了勋章——在复活节表演中戴着高礼帽的马车驾驭者——所有这些人物和场景，还有无数更多的，混合着大吉尼奥尔[1]式的糟糕记忆，以及真正成就的辉煌瞬间，合在一起便是悉尼的戏剧目的。

1　译注：大吉尼奥尔（Grand Guignol）是法国巴黎的一家戏院，以上演表现强奸、情杀内容的恐怖戏而闻名。该剧院已于1962年关闭。

悉尼的帝国情结

人们总是能在悉尼的某些水域看到灰色战舰：或停泊在码头边，蒸汽腾腾地冒向洋面，或忧郁地在克雷蒙角和布莱德雷海角之间的阿瑟尔湾伫立着，一个河口接着另一个河口，等着被拆毁。[1]悉尼的写真集就如同战舰名录，从1788年的“小天狼星”号到维多利亚时代的庞然三大将[2]，看上去一本正经的“世纪末”战舰，潇洒自在有三个烟囱的郡级巡洋舰——它给了20世纪30年代的悉尼一种独特的优雅品味，二战时英勇的航空母舰，再到今天全副电子化的驱逐舰。悉尼是澳洲皇家海军的主要驻扎基地。澳洲皇家海军在1911年从英国皇家海军中独立出来，但依然遵循着英国海军的传统，它的存在是一种符号。大英帝国是一个海洋大国，靠强大的海上军力得以建立，而在所有被它

1　原注：悉尼的一个古老谜语：为什么克雷蒙正指着？因为它看到了布莱德雷海角边的阿瑟尔湾。译注：克雷蒙角（Cremorne Point）中的“point”一词，除了海角的意思外，另有“指”的意思。

2　译注：此处应指“大洋邮政”号、“雪崩”号和“十字军”号。

侵占又由它扶植起来的城市中，悉尼的帝国气质是最为正统的。

在最初的几十年间，它完全是一个大英帝国的城市——一个海军城市，因为它的第一批总督无一例外都是海军军官。有些学者认为它原初的抱负要更有帝王气象一些——它当然不能接受自己只是一个罪犯流放地的身份，但这样的抱负从未获得伦敦首肯。第一个倡议将它变为殖民地的也许是作为见习军官和库克船长一起航行至澳洲的美籍人士詹姆斯·马特拉（James Matra）。在美国革命之后，他将悉尼看成是一块安置美国反独流亡者的好地方。他建议，除那些人外，还应该加上贫穷的英国移民，另外再补充一些中国劳工。如此一来，很快，这个新殖民地就能为海军提供木材和亚麻，为东方市场供应各种各样的物资。就如我们之前所见，菲利普总是将悉尼预言为一个自由的未来英国城市，而他那伫立在植物园中的维多利亚式的塑像周围应景地布满了航海、商贸、矿业和农业等领域的各种人物形象。

曾有一篇论文提出新南威尔士为之努力的基本目标是有战略意味的。但就我而言，我仍然需要借助地球仪才能懂得悉尼地理位置的历史重要性——墨卡托投影[1]大大歪曲了它的位置。这个城市与许多地方的距离大致相等：南非，大英帝国贸易路线的关键补给站；印度，大英帝国整体结构中的中央板块；南美洲的东西两岸——东边是阿根廷，西边为智利。人们看到悉尼实际上可以成为加强大英帝国海洋霸权的有力据点。战略学家曾指出，英国从杰克逊港可以轻易威胁太平洋周边的竞争对

1 译注：又称正轴等角圆柱投影，由荷兰地图学家墨卡托（G. Mercator）于1569年创拟，在地图投影方法中影响最大。

手：西班牙在南美洲的殖民地，荷兰在东印度群岛的殖民地，甚至还有俄国或美国在北美洲海岸的前哨。当1793年亚利桑德罗·马拉斯皮纳带领船队来到悉尼时，表面上是一场科学考察之旅，实际上却是在为西班牙政府做侦查工作。而他离开时，认定背信弃义的阿尔比恩[1]正在那里建造一个基地，扩张英国在南方洋面的势力，而那些可怕的囚犯则会从那里被皇家海军运送并遗弃在西班牙在美洲大陆的殖民地上，巧取强夺，肆意非为。[2]

事后来看，他应该是误读了殖民地发出的信号。比如人们可以确信他的画师胡安·拉瓦内特（Juan Ravanet）肯定是被悉尼军官彻底的英国风姿迷蒙了双眼——他们在他的画作中全都出奇的高大、颀长和绅士。如果说悉尼的军事角色都是伦敦幕后策划的结果，那是一种误解，事实是在1885年的苏丹战争之前从来没有一支武装远征队从悉尼起航。实际上，悉尼与维多利亚帝国扩张模式的适应过程颇为不易。当悉尼成为殖民地时，英国刚刚失去美国的殖民地，而后来成为帝国事务中心的印度对私人企业来说只是一个冒险园地。悉尼远离帝国的贸易路线，在成立的最初几年，它对英国的经济几无助益。它也不带有福音派旗帜：不需要急着将当地的土著提升到一个更高的文明程度或者让他们与基督教的上帝和解——在原住民中的传道很多年后才开始——彼时，悉尼的爱奥拉人都已经灭绝。

悉尼在帝国长官的抱负里当然不扮演什么大角色——“我

1　译注：此处阿尔比恩（Albion）是大不列颠岛最古老的名称，如今仍然被用来指涉英国。

2　原注：并不好战的英国军官礼貌地招待了马拉斯皮纳，他们很高兴看到有人拜访此地。而马拉斯皮纳不得不在一封发往马德里的急件中承认他们对他的友好——“我们余生都应该永远感恩这片殖民地对我们的慷慨与热情。”

的话都是无用功！”西莱尔·贝洛克（Hilaire Belloc）笔下的公爵最终放弃所有的希望，再也不相信他多愁善感的孙子兰迪勋爵（Lord Lundy）会有出息。“滚出去，去管新南威尔士吧！”多少年来，悉尼在英国人眼里就是博特尼湾的同义词。西德尼·史密斯（Sidney Smith），这个“聪明绝顶的人”，绝不相信作为一个“邪恶的污水坑”而建立的殖民地还会有任何提升空间。而英国记者亨利·卡特（Henry Carter）写下了关于囚犯拓荒者最知名的讥讽诗句：

> 从遥远的地方漂洋过海我们来到，
> 纵没有大声喝彩和鼓声喧嚣，
> 每一个都是真正的爱国者；因为谁都知道，
> 我们离开国家是为了它好；
> 没有个人观点能让我们奔放的热情蒙受耻辱，
> 让我们踏上旅途的是我们国家的幸福，
> 没人会怀疑我们的远迁
> 恰证明了我们对大英帝国最大的贡献。[1]

但是随着帝国骄傲之心的膨胀，拥有澳洲已经不能满足英国人——它是那么的遥不可及。对狄更斯笔下的米考伯先生来说，澳洲不是流放地而是一块机遇之地；而直到20世纪末，表现库克船长第一次在新南威尔士海岸插上旗帜的画还是孩子课

1　原注：不过很多年来，这些诗句都被认为出自一个无名罪犯之手。它被用来当做我们上文提到的《招兵官》表演中的序幕，传说它的朗读者是乔治·巴灵顿（George Barrington），一个被戏称为“窃贼王子”的著名小偷。

本里讲到帝国荣耀时很喜欢用的一幅插图。吉卜林，在他的《城市之歌》中，描写悉尼的部分是关于天生的污点如何“变好”。“再见了，澳大利亚，”劳伦斯写道，记录了他在1922年离开悉尼港的情景，“告别英国和伟大的帝国。再见了！再见了！”

作为回报，许多悉尼市民珍视对“母国”复兴的自豪感——并非一种势利的怀旧心态，而是一种在一项伟大志业中并肩作战的同志情谊。因为那个帝国的缘故，这个城市得以存世，而它也一直深刻影响着这里世代居民的生活，这种影响至今都显而易见。

悉尼现存最古老的欧洲人涂鸦位于重要的海军基地花园岛上——澳大利亚皇家海军舰艇“库塔布尔”号仍在服役。事实上这里已不再是一座岛屿，但1788年时，它与海岸的距离还有几百码远，看上去像是设立菜圃的好地方。水手们按照命令开始在那里种植蔬菜，而大概其中有三个人在岛屿最高点的一块岩石上刻下了自己名字的首字母和日期，即“1788年——FM、IB和WB”。现在这些字母和数字被一些类似园艺用的钟形盖的玻璃椎体罩保护起来。一天清晨，一位退休的基地文职工作者带我去参观了它们。他在那里工作了大半辈子，对这个地方了如指掌，也一直试图想知道FM、IB和WB的身份。[1]我应该永远记住这个快乐的男人在我无意间发现附近的一块岩石上还有另一组首字母大写“FP”时表现出来的好笑的慌张样；经历了

1 原注：其中一个似乎很明显就是弗雷德里克·梅雷迪斯（Frederick Meredith），运输船“斯卡伯勒”号船长的管事；他在悉尼子孙兴旺。1988年，花园岛举行了一次庆祝派对，其间有40个弗雷德里克的后代出现在现场。

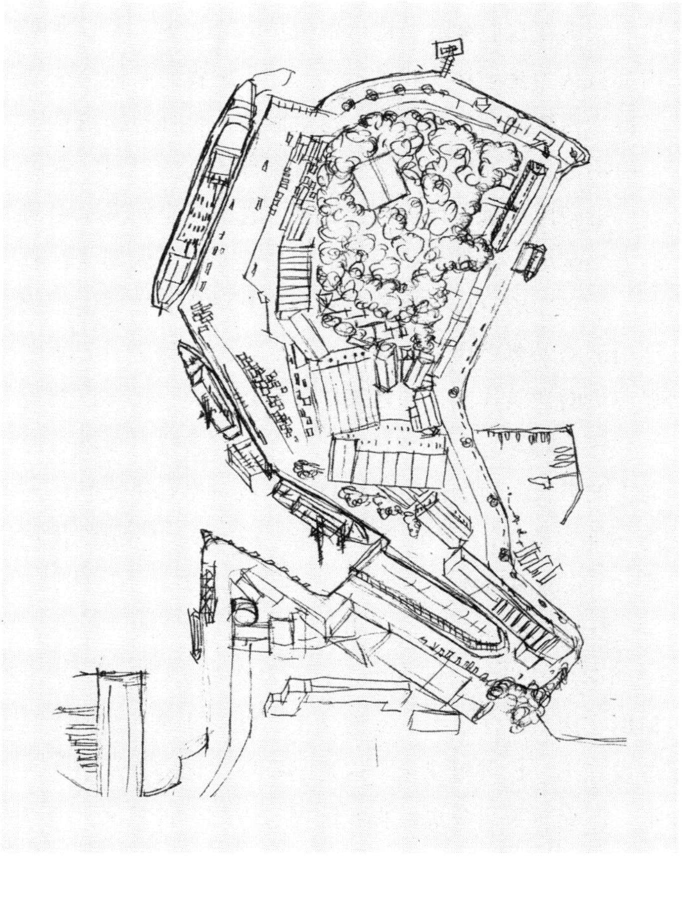

鸟瞰花园岛

那些痴迷沉醉于研究的日子，接待过成百上千的参观者，他竟然从来没注意到它们！

不过，最后我们得出结论，它们是最近才被人故意刻上去的（悉尼的涂鸦在它们被玻璃椎体罩保护起来之前，在近一两个世纪内都被认为是破坏文物的行为）。[1]我想我的同伴最开始的沮丧是因为传统遭到了挑战——这里原来一直都有四组首字母大写，而不是长期证明无误又获得海军部鉴定的三组。花园岛处处浸润着帝国传统。世世代代以来，它都是皇家海军在南太平洋的重要基地，而悉尼的一些最为壮观的房子就矗立在造船厂周围。按照乔治时代风格精心建造的大楼是英式造船厂建筑在地球南部的经典之作——英式造船厂曾是世界上所有军港得以凸显尊贵的建筑作品，如西蒙斯敦和百慕大，孟买以及英国本土的朴茨茅斯等。共有12位英国海军上将曾前赴后继管理过花园岛上的财富，他们的工作地点在水域对岸基里比利让人艳羡的海军部大楼里，[2]而也正是皇家海军于19世纪80年代在洋面上铺就了它的网球场。

两次世界大战期间，军方决定必须为皇家海军提供一个干船坞供他们在南太平洋最大的战舰使用，以辅助北部新加坡的大量军事设施——也许可以说，这是马拉斯皮纳的直觉第一次得到印证。库克船长码头最终将花园岛与大陆连接起来，但它建成太晚，没能赶上第二次世界大战。尽管如此，悉尼还是成为这场战争中最大的海军港口之一——大量盟军的战舰频繁光

1　原注：除非他们是土著人——他们从来不乱涂乱画，而是创造岩石艺术。

2　原注：楼层与楼层间连接着一条通话管。

顾，成百上千的军队穿身而过。漂亮的班轮，如“玛丽皇后”号、“伊丽莎白女王”号及“阿基塔尼亚”号等被用做运兵舰，隐蔽在它的港口。[1]对全世界的男人来说，悉尼是一个让人留下永恒记忆的地方——糅合着浪漫、欢乐和热情。查尔斯·考斯里用诗作《荣耀》来纪念他对悉尼的造访：

哦，就如少女为宫廷舞会准备着，
我们熨烫了最好的套装，
借来了电熨斗，为最好的白领上浆，
向前步入金色的灯光下，
我们的口袋把澳洲纸币装。[2]

如今在任何一天，从花园岛都可以看到澳大利亚舰队——驱逐舰、护卫舰、修理船，上空是悬臂吊车——这在悉尼是最知名的形象之一。[3]这些巨大的灰色物体与植物园那边的船桅和上部结构凌乱交杂，给悉尼市中心平添了势力，振奋人心。[4]

同样，环绕着海港，处处可以看到海军的存在。鹦鹉岛

1　原注：“阿基塔尼亚”号最后出现在许多“悉尼这边人”的视线中时，是于25年前停靠在加里波利近海。

2　原注：顺便说句，考斯里先生告诉我，人们怀疑他夸大其词，因为他写航空母舰“由海豚跳跃着引路”经过海岬——但是1945年的一个夏日，海豚确实跳入了HMS“光荣”号。

3　原注：它和新加坡造船厂的大吊臂是出于同样的规划，后者1939年开始建设，但是在1941年为防止日军攫取而被炸毁。

4　原注：不过很多当地居民不以为然，至少那些住在乌鲁姆鲁附近乡村的居民称海军雷达设备的试验干扰了他们的电视信号，还使得汽车警报狂鸣，让他们倍感不适。

上有修船厂，而海岬各处散布着仓库和训练场。南头上方，有一个惹人喜爱的海军小礼拜堂，这是舰船回港时最先看到的建筑之一。扫雷舰在上游躺着，在贝瑞岛的炫目灯光中停泊，而最引人注目的一幕则在中立湾区等待着——此地是海港北岸人口最为稠密的地方。这个湾流的海角上有一座绿树成荫的小公园，另有一个板球场。赏心悦目的房子绕圈而立，此外，这里还有一个游艇俱乐部。如果你取道大路穿过这片绿地，很可能会看到孩子们玩耍，游艇主人们正准备扬帆起航，退休的老人坐在长凳上啃着三明治，甚至（我发誓）偶尔还有一位女士，戴着帽子，穿着外套和短裙练习着她的槌球射门。而在水边，这个美好的大城市的中心地带，两艘黑漆漆的潜水艇差不多就要靠上它们的小舰队总部，也就是那些凶险的攻击性船只，但如今这些船只已基本被忽视，只是在海湾四周闲晃。

防御工事在悉尼铺天盖地，但与马拉斯皮纳的猜疑相反的是，建筑它们的动因更多出于恐惧而非侵略的本能。一直到1870年，这里都是一个帝国重镇。1790年召集组成的新南威尔士保卫队被戏称为“博特尼湾突击队”，1810年就身败名裂，并代之以高地人军团。从此以后，14个英国军团的营队轮流出现在悉尼站。他们的营房主要位于乔治大道，据称规模在帝国中名列第一：如果翻阅老相片，我们可以看到许多壮观建筑环绕着一个广场，高级军官餐厅和英国军队的同样舒适，而他们自己的军事风车就架设在上面的高地上。营房最后毁于1848年，但两座精致的维多利亚时代风格的建筑得以幸存：帕丁顿的维多利亚军营——它看上去如玩具城堡，哨兵在外头上下行走；帕拉马塔的蓝瑟军营——由砂石和钢铁建造而成的优雅之作，从1820年至今还在断断续续地使用，并因此成为全澳洲最古老的军事工程。悉尼的卫戍教堂是位于阿盖尔广场的圣三一教堂，这处令人愉悦又可爱的建筑如今仍然保有许多军队的纪念品、旗帜、顶饰、小册子和各种各样的历史物件，世世代代累积起来，组成了某种形式的帝国重写本（palimpsest）。[1]

起初，囚犯即是敌人。观景峰上最初的堡垒是由菲利普吩咐建造的——若将来囚犯叛乱，这里可以成为军官的避难所。到如今，它几成废墟，剩下的只是观景花园外那一段了无生趣的断垣残壁。消失的还有便利朗角上格林威为拉克伦·麦夸里设计的如城堡般的堡垒，它一方面是悉尼港的防御工事，另一方面是建筑学上浩大而无用的工程，但其最主要的角色是防止囚犯从海路潜逃的瞭望台。之后的防御工程则更多地考虑到帝国的外敌。据说，拿破仑曾经想过要占领悉尼，而1802年出现的一个法国小型舰队据说是被派来预先侦查的——当然它的绘图师一丝不苟地为这处殖民地制作了一幅地图。悉尼脆弱的封闭状态并没有让那些殖民者提高警惕，直到1830年某个清晨，这个城市苏醒后才得知四艘美国护卫舰驶过海角，

1　原注：其中一样东西是澳洲第七步兵营的旗帜。1940年，在二战战火中，这面旗帜是由二等兵弗兰纳里（T. Flannery）从埃及的军营警卫室里获得，接着将其转卖于二等兵布莱恩·菲茨杰拉德－福格蒂（Brian Fitzgerald–Fogarty），又转而到了下士芬尼西（T. M. Fennessy）手中。在辗转流落过程中，它历经利比亚、克里特及希腊战役，而战后，它又一次回到了菲茨杰拉德－福格蒂手中，后者将其捐给兵团协会。最终在1976年，它得以在圣三一教堂被安安稳稳地收藏起来。

直上海港，并神不知鬼不觉地进入了悉尼湾。“如果是战争时期，”它们的指挥查尔斯·威尔克斯（Charles Wilkes）上校的评论颇有助益，“我们也许就烧了船舰，把这大半个城市付之一炬，化为灰烬，然后在晨曦降临前，安全撤离。”之后，总督威廉·丹尼森爵士甚至更为生动地想象了此类事件——一些护卫舰可能在夜间来到，“而通知我它们来到的会是穿过我房子墙体的32磅炸弹”。

军事活动随之掀起了高潮。悉尼与下一个大英帝国的军港距离达几千英里，这意味着在这个大英帝国处处树敌的世界里，它只能靠自救。美国人是个潜在威胁，西班牙人也是，法国位列第三，克里米亚战争让俄国佬来到这些远海，而之后几年那里一直都有所谓的“黄祸”。曾有流言称爱尔兰芬尼亚兄弟会会员正从加利福尼亚赶来，而美国南北战争期间，最扰动民心的流言就是，有人说美国佬的私掠船会来掠夺这个城市金库里的黄金。一届又一届的政府，在伦敦帝国当局的支持下，渐渐将悉尼改造成了一个防御工事基地。“我不知道，”1871年安东尼·特罗洛普在参观了这些工事后写道，“新南威尔士人那么提防敌人，或者说那么生性好斗。”直到今天，几乎在每一个海角或岛屿上，都可以觅得军事遗迹。

防御系统的中心地是品奇哥特岛，在那里我们曾看到的是茂密的树林及山顶上的绞刑架。如今这里已被夷为平地并改造成了一处大本营。以那个忧心忡忡的总督的名字命名后，它被称为了丹尼森堡，上面有圆形炮塔——这是全悉尼建造的最后一座这样的炮塔。曾有计划在海岬内部一块名为“母猪和小猪”的礁石上另建一座圆形炮塔，不过此计划后来不幸遭弃。许多年来，这处岛屿要塞上都装备着8磅前装式火炮，而在二战期间，它拥有两门反战机导弹。今天，它成了悉尼热门的旅游景点之一，看上去很像一艘刨平了的潜水艇，或者是躺在歌剧院几百码外的美国内战时使用的带旋转炮塔的低舷铁甲舰。每天一点钟的鸣炮就是从品奇哥特岛上发射的，那里还记录着潮水涨落。我在写本书时，这里正被一个大家庭的一员看管着，它的北面有一条很长的旋转式晾衣绳，一早洗出来的衣服晾在上面，满满当当。

直到第二次世界大战，澳大利亚拿起武器开始与日本作战，人们才想到要试验一下这些防御设施。那时候，有一条越过港口及沃森湾，到“母猪与小猪”，再到港口北岸的水栅用来保卫和加强海岬上的炮组。但为了让船只通行，水栅必须被移除，而在需要的时候都会有一艘汽艇急匆匆地赶来将它升起——白日里非常频繁——只要那里有曼利的渡轮。

1942年5月，五艘日本大型潜水艇组成突袭队来到外海35英里的地方，其中两艘装备有飞机，而另外三艘装载有46吨小型潜艇。5月31日，其中一架飞机被派往港口侦查，无疑就看到了这水栅，也看到了包括9 000吨美国巡洋舰“芝加哥”号在内的许多战舰。那一晚，那三艘小型潜艇，每一艘上载有两个人，从母船上被放下并穿过海角缓慢潜行到港口。其中有一艘碰上水栅发生爆炸，另一艘则失踪不见。而第三艘I–22，驶过布莱德雷海角进入内港后，发现了“芝加哥”号并发射了两颗鱼雷，可惜错失目标，鱼雷击中了花园岛的海岸。其中一枚没有爆炸，另一枚则击沉了作为浮动营房停在码头的旧渡轮“库塔布尔”号；19个海员因此丧命——这是悉尼为敌所杀的唯一一群人，除非你将流放地早期那些死于种族冲突的人也算在其中。[1]

当悉尼发现此事后，顿时陷入了混乱。大炮四处乱发；小型飞机在港口徘徊着，投放深水炸弹；而整个晚上光芒闪烁，到处都是曳光弹。"芝加哥"号，发射了它的五英寸大炮，打落了品奇哥特塔楼的一个小角。一艘渡轮上的乘客事后向《悉尼先驱晨报》透露，"亲眼看到大口径炮弹似乎直接向他们射来，火光四射"。艺术家唐纳德·弗兰德（Donald Friend），在伊丽莎白湾畔的公寓里看到这喧嚣时刻，当即决定花光所有积蓄去参军。I-22潜在深处，不过终究在几个小时后在布莱德雷海角边的泰勒湾上被三艘巡逻船侦查到并用深水炸弹将其击沉。[2]

日本人宣称击沉了两艘商船和一艘美国巡洋舰，但有人认为这次行动主要意在打击士气。六天之后，夜色中停泊在近海的另一艘潜水艇，向玫瑰湾发射了六颗炮弹，造成两个平民受伤。这次行动似乎奏效了。潜水艇突袭后的次日早晨，国王十字区到处都是搬家车，将惊慌失措的家庭从港岸载到内陆郊区。尽管这些难民大多数很快就回到了市里，但在战争期间，一直都过得战战兢兢，不得安生。品奇哥特岛正午鸣炮的常规动作就此搁置，以免因此让市民无故惊慌。许多建筑物上的炮塔和钟楼都被撤去。有一些建筑（尤其如邮局塔楼）被推倒是因为人

1　原注：库塔布尔号遇难者中包括一位令人同情的"母国"代表：皇家海军的博伊·D. 特里斯特（Boy D. Trist）。

2　原注：日本人最终还是在1943年所罗门岛附近击毁了"芝加哥"号。1979年，后来一艘同名的美国巡洋舰上的官员展示了一张他们的轮船悬于品奇哥特岛的照片，上面印着一行字："后来的导弹巡洋舰USS'芝加哥'号以此存照，为它的前辈糟糕的射击赎罪。"

们认为它们也许会被认不出海港大桥的日本轰炸机飞行员作为参照物，其他的（如巴尔曼行政大厦）被拆掉是因为它们也许会在空袭中倒下来伤到人。不过，最坏的事并没有发生。悉尼再没有遭受第二次海上袭击，而最近的空袭则发生在1 500英里外的达尔文。战争结束后，大多数的高楼和尖塔被一座座修复重建；有好几年，邮局塔楼看上去和建筑物的其他部分有一定色差，那是因为在它被推倒时，人们趁机将它清洗了。

不过，大英帝国的战争还是在这座城市留下了伤心的痕迹。第一场涉及悉尼士兵的战争是19世纪60年代的毛利土地战争，当时，有几百个澳洲志愿者和英国军队对抗。不过，第一支真正的澳大利亚远征军是于1885年从悉尼起航的，在歌剧院后方的砂石断崖上还有一块纪念铜牌（其中一名战士的遗赠）。[1]这支队伍共750人，由新南威尔士政府组建，志愿参加帝国征战中最激烈的一仗——在喀什穆的戈登将军（General Gordon）去世后再征苏丹的战役。远征军出师不利。一艘军舰还没离开港口，就和巡洋舰“复仇女神”号相撞，而它的回归也颇为平庸可笑，因为他们到达非洲时，已经为时过晚，能看到的只有一些小型冲突。[2]不过，它由此创造了一个重大先例，而在接下来的一个世纪，基本上每一场帝国战争中都有悉尼人参与，流血牺牲。

这个城市到处可见战争纪念碑。这些战斗为这个城市的人

1　原注：在开采之前，那条砂石山脊的残留段一直延伸至便利朗角。第一舰队一个有文化的军官或罪人将其戏称为“塔尔皮亚岩石”（the Tarpeian Rock）——与将杀人犯和叛国者从上面扔下去的罗马卡比托利欧山上的那块岩石同名。

2　原注：不过英国后来决定从苏丹撤军，13年后，基奇纳勋爵（Lord Kitchener）又将旗帜重新插在喀什穆，澳洲人并未从中受益。

们在性格和自我认知的形成上都作出了巨大的贡献。在观景峰上，有一座纪念碑纪念布尔战争志愿军；在维多利亚女王大楼内部有一座纪念碑纪念维多利亚十字勋章得主；在犹太教堂门廊的纪念碑纪念着第一次世界大战中牺牲的113名犹太人战士；而花园岛上的海军教堂（有一个船头一样的布道台）里，有一组感人至深的彩色玻璃窗，纪念着刚从这里启程并向战争进发的各个级别的舰船——比如二战时期的轻巡洋舰“巴瑟斯特”号，又如一战时所有的潜水艇；而马丁广场的纪念塔则缅怀了两次世界大战的遇难者，每周四11时，都会有一个小型仪式，乐队奏乐，还有几个团的官兵持剑列席；国王十字区的圆形旋转喷泉是为了纪念1941年阿拉曼战争的胜利；在帕拉马塔坎伯兰高速公路服务站对面可以看到用巨大的混凝土浇筑而成的“K13”标志站在一潭满是浮渣的装饰性水池里——它在1961年由当地的一位1917年沉没的K13潜水艇的幸存者竖立，以此纪念两次世界大战的潜水艇员。[1]

我首次拜访这里时，见到的所有纪念物中至为壮观的一座是海德公园里的澳新军团纪念馆，我深感这里是这个城市骄傲感、男子气概与同志情谊的集中体现。当时我想，这里该是悉尼风格的重要源头。它纪念的是所有在第一次世界大战中殒命的人，又会让每个人都联想到加里波利战争的悲剧——它重塑了澳洲人对自己国家的国际地位的认知。那次战争过后，原来伦敦的大英帝国领袖们永远正确和无所不能的光环消失了。我将这处纪念馆理解为一种永久性的重燃——不仅是悲伤、骄傲和决心的重燃，也是痛苦幻觉的重燃。

1　原注：这22艘K字号的船舰由蒸汽提供动力，是当时最为失败的一支潜水艇部队——其中8艘意外沉没，K13则是在其交船试航中消失的。

直到如今，我依然认为它是战争纪念馆中最感人并且是最被低估的，通常被悉尼人鄙斥为浮夸、浪漫或只是让人尴尬万分。它的设计师是悉尼建筑师C. 布鲁斯·德利特（C. Bruce Dellitt），但它的荣耀在于由雷纳·霍夫（Rayner Hoff）塑造的一系列雕塑。雷纳是一个年轻的悉尼艺术家，自己曾当过兵。纪念馆是一座钢筋混凝土制成的蹲踞的整体建筑，外部是花岗岩，里面则是大理石，就像是浅浅的底座上一个被切去尖顶的金字塔。绕着它的顶部坐着一群正严肃思考的人物塑像，丝毫没有英雄气派，却流露出永恒的悲伤。他们坐在那里，几近蜷缩，看着远方——这里有工兵，那里有炮手，一个角落里是步兵，另一个角落里是水兵。在这个建筑内部，共有12万颗星星在天花板闪耀，代表新南威尔士去参加大战的每一个士兵；在下面一处令人生怜的代表牺牲将士的全套青铜器旁，三个女人和一个孩子正对着一个盾牌为死去的士兵默哀，而在这个地方，人们也许还会想着发现一个鎏金的灵柩。这个宏伟的纪念馆并没有伪装的胜利感。尤其是加里波利，关于它的记忆是纪念馆启示的核心之所在，而展现在眼前的，仅仅是可怕的失败，除此之外没有任何虚饰。

这一代的悉尼人，基本都不知道加里波利在哪里。很久以前，我来到澳新军团纪念馆时，它似乎丧失了痛苦的意味，只是像一个被弃用的反应堆一样矗立在公园。但是，每个夜晚总有一段时间，在老兵俱乐部里，灯光突然变得昏暗，打断了贴面舞、酒吧里的笑声、关门声和扑克机发出的叮当声。俱乐部陷入沉默中，每一个成员都起身站立，朝向同一个方向——朝向加里波利？朝向弗兰德斯？朝向遥远的半是想象的被悉尼称之为“家”的帝国？今天他们中的许多成员已经是意大利人或者希腊人，但他们依然静默地站在那里，而一个阴郁的声音通过扬声器宣读着劳伦斯·比尼恩（Laurence Binyon）伟大的挽歌——“他们不会变老，因为有我们留下来变老……在日落西山时，在晨曦初显中，我们会将他们牢记。”“我们会牢记他们”，在场的所有人充满敬意地轻声跟随。灯再次亮起，乐队继续演奏狐步舞的节奏，扑克机重又开始全速运转。

许久以来，悉尼在人们的印象里只是英国的港口和殖民地，是庞大的帝国体系中的一部分。来到这片流放地的囚犯不仅来自英国和爱尔兰，也有来自加拿大和南非的，而来到悉尼的军官在帝国征服世界的事业中被委以重任。沃特金·坦奇曾在美洲殖民地服役，拉克伦·麦夸里在印度，威廉·道斯去了西非，而巴伦·菲尔德则远赴直布罗陀。威廉·巴尔科姆（William Balcombe），1823年被任命为殖民地财政大臣，此前他曾在拿破仑流放时期的圣赫勒拿岛服役，而悉尼首位主教威廉·布劳顿（William Broughton）一开始则是东印度公司的职员。在之后的年月里，总督都来自各处不同的殖民地，海军军官则去帝国海域的不同海港继续指挥，而悉尼早期圣公会牧师都履职于加尔各答的主教教区。[1]

这些东奔西走的帝国建设者来到悉尼时带来了帝国的偏见、方式、风格甚至还有门客——麦夸里总督在哪里都有印度仆人乔治的陪同，后者还是孩子时就以85卢比的价格卖给了麦夸里，而达令总督则将他的朋友德美里斯克兄弟从毛里求斯接了过来，后者一举成为殖民地的大人物。对悉尼来说，英属印度当然是最好的范本。悉尼的建筑风格强调游廊和宽房檐，明

1 原注：那些主教中最知名的就是雷金纳德·赫伯（Reginald Heber）——他用自己的名字命名了赫伯山郊区。

显是从英属印度的先行者那里沿袭而来的。平房是澳大利亚郊区信念的方舟，也是由印度借鉴而来的一种建筑形式；悉尼的军事建筑显然衍生自印度的宿营地；维多利亚女王大楼虽然宣称是中美洲古罗马风格，但在我看来，它的圆屋顶和印度风格的亭子至少都受到当时英属印度杂糅风格的影响。据说，悉尼主城区平面图和加尔各答的有一定的相似度，悉尼的“领地”就如加尔各答的麦丹广场。当然，在早些年，新南威尔士的两座总督府——在悉尼的和在帕拉马塔的——之间的关系与加尔各答和巴勒克布尔两座总督府之间的关系甚为相像，甚至总督搭乘的在两地之间穿梭的驳船都很相似——有时候在澳洲同在孟加拉一样，驳船上都会有水上乐队演奏小夜曲助兴。

在悉尼宗教兴盛时，帝国主义通常趾高气扬。布劳顿主教称这个地方的存在当然有“一个永恒的目的”，但也有一个历史性的目的，即“颂扬英格兰民族，将它的力量向人类世界逐渐极力延伸”。查尔斯·温特沃斯认为总有一天悉尼会真正取代伦敦成为英国领土的中心。圣詹姆斯教堂里的纪念碑会让浦那（Poona）或利兹海德的任何一名牧师心满意足。它记录下那么多的军官、律师、牧师及帝国权贵中的其他人物——他们在为公共事务服务鞠躬尽瘁后溘然长逝，或和他们的船舰一起共沉海底，或歼灭了好战的德国人、土耳其人、黑人或“霍洛几维（Horokiwi）山谷的居民”。对母国的忠诚有时候会让人生厌，有时候又让人啼笑皆非。有人将悉尼灌木做成的粗板条称做“钦平诺顿木片”，[1]可见有多沉迷；有人在帕拉马塔河岸边建起了

1 译注：钦平诺顿（Chipping Norton）是英国伦敦牛津郡的一个市镇，“chipping”也有削片的意思。

名为莫特莱克和帕特尼的区域；有人让这座年轻城市的邮递员穿戴英式制服——戴上白色遮阳帽[1]，穿上红色夹克和条纹裤；而圣安德鲁大教堂不仅有从威斯敏斯特大教堂和圣保罗大教堂来的石块，还有来自上下议院的石块。[2]

与帝国相关的事物在悉尼真的可以非常具有帝国风范。1868年驾临的年轻的爱丁堡公爵是首位来访悉尼的王室成员，这个城市专门为他举办了市民舞会。为此，悉尼特意在海德公园打造了世界上最宏伟的木结构建筑之一——它有一个长达250英尺的舞池和一个与之同等规模的餐厅，而它的喷泉喷出的是气味各异的殖民地香水，这是来自国王大街E. H. 奥尼尔药店的馈赠。[3]

接下来，这个城市凭借着它的帝国血统飞黄腾达。东印度公司一放弃英国对东方的贸易垄断，悉尼很快就开始活跃地参与到这个帝国的东方贸易中；当大英帝国的经济发展在维多利亚时代达到高潮时，有一段时间它看上去很可能变成一个永远自给自足的体系—— 一些属国提供原材料，而另一些则将其加工为产品。接下来的短短几十年间，悉尼在其中发挥着一种平稳又合理的功能，作为体系的一部分，又作为一个帝国衍生进程中的一部分。

---

1 译注：原文为"pith helmets"，这种白色遮阳帽由粗糙田皂角的木髓制作而成。

2 原注：1863年时，"悉尼这边人"希望能用国王爱德华七世的未婚妻来命名一片郊区以示尊敬，但他们把名字拼错了，从此以后，这块郊区就被称做亚历山德里亚（Alexandria）而非正确的拼写亚历山德拉（Alexandra）。

3 原注：公爵去悉尼时，带着一个在墨尔本认识的名妓，但悉尼警局前局长、威廉四世的私生子威廉·奥古斯都·迈尔斯（William Augustus Miles）一家却并未在舞会受邀之列。迈尔斯被葬在坎普尔顿公墓，他的墓志铭犀利地指出，尽管他跳动的心脏已陷入无人哀悼的死亡，但它也许曾经被千万人祝福着——简言之，他或许曾经可以是威廉五世。

悉尼从港口源源不断地运出羊毛和黄金，迎来机械、服装、书籍和眼镜盒等。悉尼的货币是英镑；它的最高交易所在伦敦金融商业区；它的运输工具是英国商船；它的最高法律制裁来自英国法庭。它的经济拍档包括伦敦及所有帝国的附属城市。它和这些城市结为联盟最初是以自由贸易互助会的名义，后来则是以帝国特惠制的名义：海关大楼的标志性修饰代表了西印度群岛、南非、加拿大、加尔各答、新加坡、开普敦、魁北克、香港、德班、仰光和温哥华——似乎帝国以外的城市对它来说都无关紧要。英国的资金扶持了悉尼的经济发展。而作为帝国效应之一，越来越多的英国居民希望能迁到悉尼，这通常能得到政府补贴——直到第二次世界大战结束以后，最后一批“10英镑”移民犹豫不决地下了踏板（因为当时英国人怨声载道）走向这个城市的临时宿营地。[1]

所有这些都意味着，在悉尼，几代人以来，帝国的影响根深蒂固，无从回避。其他地方的澳洲人经常觉得这个城市过于忠心耿耿，而作家弗朗西斯·亚当斯（Francis Adams）1886年看着它，只能惊叹于“英国文明的骇人力量”，感慨帝国的影响力是如此巨大。在英国的威望如日中天时，富人们恬不知耻，拙劣地模仿着“母国”，而如果他们不能把孩子送到英格兰接受教育的话，他们在悉尼上的学校也必须是完全的英式风范。大多数停泊在悉尼码头的轮船都飘扬着英国商船旗；当水上飞机着陆在玫瑰湾时，可以观察到它们如果不是澳洲航空公司的，就

1 原注：他们苍白的形象历历在目，我记得他们当时身穿西服和羊毛衫，戴着呢帽子，排成一排倚在轮船的栏杆上，当他们经过英属苏伊士运河的时候，有时会作爱国状，使劲挥手！

是帝国航空公司的。1930年，它与“母国”城市伦敦接通电话的一刻是多么激动人心！每个圣诞节，英国广播公司的“帝国服务”频道将君主带干扰的祝福声送往每个国旗飘扬的“子国”时，又是那样感人至深！直到20世纪50年代，《悉尼先驱晨报》的董事们还在那里宣扬他们的报纸“在帝国殖民地中发行量最大”，而1958年，弗兰克·赫尔利（Frank Hurley）在他的《悉尼》一书中，依旧将其描述为这个帝国的“第二大白人城市”。

甚至时至今日，帝国的痕迹依然处处可见。住在悉尼湾边如城堡一样的宅邸里的新南威尔士总督在庆典场合中依然如帝国殖民地时期的行政长官般戴上羽毛帽、穿上条纹裤，竭力通过这种装扮及花园派对的形式来珍视雅致仪式中的帝国血缘。不过确凿无误的是，他行使的权力仅限于“以女王的名义维护州议会通过的法案”，而晨报上的“宫廷公报”一栏记录的也总是仅限于他开了一间新小学，或者他接见了新南威尔士奶酪生产协会的代表团。不过对最近的这位现任总督亚瑟·罗登·卡特勒爵士（Sir Arthur Roden Cutler）来说，一切都很合适——他只有一条腿，看上去酷似刚从前线凯旋的英雄。总督的上级澳大利亚总督来访悉尼时，下榻的地方照样也宽敞又豪华。他在基里比利的官邸里挂满了肖像画，摆满了银器和纪念品。总督阁下从堪培拉来到悉尼的住处，就能从海军上将敞亮的卧室俯瞰整个海港——在那一刻，他可能会真切地感受到他确实是澳大利亚女王的代理人。[1]尽管在新南威尔士爵位已经废止，但还是

1　原注：澳大利亚总理也拥有一座相差无几的令人艳羡的官邸，就在街道拐角处，不过当然他只是一个政客。

有很多人使用着——1990年，悉尼有一个联合教会的牧师爵士还有一个红衣主教爵士——这座城市中还有许多人非常看重这种帝国传统。当英国王室成员来到这里时（他们非常喜欢来这里[1]），部分人对之不屑一顾或嘲笑蔑视，但还有一部分人则恭恭敬敬地穿上燕尾服，戴上插花帽，练习着屈膝礼，或许还提醒自己与英格兰贵族有血脉联系——这足以让威尔士共和党人愤怒到浑身战栗。

在某些方面，悉尼依然像一座英国城市。很多市民都拥有英国血统——1986年统计发现共有22万人确实出生在英国——因此，甚至到现在我发现还很难判定一个陌生人到底是当地人还是英国人。两者之间的界限从事实和关联上来讲也都甚是模糊：成千上万的“悉尼这边人”会在伦敦住上一阵子，而成千上万的英国人则大体上一直待在悉尼。悉尼的汽车依然靠左行驶，悉尼的律师依然头戴假发，悉尼的学童依然穿着法兰绒短裤和亮色外套，悉尼的信件有时候会投入一个装饰着皇冠的邮筒。这里的电视产业还受到了英国的影响，他们甚至戏称ABC[2]为“姨”（Aunty），这和英国人对BBC的昵称如出一辙，而伦敦的《每日快报》还有专门的悉尼版面，服务于生活在伦敦的悉尼人。英国在悉尼的投资依然是巨大的。悉尼的拉比会去伦敦参加培训。新南威尔士的律师协会一直依赖于伦敦枢密院审判委员会，这种关系直到1986年才得以终止——后者是旧帝国的最高法庭，律师协会与其联系的频繁程度仅次于香港。一切最

1　原注：尽管在君主中，只有伊丽莎白二世曾落足这座城市。

2　译注：ABC为澳大利亚广播公司（Australian Broadcasting Corporation）的简称。

可怖的英格兰化都源自从伦敦到悉尼工作的年轻女子们。她们有些人给父亲的朋友做私人助理，或者在悉尼的分公司里做公关。她们高傲的举止和带着鼻音说英语的样子，仿佛就是为了证明自己的优越。

但有时候，我也会被带着帝国昔日痕迹的人或物打动。海岸百货是伦敦伯灵顿市场的澳洲版本。它会在瞬间让我油然而生思乡愁绪——在湿漉漉的冬夜里，它明亮的灯光闪烁，给人温暖，不禁让人想起狄更斯的小说，而它身着制服、穿戴一丝不苟、肃穆站立的门侍会对走向奥尔巴尼[1]的常客说“早上好，阁下”。[2]有些“老钱”[3]郊区的老公寓楼也总能唤醒我的乡愁：深色木材，锃亮的铜器，修饰华丽又行动迟缓的爱德华七世时代的电梯，门边贴着的名牌——告诉人们这里住着一位教授，那里住着一位法官或者王室顾问曼利·帕拉马塔爵士。没有什么能比弗兰克·卡什纪念奖更具有英式风采了。这个奖每年都会颁给满足以下条件的海岸学校的男生：(1) 定期去教堂，(2) 不一定需要最高分，但全年功课取得稳定进步，(3) 衣着整洁干净，(4) 勤于家务劳动，以及 (5) 与同伴相处融洽，尊重并关心他人。

一天早晨，我在市区卡斯尔雷大街和巴瑟斯特大街交界处的消防站门口稍微观察了一下。它是由詹姆斯·巴内特于1887年设计建成的。无处不在的维多利亚女王形象护卫着这个地方，

---

1 译注：奥尔巴尼（Albany）为不列颠本岛的古称，现用做对不列颠、英格兰和苏格兰的诗意称呼；此处借指海岸百货。

2 原注：不过，有一次当我向别人问起他的时候，被告知我很可能看到他在西皮夫人咖啡店用点心。

3 译注：“老钱”（Old Money）意指有祖传世袭财产的上流家庭，与“新钱”（New Money）即暴发户相对。

装饰在侧墙的雕塑是消防帽和斧头，还有一样我觉得不是很合适的东西——燃烧的火炬。里面没有任何人迹可循，一排钩子上无疑挂着消防服，消防帽锃亮锃亮，沉重的哔叽呢外套上铜纽扣被一丝不苟地抛光，排成一排，不偏不倚。它们对光荣的古老传统的言说是多么显著——骄傲、勤奋、友谊、尽责，夹杂着那些不那么值得表扬的抽象概念——这些都是维多利亚王朝展示给世界的品质。[1]

让澳大利亚继续美丽：射杀一个英国佬。（KEEP AUSTRALIA BEAUTIFUL: SHOOT A POM.）但出于种种历史原因，并不是每个悉尼人都会带着爱意看待与英国的关系，或者会因为一颗铜纽扣而泛起某种怀旧情绪。这个城市作为囚犯流放地的出身，无处不在的爱尔兰人，滋长的共和情绪，英国人在参观时表现出来的让人遗憾的习惯，都让悉尼的亲英派无法得到众口一致的支持。“旧镖”（Old Dart），这个悉尼对英国旧有的蔑称，暗指诡计和伪善；许多“悉尼这边人”认为两百年庆典时，在环形码头竖立一座纪念碑来纪念这种帝国血缘是理所当然的，纪念碑上还应该包括巨大的石雕铁链——一方面寓意友情的纽带，另一方面则意指镣铐的束缚。

我认为，第一个血腥的英国佬是总督布莱，他对土地所有权顽固的英式态度引起了当地权贵的强烈反抗。当然，共和主义从一开始就存在于悉尼，但在那时，许多囚犯是美国新自由派的支持者，而无数的爱尔兰人则对王权这个概念本身就深恶

1　原注：我相信，这些品质依然存在于那些消防员身上，但是在我参观不久之后，消防局就淘汰了铜纽扣。

痛绝。虔诚的长老会成员约翰·杜尔摩·朗（John Durmore Lang）满怀热情地为澳大利亚共和党辩护，这个年轻的爱丁堡公爵还没来得及在市民舞会上被宴请招待，就已经差点在野餐时被一个爱尔兰人杀害。[1]到19世纪末，在悉尼政治新闻的粗鄙之名的鼎盛时期，在大英帝国的疆域内找不出第二个地方比悉尼对君主体制谩骂侮辱得更厉害的了。《公告》不假思索地把爱德华七世称做“有点发福的猪眼丧气男”，而《真理》则称他是一个赛马场骗子、纸牌狂热者、不忠于妻子的酒徒。维多利亚女王，这个最尊贵的英国人，也难逃一劫。在她登基50周年那年，病态的谄媚在大英帝国其他属地上处处可见，但悉尼市政厅的一次公开会议否决了一项在主日学校举行庆典的提议，理由是“让殖民地的孩子了解一个君主登基纪念年的价值是不明智的，会打击殖民地的民主精神”。悉尼的漫画家以塑造女王矮胖的画像并突出其双下巴的特征为乐，《公告》则曾坚定地认为她就是一块又胖又老的德国泡菜而不考虑刊登有关她的报道。

这种反感之风日渐平息。殖民地的肩章基本消失不见，而我大致上认为悉尼对它祖先的态度已经成熟起来并变得淡漠。英国人也许还是会被嘲弄鄙视，但他们基本不会单纯因英国人的身份而遭人羞辱。帝国因素现在已经无关紧要，而大多数的人们似乎也不再过于在意澳大利亚到底是君主国还是共和国。对大英帝国力量旧有的信任感，曾经那么鼓舞人心，但自从1941年新加坡大难临头[2]之后这种情感被大打折扣，而1951年

1　原注：这个爱尔兰人就是前文提到的被吊死在绞刑架上的那个。

2　译注：1941年底，日本占领马来半岛后，开始准备入侵新加坡，次年2月15日，新加坡正式沦陷。

《澳新美同盟条约》签订后则彻底被象征性地摒弃了——这个条约中澳大利亚不再和它事实上的保护国英国紧密相连，而是与美国联系在一起。自此以后，港口的常客不再是英国皇家海军，而成了美国的战舰。当澳大利亚皇家海军庆祝建军75周年时，美国人送来了雄伟的战舰“密苏里”号作为贺礼。“密苏里”号停靠在海军部大楼对面的花园岛，比当时英国所有的战舰都更有战斗力。

在几十年的历史进程中，悉尼与英国之间的法定关系无疑被持续削弱，如今确实更为疏远。曾经的悉尼直接受伦敦管辖，是第一个自治殖民地的首都，接着又在独立的澳大利亚联邦扮演州首府的角色，因此现在这座城市和旧帝国的中心不再有直接的行政联系。新南威尔士总代表照旧常驻伦敦，但充其量不过是一个贸易代表；依然有一位英国总领事在悉尼湾畔的办公楼里工作，但与其他国家的并无二致。英国人来悉尼现在也需要办理签证。查尔斯·达尔文如许多其他旅行者一样写过很多关于帝国城市的文章，而他在对悉尼的介绍中起笔写道，“我的第一感觉是为自己生为英国人而庆幸”。我胆敢断言，现在恐怕一万个游客里都没有一个人会将其看做是一个英国城市。1990年，出于对帝国的忠诚，悉尼东米兰达第一童子军社团（1st East Miranda Scout Group）被组织起来——他们是澳洲最后穿苏格兰短裙的人；但它只招募到四个童子军和两个幼童军。

这无从避免。悉尼一直都处在大英帝国的遥远的边缘地带，但最后还是脱身而出。在英国的睥睨侮辱中建立，从基因上来说悉尼居民基本上都是反英分子，这个地方能保持如此之久的英国风已属不易。

这个城市的事务第一次受到外国干涉发生在其建立之前。在第一舰队抵达博特尼湾的六天后，在其穿越海岬的前夕，菲利普的士兵讶异地发现远处高耸的桅杆和干舷——两艘陌生的船只正从大海驶来。“一开始我只是笑笑”，坦奇记录到，这件事情发生的可能性如此之小。后来发现这两艘船是法国护卫舰“罗盘”号和“星盘”号。它们在让－弗朗索瓦·德·拉佩鲁兹（Jean-François de la Pérouse）的指挥下正进行一场南半球探险航行。英国人对他们的到来诧异万分，仓促之下，在他们赶着驶出博特尼湾时，自己的四艘船舰撞到了一起，但在面对自己的旧敌时，他们努力保持无畏的面容，并开始着手在悉尼湾建设流放地。“所有的欧洲人都是远离家乡的同胞。”拉佩鲁兹宣称，而他和菲利普也交上了朋友。有些在悉尼登陆的罪犯，很快就找到了返回博特尼湾的陆路，希望求得法国人的庇护，或至少得到“罗盘”号上拉佩鲁兹的副官，爱尔兰人萨顿·德·克罗纳德（Sutton de Clonard）的同情；但是他们的请求被回绝。或许，他们遭拒反而是幸运的，拉佩鲁兹六周后起航，而他与他的舰船和水手们永远消失在了太平洋上——很久以后，人们才在新赫布里底群岛发现他们遭遇了海难。[1]

当时就显而易见的是，悉尼不可能永远地孤立于世界及外界影响之外，而悉尼历史开篇第一周拉佩鲁兹诡异的来访从来没有淡出人们的记忆。一处设有原住民聚居区的郊区以其命名，就站立在他的船舰曾靠岸的博特尼湾边上，那里还有一块纪念

1　译注：拉佩鲁兹在帝国中颇有名望。他曾经在1759年基伯龙湾战役后被关押在英国长达两年之久。后在美国对英作战时，他击毁了两处位于加拿大哈德逊湾的英国堡垒，并周到地留下了一些供给，以维持七零八落的英国卫戍部队的生计。

地。纪念地中有一座纪念方尖碑和一座博物馆讲述着这次探险的悲伤故事，此外还有一位在停留期间去世的法国牧师被安葬在附近——就在舞蛇人秀场（Snake Man）[1]所处的那条路上。许多法国战舰的船员都曾拜访过这个悲伤之地，瞻仰缅怀。传说这里的泥土都来自法国，这并不是真的；但直到1983年法国太平洋核试验损害两国关系之前，拉佩鲁兹的土著民还在按照惯例庆祝巴士底日[2]，而孩子们会争先恐后地去抢夺法国总领事手中撒下的糖果。

很快，荷兰、西班牙、丹麦和美国的舰船陆续抵达悉尼。19世纪时，每个国家的舰船都将悉尼作为一个停靠港或修理港。在当时，这可能没什么，但1908年西奥多·罗斯福的大白舰队抵达港口时，这是多么有历史预见性的一刻。那支雄伟壮观的舰队，共有16艘战舰，4艘辅助舰，以维护和平的名义做环球航行，本质上不过是为了追求美国的威望。至今为止，它都是悉尼港曾接待过的最浩大的外国军队，不费吹灰之力就让当时代表南太平洋舰队的老态龙钟的英国巡洋舰逊色三分。悉尼对大白舰队钟爱有加，欣赏它疾驰（速度各有不同）的舰船和它性情温厚的船员们。事实是，舰船“康涅狄格”号在接受一群悉尼市领导参观后，发现丢了一些银子。总体上来说，这个城市对美国人的态度可以说是极度热情。这座城市到处涂抹着美国星条旗、老鹰和乔治·华盛顿的肖像；在彼此的国度发表无数兄弟般友善的演讲；一座五层楼高的自由女神像复制品竖立起来；美

1 译注：舞蛇人是拉佩鲁兹的一个蛇类表演的总称；自20世纪初期起，舞蛇人表演开始有了固定的场地。

2 译注：即7月14日，法国国庆日。

国海军军官收到了成百封的"粉丝"来信。在美军拜访的一周间，悉尼渡轮公司运载了100万名市民去舰船观光，而30名美军士兵跳下船后，就再也没有返船。尽管如此，它的意义也不仅限于一次社交胜利。美国人对"黄祸"充满敌意，而澳洲人也将其视为当时澳洲民生的重大威胁。纽约《太阳报》的记者报道称，"悉尼这边人"对舰队表现出来的热烈欢迎之情"向大不列颠传达了极其重要的信息"；大白舰队确实让悉尼市民认识到，除了大不列颠，世界上还有其他大国，而除了帝国，他们还可以有其他的理想典范。

如今，我总是为悉尼对异国的兴趣及其国际关系的广泛度所震撼。来自不知名港口的船只常常光顾悉尼港，《悉尼先驱晨报》定期刊登从南极发来的天气预报。在我写作本书时，世界上最大的货运飞机抵达悉尼机场，载着从基辅运过来的160万片尿片。如今游客从世界的各个角落来到这里：我曾经看到一个年轻人穿着旱冰鞋吃力地爬着歌剧院的阶梯，后来得知他是一个法国人，已经穿着旱冰鞋环游了半个世界，而这里是他朝圣的终点。有些人称悉尼已经美国化了，并且把它叫做小曼哈顿，但是，我并没有这种文化吞并的感觉。这个城市和我第一次认识它时一样，并没有比伦敦更美国化。[1]每次我回悉尼，让我印象深刻的不是美国对它的影响，而是亚洲对它日渐增强的影响。

再没有人口口声声说"黄祸"了，年复一年，悉尼与亚洲反而越来越紧密地联系在一起。悉尼在脱离帝国统治后曾卷入两场战争，它们均发生在亚洲国家——一是朝鲜，一是越南，

1　原注：后来我觉得大多数所谓的"美国化"只不过是简单的现代化，而这个"巨无霸"是从人们的心中喷涌而出的。

都是为了抵御亚洲势力将其影响进一步扩张到南半球。但亚洲势力无论如何都已经愈来愈迫近。日本早已经取代了英国，成为过境悉尼的商品最重要的客户，并且就如在环太平洋地区的任何地方一样，也是这个城市有力的投资人。越南和香港来的亚洲人如潮涌般进入悉尼，而曾经被看成是一群由卫生不达标的餐馆经营者、赌徒和抽大烟者组成的华人群体，很快就变成了一支强大的经济力量。每次我来到悉尼，大街上的亚洲面孔都会越来越多，报纸上的新闻对亚洲的关注也与日俱增，而海港大桥下驶过的船只很可能飘扬着亚洲国家的旗帜。我最近一次拜访悉尼时，看到其中一艘舰船上飞扬的不是日本商船那单纯的月亮旗[1]，而是接替日本海军的日本自卫队的那轮血红旭日。我认为这个旧敌的旗帜也许会唤起悉尼人民的不适情绪，因为这很可能是自1942年潜水艇袭击之后这面旗帜第一次那么靠近悉尼。但实际上，没有人对此投以丝毫关注。[2]

也许，事实是这个城市已经接受了它的地理命运。大英帝国崩塌了，消失了，“澳大利亚”这一概念是贫乏的，而这个世界真的被分成了三个或四个巨大的地理单位。从这个角度看，悉尼是印度尼西亚群岛中最南端的岛屿，从南亚、中国和日本延伸而下，而悉尼也只不过是太平洋的一处地方港口，它的同侪、伙伴及对手如今已经不再是利物浦、孟买或巴尔的摩，而是新加坡、大阪和香港。“悉尼这边人”对这种不可阻挡的发展趋势了然于心。有时候，他们会以种族主义式的忠告来回应，有时候，

1　译注：此处原文“moon ensign”，似有误，应为“太阳旗”。

2　原注：而当这艘船再次经过大桥驶出港口时，我看到直升机甲板上的四名军官正在进行当代日本一项可爱的仪式：相互拍着照片。

他们会因亚洲民众的聪慧和勤奋感到不安，但总体来说，他们似乎会宿命论地期待一个迥异于失落的帝国那令人安心的构架的世界。来得快，去得快！某天夜里我坐在国王十字区的一家咖啡馆，观察着周围悦人的场景，柜台上方的电视屏幕闪烁不定，但没有一个人注意到。店里人声嘈杂，客人们年轻又有趣。想想看吧，这个地方看上去是多么繁华、多么自信又是多么热闹！但我眼角的余光却捕捉到电视机屏幕上全然不同的一幕：一大船柬埔寨难民正被运抵澳大利亚的某个海岸，饿得半死，穷困潦倒，吃惊地睁大了双眼，不过我没看到具体的地点。他们紧紧地靠在摇摇晃晃的船体上，吊在舷缘上，趴在驾驶室上。

这让我想到许久之前曼利渡轮里超载的画面，我想难民们乘坐的船只也许真的就是悉尼的渡轮之一。屏幕上，澳大利亚人满脸惊恐地看着他们到来，进行了短暂的抗议，但最后不得不让难民登陆——因为船就在道路尽头的悉尼湾，或者是巴尔莫勒尔的圆顶舞台边。除此之外，他们还能怎么办呢？

尾声回望

总而言之，这是多么美好而有趣的城市！这是多么富有魅力的一群人！我发现在我即将完成这本悉尼之书之际，渴望之情又不禁重返我心。我曾经以为这是因为在蓝山背后，从环形码头望不到的地方，还绵延着一处荒野，那里还住着一群神秘的原始人。我曾经引用诗人霍普（A.D. Hope）对澳大利亚的控诉：

河流带着她广阔的愚蠢
将她那些千篇一律的部落从凯恩斯泛滥至珀斯。

如今澳洲内陆不再感觉如此空旷，我们在想到这块土地时，也带了更多的同情之心，而我们对土著人的神秘想法也有了更多的理解，但悉尼仍然感到自己处在某种精神意义上的边缘地带。这个世界上大多数的都市总有一些无法避免的东西，仿佛是上天注定如此。在悉尼，直到现在，我有时候还会感觉这个地方从一开始就没必要存在。

它应该是最易书写的一个城市。以现代涂鸦开始，遵循着基本的经济原则发展，它的历史存档非常完整，基本没有受到战火影响，悉尼对年代史编撰者来说是项直截了当的任务。这里看上去并非一个内向的地方。它对大多数事物都坦率直接。它的形象众人可见，它从来都不会为精神所累。悉尼，有人也许会说，悉尼就是悉尼。

然而这座城市带给游客的影响远非那么简单，并且不可思议地起伏不定。悉尼在历史沉淀和城市规模上都与旧金山不相上下，但人们对它却持有着远为广泛而多样的态度。很少有人会恨旧金山，但有很多人恨悉尼。一旦你对旧金山形成了一定的看法，那么你可能会永远坚持这一观点，而就我自己的经历来说，人们对悉尼的态度过个十年、过个一天甚而过个一刻就会变样。悉尼的市民在这方面也是矛盾的，骄傲与质疑并存，自信与辩白同在。而唯一一个对整个悉尼长期坚持的观点，也是有史以来所有对这座城市的书写主旨之一，就是海港之美。“悉尼这边人”似乎认为海港是他们一个无懈可击的满意点。特罗洛普1873年报道称，每个悉尼男人和每个悉尼女人都会问他是不是还没发现这个港口“多么漂亮”，而半个世纪后，悉尼城里到处都是海报，上面是各种尖叫：“你应该看看我们的海港！”“你看过我们的海港吗？”“你觉得我们的海港怎么样？”“你认为我们的海港如何？”“你有看到过比我们的海港更美的东西吗？”直到如今，悉尼人对自己的海港美景的溢美之词都让人觉得不可思议：也许它现在已经成为一种自我保护的习俗，就像英国人的对话里总是会提到天气一样。

我敢说一种潜在的不确定感赋予了这座时常喧嚣的城市

一种奇妙的斑驳的性情。这里市民的座右铭一针见血——“我占领但我投降”[1]——而这座城市的命运同样模糊不清。尽管悉尼可能光芒四射，但它也总是站在历史的边缘地带——周而复始地被历史冷落，我有时会这样想。曾有一度，至少从理论上讲，它拥有实权。它早期的总督们，从皇家委员会处得到了对如今大半个澳大利亚和“所有附属岛屿”理论上的统治权。[2]诺福克岛和塔斯马尼亚岛的管理者一开始都住在悉尼；正是从悉尼开始，第一批欧洲扩张主义者开始侵入澳洲内陆；正是从悉尼开始，马修·弗林德斯启程进行大陆环航；也正是从悉尼开始，埃辛顿港殖民地在澳大利亚另一端的科堡半岛建成。[3]在之后的数年间，悉尼成为帝国属地的首府，仅次于伦敦；新南威尔士实质上是一个国家，有自己的武装军队、财政政策、邮票和货币。甚至在1851年前，墨尔本都比悉尼略逊一筹，而当澳大利亚联邦在1901年成立的时候，正是在悉尼，六个

1 译注：这句格言出现在悉尼早期的市徽上。市徽上画有一块盾牌，盾牌上方是新生的太阳，这在早期澳洲代表着新殖民地蒸蒸日上，下方绘有一艘代表悉尼航海传统的舰船。后来，太阳被寓意为工业的蜂房取代。盾牌两边分别是一名英国海军和一名澳大利亚土著，下方刻有“我占领但我投降”这句话。这个市徽后被用做现有市徽的设计蓝本，悉尼市政厅外墙的三角形山花上有相同的浮雕。

2 原注：澳大利亚从来没有被归为一个帝国实体。但当1840年一个法国官员问布政司约翰·拉塞尔勋爵（Lord John Russell）澳洲在多大程度上属于英国时，“我告诉他‘整个都是’，然后他带着这个答案就走了”。

3 原注：这是一个失败的殖民地，它旧有的痕迹令人心酸地告诉我悉尼可能成为的模样，如果菲利普在最初的艰难时日里没有看到它的未来的话：海面高处矗立着小小的总督府，早已被遗弃，码头已经支离破碎，杂乱的绿植覆盖了砖厂、锯木厂、军士食堂和所有其他东西。而墓园里的一块墓碑上说得很简洁：以此神圣纪念殖民地的DR。译注：DR这一缩写有多重释义，此处可能指某位医生或博士。

悉尼早期市徽浮雕

殖民地的代表齐聚一堂签下协议——百年纪念公园的纪念碑见证了这一时刻。

这种重要性被一点一点地削减，而早期总督的巨大权力也逐渐缩小。塔斯马尼亚和诺福克岛首先脱离了悉尼的控制。埃辛顿港则被转交于南澳大利亚的新殖民地。当维多利亚州从新南威尔士分离出去时，墨尔本也随之失手。正是墨尔本而非悉尼成为澳大利亚联邦的第一个首府，而到最后被选为政府永久所在地的则是堪培拉。剩下悉尼，孤立无援，一如自己遭遣散的帝国的一座都市。

它的确坚守着它仅存的归属之地，新南威尔士州，就如维也纳坚守着奥地利。它对自己来说都太大了。它的生活常常“入不敷出”，尤其在浮华闪光的生活什物上，它所追求的超过了它的身份。也许这就是悉尼会给人缺乏自信的感觉的原因——这种感觉对一座这么勇敢的城市来说是不正常的。一方面，大多数人想到澳大利亚，他们的第一反应就是悉尼和它的风景，而澳大利亚的许多国家机构，从艺术委员会到情报局都设置在这里。而另一方面，悉尼除了身为州首府之外一无所长，它和珀斯、阿德莱德、霍巴特或布里斯班毫无二致。这个城市探出头望望整个世界，仿佛它还不能确定自己的地位。它位列何处？它真的是世界级的吗？也许简单的对比能更好地满足它自己——比墨尔本更活跃，比阿德莱德更明亮，南半球中的首富，或甚至，就如某些时候数据证明的那样，是新南威尔士州中最大的城市。也许，满足于自身才是它更好的选择。值得一提的是，悉尼的报纸上基本看不到澳大利亚其他城市的新闻，联邦旗帜在那里难见踪影，甚至与墨尔本素来真实又恶劣的竞争如今也平息了，反而转化成某种半幽默打趣的习惯，一如哈佛与耶鲁之间的对抗，或者就像将上院称为“别处”那样。[1]

但是一座纯粹的州首府又怎能引发如此的热情与深省呢?世界强劲的发展势头正在远离悉尼的地方前行。意识形态大获全胜或身败名裂。大洲之间的平衡总在变动。不过依然有理由推想它是否会是“新人”的现身之地。这个地方的独特性，它在风格及历史上的原初性，当月亮徐徐升起在巴伦乔伊上空时，旧月以相反的角度怀抱新月的这一事实，都让悉尼超出了普通概念上的城市。人们满怀欣喜地将其熠熠闪光的形象一再宣扬，却又没有给予这座城市公平对待。它的形象实在太过直率显露。塔桥也许象征着伦敦，埃菲尔铁塔为巴黎传递着正确的信息，而歌剧院和海港大桥并没能成为悉尼真性情的缩影，在我眼里，它们的意义暧昧得让人心焦。

我们将它看做是一个年轻的城市，但它实际上已经年华不再。很多大城市都比它更为年轻——多伦多、芝加哥、香港、新加坡、华盛顿、约翰内斯堡。不过，悉尼让人“感觉”年轻：如果不是生理上的年轻，那么也是在抽象意义上的一种年轻，似乎在这里代际之间的传承进行得尤其迅速。这个地方的迷人之处有些无常多变。对悉尼天性中的慷慨报以浓浓爱意的查尔斯·考斯里也感受到了这种隐晦难懂的特性。在参观完HMS“光荣”号之后没几年，他就以一首诗的开头与结尾婉转地暗示了这一点：

1　原注：在这场互嘲揶揄的争斗中，我最心仪的俏皮话出自詹姆斯·费兹帕特里克（James Fitzpatrick）之口。他曾评价墨尔本是一件艺术作品，就如两分钟的默哀仪式。但也有人曾经说“一生之中我们都在珀斯”。译注：在英国，“别处”在下院意指上院，在上院则意指下院。

现在它犹如古老而被遗忘的寓言：
雪雁落在平静的泻湖，
夏树绽放冰与火之花，
而太阳升起在蓝山顶上。

一个古老而被遗忘的寓言——这并不是人们希望看到的用以描述这个宏伟壮观又看似自信的城市的词句。“悉尼，”在年轻时，我自己写道，“不是你的绝对之城（absolute city）之一。”那时候的我也许正在寻找黑白分明、一针见血的方式来概括那些雄心勃勃又炫耀张扬的年轻城市，但我想我找到的只是自己的冷漠高傲与内在自省。

悉尼仍然不是你的绝对之城，但是许久之前冒犯我情感的事物已然变成了一种诱惑——一种神圣的暧昧，让我感觉也许这个城市终究还是上帝的赐予。

我这本书既以某个阳光灿烂的周日午后海港上的一幕场景开篇，那就让我以观看歌剧之后的一次夜间漫步来结尾吧。维奥莱塔[1]，作为一位尤其坚强的典型的本土人才，不出所料，正及时地从她的失意中回过身来，做了好几次热情动人的谢幕。邻座的女士正在自言自语——谢天谢地这不会在今天这个时代发生。我们心满意足地离开了这座伟大的建筑物，走入悉尼的夜。

悉尼歌剧院上好像有什么泛着磷光，白日里它欢喜地闪耀，

1　译注：歌剧《茶花女》中的女主人公。此处与下文的阿尔弗雷多一样，应指代扮演该角色的演员。

太阳在它翱翔的翅翼上徘徊，而夜里它身上的光亮灿若星辰。从它的大厅踱步而出，来到宽阔的露台上，就如同暴露在一张全息照片中，让我们感觉自己正在被灯光本身吸纳。远处是由稍少些的灯光点缀出的华丽之境——船只移动的灯光，水岸摩天大楼上高高在上的灯光，灯塔之光，牡蛎酒吧、咖啡店、餐厅的灯光，一棵“领地”边的树上也挂满了彩色小灯，光芒四射。而高处则是“衣架”的拱桥，车流在上面疾驰而过，它拱形的制高点上两面旗帜在泛光灯下迎风轻扬——当然这是世界上最为骄傲的旗帜。

但接着我们就发现自己正在某个隐匿的港口点，也许正在一个闲置码头的上方，那些明亮的灯光遥不可及，车子的隆隆声销声匿迹，围绕着我们的这个巨大城市竟遥远得令人诧异，还有一种更为模糊的魔力停留在这一场景中。夜暖暖的，某个地方飘来夜之花的清香。很可能还有码头上射来的一束手电筒光。下面有几个男人正在钓鱼，我们恍然听到某种难以确定的语言——印度尼西亚语，也许，或者是泰语。当手电筒熄灭时，就只剩下烟头的余烬还隐隐闪光，看上去很像一只摇摆着的萤火虫，而就在此时此刻的感官享受中，我们竟发现自己有点忧伤。我想知道这究竟是为什么？海港静谧，这个城市是世界上最为快乐的，钓鱼的人在那里悠然自得，官方称经济萧条也已过了最坏的时期，大桥坚固，歌剧院可爱，旗帜安好，维奥莱塔甚至现在正和阿尔弗雷多一起享受着海鲜牛排餐。但在这样的时刻，在悉尼港边天鹅绒质感的夜色里，我有时候会发现自己莫名失落，仿佛是因为时间流逝太快。而虚弱的黑人倚着自己的长矛，正从夜的某处凝视着我。

致　谢

无数悉尼人在我写关于这个城市的这本书时曾施以援手，我对他们深表感激。我尤其要感谢我的一些朋友和同事。很荣幸，他们能阅读这本书的打印稿，无论是整书还是片段，都让我避免了很多错误并且给了我许多新的视角：其中包括多维纳·丹泽戈（Dowena Danziger）、詹姆斯·霍尔（James Hall）、伊恩·希克斯（Ian Hicks）及安东尼·麦克格拉斯（Anthony McGrath），而我也希望这份最终稿不会让他们失望。

我在脚注里注明了主要的参考书籍，但是我必须在这里提到两篇我尤为欣赏的关于悉尼的著名文章：普林格尔（J. D. Pringle）的《澳大利亚口音》（*Australian Accent*, London 1958）的最后一章及加文·苏特（Gavin Souter）的《悉尼观察》（*Sydney Observed*, Sydney 1968）——碰巧，两者都是由我在这座城市交往最久的朋友乔治·莫尔纳（George Molnar）画的插图。

最后我也要向查尔斯·考斯里致以诚挚的感谢——他的诗作《HMS“光荣”号在悉尼》为本书提供了旋律线。

特雷番·莫里斯（Trefan Morys）[1]，1991

1　译注：特雷番·莫里斯是作者在威尔士的住宅名称。